Mit dem Bleistift gelesen

ist der Titel einer Lektüre-Reihe, die das Seminar für Deutsche Philologie der Universität Mannheim in Zusammenarbeit mit der Buchhandlung Bender veranstaltet.

An mehreren Abenden im Jahr stellen DozentInnen der Universität Mannheim ihre Lektüren literarischer Neuerscheinungen vor und der literarisch interessierten Öffentlichkeit zur Diskussion.

In den Gesprächen geht es nicht darum »gute« von »schlechter« Literatur zu unterscheiden, zu loben oder zu verreißen. Vielmehr wollen die GesprächsteilnehmerInnen die literarischen Werke mit Bezug auf ihre eigenen Forschungsinteressen betrachten und dabei z.B. Themenfelder erschließen, Gattungen diskutieren, Interpretationsmöglichkeiten ausloten etc. – kurz: ein spannendes literaturwissenschaftliches Gespräch führen.

Für den Termin im Frühjahrssemester 2018 wurde der Roman »Max« von Markus Orths ausgewählt.

Es diskutieren Frau Dr. Anna-Katharina Gisbertz (Universität Mannheim) und Herr Dr. Sebastian Zilles (Universität Bamberg)

Montag, den 23. April 2018, 19.00 Uhr
bei Bücher Bender, O4, 2, Mannheim

MIX
Papier aus verantwortungsvollen Quellen
FSC
www.fsc.org
FSC® C083411

Auflage:
4 3 2 1
2020 2019 2018 2017

HAYMON tb 246

Originalausgabe

www.haymonverlag.at

ISBN 978-3-7099-7890-0

Umschlag- und Buchgestaltung nach Entwürfen von hœretzeder grafische gestaltung, Scheffau/Tirol
Umschlag: Eisele Grafik · Design, München, unter Verwendung von Bildelementen von bigstock.com/artjazz (Cocktailglas), bigstock.com/Art Illustrations Photos Texture (Palmenblätter)
Satz: Da-TeX Gerd Blumenstein, Leipzig
Autorenfoto: Kurt-Michael Westermann

Gedruckt auf umweltfreundlichem, chlor- und säurefrei gebleichtem Papier.

Manfred Rebhandl

Heiß ist die Liebe, kalt ist der Tod

Ein Kitty-Muhr-Krimi

Manfred Rebhandl

Heiß ist die Liebe, kalt ist der Tod

1

Den ganzen Frühling über ging das so: „... Oder Sizilien? Oder Korsika? Oder doch die Malediven?"

Und ich: „Wieso die Malediven, was ist denn dort?"

Und sie: „Ich habe da zwei Wochen im Internet gefunden, ein Superschnäppchen!"

Und dann: „Kitty, hör zu, du musst dich auch ein bisschen darum kümmern!"

Und ich: „Bin für Ibiza oder Kreta."

Und sie: „Aber das hast du doch vor drei Tagen schon gesagt! Ich höre immer nur Ibiza oder Kreta!"

Und ich: „Siehst du, du kannst das viel besser als ich!"

Und wie sie es konnte!

„Dann vielleicht doch eine Woche im Premium Spa an der Costa Smeralda anstatt zwei Wochen einfach irgendwo?"

„Wo ist denn diese Costa – wie heißt sie noch mal?"

„In Sardinien. Ich bitte dich, Kitty! Weißt du denn echt überhaupt nicht, wo was ist?"

Ich kannte die Alte Donau, und ich kannte ein paar Strände auf Malle. Und in Jesolo, Rimini und Bibione bin ich praktisch seit meiner Kindheit zu Hause. Da war ich nämlich öfter mit meinen Eltern, als sie noch zusammen waren, und mit meiner Schwester Bärbel, die sich bald Babsi nannte und irgendwann Barbie. Diese Göre war schon damals unerträglich und mied den Kontakt mit dem Sand, weil er angeblich ihre Haut zerstören würde. Echt! Und Papa war in der Bar, aß dort Schnitzel und schaute den hübschen Frauen hinterher, während Mama beleidigt auf dem Balkon saß und sich ihre Haut mit ganz viel Sonne zerstörte, während sie auf Papa wartete.

Später war ich dann noch zweimal in Kroatien.

Also wieder Susi: „Ich buche morgen Patmos verbindlich mit meiner Kreditkarte, okay?"

Und ich: „Tu das!"

„Und du gibst mir dann das Geld."

„Natürlich! Aber hör zu: Du darfst diesmal echt keine Fotos von mir auf diesem scheiß Facebook posten, klar!"

„Das werde ich bestimmt nicht!"

„Hast du letztes Mal auch gesagt, als wir in der Bingobongobar deinen Geburtstag gefeiert haben!"

„Da war ich betrunken."

„Im Urlaub wirst du aber auch nicht nüchtern sein!"

„Willst du jetzt mit mir in den Urlaub fahren oder nicht?"

„Eigentlich nicht."

Susi und ich waren zwar beste Freundinnen, seit sie mir mal über den Weg gelaufen war und nicht mehr von mir abließ. Aber irgendwie blieb man nur so lange beste Freundinnen, solange man nicht gemeinsam in den Urlaub fuhr. Ich hatte also eine gewisse Angst davor, jedenfalls eine gewisse Scheu, ihr in Flipflops zu irgendeinem Appartement hinterherzulaufen, von wo aus man dann drei Kilometer zum Strand weiterlatschen musste, obwohl es auf den Fotos im Internet ganz anders rüber gekommen war. Und was, wenn Susi im Bikini so peinlich aussah, dass ich nicht mit ihr gesehen werden wollte? Oder noch schlimmer: Was, wenn das umgekehrt der Fall wäre und ich die Peinliche sein würde? Man denkt ja immer, dass man in der Umkleide im Bikini am schrecklichsten aussieht, weil das Licht da drin so hell und so unbarmherzig ist (auch wenn sie immer sagen, dass das gar nicht der Fall ist).

Man schaut dann aber im Bad zu Hause noch schlimmer aus, weil die ja in der Umkleide immer so schlank machende Spiegel haben. Man weiß also gar nicht so recht, wie man eigentlich im Bikini aussieht, bevor man ihn am Strand trägt, und erst wenn man sich nachher die Urlaubsfotos auf Facebook anschaut, weiß man es genau, da ist dann auch noch der Sonnenbrand gut sichtbar.

Außerdem war ich echt noch nicht in Bikini-Form, obwohl ich schon zwei neue gekauft hatte, neben den ganzen anderen, die ich auch noch hatte, einen in Gelb, und einen in Pink. Gewagte Farben, ich weiß. Aber ein pinkfarbener muss immer mit, auch wenn ich ihn dann nie anziehe. Und ein gelber, naja, ich weiß auch nicht ...

Zwei Tage später hatten wir dann noch immer keine Entscheidung getroffen, sondern waren erst beim „Ausschlussprinzip“ angekommen. Susi hat sich das von dieser Rate-Show im Fernsehen abgeschaut, wo einem immer so viele Fragen gestellt wurden. Immerhin hatten sie die Auswahl nun auf zwei Destinationen reduziert: Mykonos (geil!) oder Ägypten (billig!). Nach Mallorca, das wir ausgeschlossen hatten, wollten wir wegen der vielen Betrunkenen nicht mehr, und nach Italien, das wir auch ausgeschlossen hatten, wegen der vielen Kleinwüchsigen, darauf hatte ich bestanden. Zwar haben die Italiener alle sehr viele Haare auf der Brust und tragen gerne enge Badehosen, was mir gefällt, aber sie sind eben auch alle viel zu klein und haben nichts von Tarzan. Ich fand aber, dass alle Typen am Strand so aussehen sollten wie Tarzan.

Wir hatten uns also beinahe auf Marokko festgelegt, weil das noch billiger war als Ägypten, als dann vor zwei Wochen der Supergau überhaupt passierte: Susi kam ganz aufgeregt in die Bingobongobar und nahm mir die Entscheidung ab: „Sorry, Kitty, kein Urlaub mit dir! Ist nichts Persönliches."

Und ich: „Oh Gott, oh Gott, oh Gott, ist das dein Ernst? Warum denn? Bitte nicht! Das kannst du doch nicht machen!"

Hörte mich dabei an wie eine, die ihren Typen, der sie gerade verlassen hat, auf Knien anfleht, dass er doch bei ihr bleiben soll. Motto: Wir waren zwar nicht glücklich, aber ist doch egal! Alleine ist es ja noch viel schlimmer als zusammen.

Saß dabei einfach da wie ein Flusspferd, das sich nicht mehr bewegen konnte, vollkommen ohne Antrieb und erschlagen von dieser schrecklichen Neuigkeit. Auf einmal lag ein Sommer vor mir, der so alles andere als durchgeplant war. Ich hatte ja schon ein paar Wochen Urlaub eingetragen, von denen ich nun überhaupt nicht wusste, was ich mit ihnen anfangen sollte. Während meine ehemals beste Freundin plötzlich auf Wolke sieben schwebte und vor Glück kreischte: „Ich bin ja sooo verliebt."

Das war echt bitter, und zwar für mich!

Dabei hatte ich ja selbst die Entscheidung für einen Urlaub mit Susi immer wieder und möglichst lange hinausgeschoben, weil ich natürlich meinerseits hoffte, mit einem Mann in den Urlaub zu fahren und ihr das dann mitteilen zu können: „Sorry, kein Urlaub mit dir, Susi! Ist nichts Persönliches" Aber je länger sich für uns beide in der Bingobongobar kein geeigneter Mann aufdrängte (nicht einmal für einen gemeinsamen Urlaub geeignet!), desto ungeduldiger wurde Susi und desto eher war sie bereit, den erstbesten Typen zu nehmen, der ihr, ohne dabei zu lallen, seinen Namen nennen konnte. Und als wir dann endlich beinahe so weit waren, uns auf Bulgarien zu einigen, musste sie am Tag zuvor noch unbedingt zu einer Theaterveranstaltung gehen, auf die ich aber nicht mitkommen wollte.

„Geh allein zu Romeo und Juliane!"

„Es heißt Romulus und Julia, sag mal, weißt du echt nicht, wie das heißt?"

Und ausgerechnet dort lernte sie jemanden kennen, nur weil ich nicht mitgekommen war, nämlich einen Filmproduzenten! Ein sexuelles Tier, wie sie mir schon am ersten Abend nach ihrer Begegnung mit ihm in der Bingobongobar verriet, ein *Animal fascinosum*.

„Was ist denn das?", hatte ich gefragt.

„Na, du weißt schon."

„Weiß ich nicht!"

„Er ist groß."

„Wie groß?"

„Sehr groß."

Mein Gott, Männer! Sie waren so verdammt einfältig, sobald sie nur ein Paar halbwegs feste Titten vor sich sahen, und man brauchte ihnen dann nur zu sagen: Du bist der Größte! Und das größte Auto hast du natürlich auch. Und habe ich dir schon gesagt, dass du *den* Größten auch hast, wirklich bravo! Schon lagen sie vor einer im Staub, auch wenn Susi natürlich keine Ahnung von wahrer Größe hatte und selbst bereits vierzig war und einen Pferdebiss hatte.

Andererseits, Frauen! Wir waren noch viel einfältiger als Männer! Wir glaubten diesen schlicht alles, solange in ihren säuselnden Sätzen nur die Worte „Diesmal ist es für mich etwas Ernstes" vorkamen oder „Du bist die Einzige für mich, ganz ehrlich!" Nachdem dieser Typ ihr das gesagt hatte, störte es sie auch überhaupt nicht mehr, dass er bereits über siebzig war oder vielleicht sogar über achtzig und dass er einen silbernen Pferdschwanz trug, wie sie mir gestand!

Plötzlich aber kannte Susi so viele Schauspieler mit Namen, denn Ary (das war sein Name!) stammte aus einer Theaterfamilie, wie er ihr versichert hatte, und sie waren alle extrem erfolgreich: zwei im Burgtheater, eine in Berlin an dieser Volkshochschaubühne oder wie die heißt, und sogar einen schwierigen Direktor von irgendwas hatten sie in ihrer Familie. Und eben den Ary, Bruder von allen und Filmproduzent. Susi geizte nun auch nicht mehr mit Wissen, nachdem sie ihn kennengelernt hatte, und mir blieb nur noch zu sagen: „Du kennst dich ja aus."

„Ein bisschen", sagte sie bescheiden.

„Bist jetzt eine kleine Kunst- und Kulturmaus, was?"

„Ary ist halt sehr gebildet."

„Und das färbt auf dich ab, willst du sagen?"

„Natürlich. In einer Beziehung ergänzt man sich nun mal."

„Was färbt dann von dir auf ihn ab? Dein Kajal? Dein Rouge. Dein Lippenstift auf seine Eichel?"

Oh Gott, ich hörte mich an, als wäre ich eifersüchtig! Eifersüchtig, weil sie vielleicht regelmäßig ihren Ary in den Mund nehmen konnte, von dem ich gar nicht wissen wollte, wie er aussah und ob er es überhaupt wert war, aber sie sagte es mir trotzdem ständig: Ary, das Tier!

„Ja, genau das färbt von mir auf ihn ab! Denkst du wirklich, dass ich außer blasen nichts kann? Das ist doch lächerlich."

Dabei dachte ich genau das eben nicht, schließlich hatte sie ja diesen Pferdebiss! Ary musste also eine spezielle Neigung haben, oder jedenfalls großes Zutrauen in ihre Künste, wenn er das wirklich genießen konnte. Denn wenn sie vor ihm kniete und zu ihm hochschaute, dann sah er vor allem – ihre Zähne! Zähne durften beim Blasen aber nur sehr dezent oder ganz gezielt eingesetzt werden, und außerdem nur, falls gewünscht. Ansonsten war das eine Frage der Lippen und der Zunge.

„Jedenfalls fahre ich mit Ary in den Urlaub!"

Und ich konnte mir nun die tausendfünfhundert Euro sparen, die ich für den Urlaub veranschlagt hatte, ach was: die ich mir vom Mund abgespart hatte! Musste dafür auf hundertfünfzig Pipelines bei Johnny verzichten, und jetzt war klar: Was für ein Fehler! Hätte ich doch die Cocktails getrunken. Es gibt echt wenig, was ich mehr hasse, als eine beste Freundin, die verliebt ist. Und Susi hatte sich ja nun wirklich schon öfter verliebt – aber diesmal kam erschwerend hinzu: „Es ist etwas Ernstes!"

„Ach?"

„Jaaaa! Und ich werde in seinem nächsten Film mitspielen! Europäisches Thema. Arm-Reich, große Liebesgeschichte."

„Ach?"

„Jaaa!"

„Das kann ich mir jetzt aber echt nicht vorstellen!"

„Und warum nicht?"

„Weil du nicht spielen kannst!"

2

Nun musste ich also meine Urlaubs-Optionen ohne Susi sondieren, die waren allesamt ziemlich traurig und stürzten mich in eine tiefe Krise: Städtereisen? Nein danke! Heißer Asphalt im Sommer, rote Knie vom Sonnenbrand, und die vielen anderen Sonnenhutträgerinnen vor Baudenkmälern hielt ich einfach nicht aus. Außerdem kannte ich die ganzen Sehenswürdigkeiten ohnehin von Fotos, also warum hinfahren?

Was dann? Alles, was nördlich von Wien lag, kam auch nicht infrage, weil zu kalt, und alles, was südlich von Kärnten lag, eigentlich auch nicht, weil zu heiß.

Eine meiner traurigsten Optionen saß mir gegenüber. Sie hieß Ali Khan Kurtalan und schaute mich an, als wäre ich eine Ziege. Er bohrte in der Nase und zwirbelte dabei seinen Schnauzer. „Was guckst du?“, fragte ich.

Ali war mein Kollege bei der Mordkommission, wir hatten unser Büro mit Tür zum Hof des alten Gebäudes, wo für uns Parkplätze reserviert waren, aber nur ich brauchte einen für meinen Benz, Ali war Radfahrer. Vielleicht könnte er mich auf seinem Drahtesel nach Antalya mitnehmen, überlegte ich nun, All-inclusive mit vielen Russen am Buffet und richtig stark verbrannten Schultern. Er könnte dort seine Verwandten besuchen und sich vielleicht eine Cousine zum Heiraten suchen, während ich mir einen reichen Russen angeln würde, denn Verwandte und Cousinen hatte Ali genug, jedenfalls redete er oft und ausdauernd von ihnen.

Was aber, wenn Ali im Urlaub eine enge, schwarze Badehose trug? Er war mit seinen siebenundzwanzig Jahren nämlich nur einen Meter sechzig groß, wenn überhaupt, und hatte ganz dürre Beinchen, die stark behaart waren wie alles andere an ihm auch. Und er hatte einen Brustkorb, für den sich ein Zehnjähriger schämen würde.

„Was ist mit dir, warum schaust du so säuerlich?“, fragte Ali, der nicht wie andere Türken oder Kurden einen anderen fragte, was er „guckt“.

„Ich stelle mir dich gerade in einer Badehose vor“, antwortete ich.

„Und?“, fragte er, während er sich aufrichtete wie ein kleiner Pfau. „Wie sehe ich aus?“

„Nicht so gut.“

Er war beleidigt und zwirbelte weiter seinen Schnauzer. Das war eines der Probleme mit diesen Türken oder Kurden oder von wo auch immer die da unten herkamen: Sie waren so schnell beleidigt!

„Warum bist du so?“, fragte er endlich, nachdem er ein paar Minuten lang geschwiegen hatte. „Warum musst du andere immer verletzten?“

„Muss ich ja gar nicht!“, sagte ich empört.

„Doch, du tust es ständig. Und ich will ehrlich sei: Es tut mir weh.“

Das war mir bisher gar nicht aufgefallen, dass ich andere ständig verletzte. Was aber, wenn er recht hatte und mit mir tatsächlich etwas nicht stimmte? Ich war unruhig und fahrig geworden in letzter Zeit, verbrachte vielleicht zu viel Zeit im Internet und tätigte dort immer wieder unüberlegte Einkäufe. Und dann war halt auch noch die Sache mit Susi!

Ich sagte: „Wenn das tatsächlich so ist, dass ich dich verletze, dann tut es mir leid. Aber es ärgert mich eben, dass sie jetzt einen Freund hat!“

Ali fragte erstaunt: „Wer?“

„Na meine beste Freundin Susi!“

„Wie sieht sie aus?“

Ich machte: „Iiiiahh!“

„Wie ein Pferd?“

„So ungefähr. Sie ist jetzt mit einem Filmproduzenten zusammen!“, jammerte ich weiter. „Nicht einfach mit einem Künstler, der von der Mindestsicherung lebt, wie sonst öfter.“

Das waren nämlich in letzter Zeit die Einzigen, die sich mit ihr einließen, wenn sie welche von denen auf ihren Events traf und ihnen sagte, dass sie „bei der Zeitung“ arbeitete, aber auch „Ambitionen auf Film und Fernsehen“ hätte.

„Bei welcher Zeitung?“, fragte Ali, der so vieles von dem, was ich ihm nun erzählte, noch nie gehört hatte.

„Na, Susi schreibt für so ein Gratiskäseblatt ihre Prominentenkolumne *Suciety*“, erklärte ich ihm, „was ihr zwar keinen Ruhm einbringt, aber wenigstens ein regelmäßiges Einkommen, das auf Künstler mit Mindestsicherung einen unwiderstehlichen Reiz ausübt. Und ‚Ambitionen auf Film und Fernsehen‘ heißt bei ihr, dass sie auch den Wetterfrosch in den Nachrichten geben würde, wenn sie nur aus der Glotze herauslachen dürfte.“

„Ja und?“, fragte Ali, der noch nie jemanden über solche Probleme hatte reden hören. „Jeder Mensch hat Träume.“

„Der gestrige Abend war aber echt nicht einfach für mich!“, erklärte ich ihm. „Ich saß da nämlich ganz alleine in der Bingobongobar herum, und ich meine: alleine! Dienstagabend ist dort nur Johnny, sonst niemand!“

„Wer ist Johnny?“, fragte er und klang dabei schon leicht verzweifelt. Die Eckpfeiler meines Lebens ließen ihn irgendwie fassungslos staunen, über meine Probleme konnte er nur den Kopf schütteln.

„Johnny ist der Barkeeper in der Bingobongobar, und er putzt und poliert dort die ganze Zeit nur seine Gläser!"

„Ist das echt dein Leben?", fragte er nun schon mit hörbar mitleidigem Unterton, und ich musste mit leiser Stimme zugeben: „Ja."

Da Ali aber auch eine Zusatzausbildung als Psychologe absolviert hat, mit der er seine geringen körperlichen Fähigkeiten wettzumachen versucht, wollte er mich nun in meinem Elend nicht ganz unbehandelt lassen, deshalb rief er plötzlich: „Sieh es doch positiv, Kitty!"

Das war der Schlachtruf aller Psychologen, die von nichts eine Ahnung hatten – schon gar nicht von den großen Problemen des Lebens! –, aber immer mit einem Tipp zur Stelle waren. Tipps interessierten mich normalerweise gar nicht, aber diesmal fragte ich: „Wie meinst du das?"

„Na, sie ist weg!"

„Ja und?"

„Hör zu, du scheinst ein wirklich trauriges Leben zu führen!", sagte er ohne Rücksicht auf mein wirklich trauriges Leben. „Da solltest du doch eigentlich froh sein, wenn du eine deiner zahlreichen Belastungen loswirst."

„Hä?"

„Oft genug bewegt man sich doch in eingefahren Bahnen und merkt dabei gar nicht, was um einen herum passiert. Wie sehr man sich seiner eigenen Möglichkeiten beschneidet, weil man in einer Art Hamsterrad feststeckt!"

Ich kapierte nicht wirklich, was er damit meinte, dachte aber immerhin darüber nach: Dass Susi endlich weg sein würde aus dem Haifischbecken der Erotik, in dem wir uns gemeinsam tummelten, einfach verschwunden, irgendwohin abgetaucht, im Netz ihres Ary verfangen – das sollte für mich gut sein?

Aber ja!, dachte ich plötzlich. Warum eigentlich nicht?

Sie würde dann nicht mehr an meiner Seite im selben Teich fischen und mir den einen oder anderen scharfen Hai abspenstig machen, meinte Ali das? Hin und wieder könnte ich sie ja noch besuchen, fiel mir dann ein, aber wirklich nicht zu oft. Ich würde manchmal ihre Einladung ins gemeinsame Ary-Susi-Haus annehmen und mir dann anhören, wie glücklich sie mit ihm war. Sie würde mir zeigen, wo die neue Lampe steht, die sie von Ikea geholt hat, „weil Susi jetzt die Einrichtung macht, sie hat nämlich ein Händchen dafür" (so würde Ary über sie reden!). Ab und zu würde ich mir sogar ihre langweiligen Updates im Internet anschauen, wenn sie und Ary zu Weihnachten auf den Malediven sein würden oder im Winter im Kitzbüheler Schnee herumbalgten wie zwei Jugendliche, mit all den anderen unfassbar peinlichen Prominenten. Susi liebte nämlich Prominente so sehr! Und Ary war ja angeblich wirklich prominent und angeblich wirklich reich, weil sein letzter Film angeblich wirklich erfolgreich war. Ich würde mir sogar anhören, wie sie ihr Sexleben „auf ein neues Niveau" gehoben hätte. Bisher war ja ich der Feldwebel im Bett, weil ich darauf bestand, dass es dort auch mal ein bisschen zur Sache gehen müsste, und Susi schüttelte immer verschämt den Kopf, wenn ich ihr davon erzählte. Ich mochte es, wenn einer hinter mir den Leistungssportler gab, und ich sagte dann oft: „Härter! Schneller! Weiter!" Aber nun war es Susi, die mich mit ihrem Ary volllaberte und damit, wie „groß das Tier" ist.

Je mehr ich also darüber nachdachte, desto klarer wurde mir, dass Susi tatsächlich mein größtes Problem darstellte. Dass ich mich einfach nicht richtig entfalten konnte, solange sie an der Bar neben mir saß und immer wieder unglaublich peinlich lachte, obwohl sie doch diesen Pferdebiss hatte. Mir wurde augenblicklich klar, dass meine Ausstrahlung litt und mein Glanz nicht richtig glänzen konnte, wenn ihr ein Minzblatt zwischen den Zähnen stecken blieb und sie es nicht bemerkte und immer weiter lachte.

Ali hatte ja so recht! Und ich fühlte mich plötzlich so leicht, als ich aufstand, vollkommen befreit von einer riesigen Last. Als neuer Mensch ging ich um den Schreibtisch zu Ali, stellte mich vor ihn hin, blickte zu ihm hinab, obwohl ich innerlich zu ihm aufblickte, und drückte ihn ganz fest an mich. Dann sagte ich: „Danke, Ali. Danke, danke, danke. Du bist ein richtiges As!"

3

Genau in diesem Moment kam der Boss bei der Türe herein, und das war kein Wunder. Denn seit meiner Geburt habe ich ein Händchen für peinliche Situationen, darauf bin ich irgendwie spezialisiert. Ich stand also mit meinem Ali in den Armen in der Mitte unseres Büros und hielt ihn fest wie der Bär sein Honigfass. Zwar tat Bonner zunächst so, als hätte er gar nicht gesehen, was nicht zu übersehen war. Aber als Ali schön langsam anfing, unrhythmisch zu atmen und mit den Armen zu wedeln, weil ich immer fester drückte, schüttelte er doch erstaunt den Kopf und fragte: „Ist das Sex?"

Da endlich erwachte ich aus meiner Schockstarre und entließ Ali aus meinem Klammergriff. Und um die Situation noch irgendwie zu retten, stieß ich ihn dann sogar angewidert von mir. Als ich aber sah, dass Bonner von der Ehrlichkeit meiner Abscheu nicht überzeugt war, blieb mir nichts anderes übrig als zu beteuern: „Es ist nicht, was Sie denken, Boss!" Aber gut ausgesehen hat das alles sicher nicht.

„Muhr!", sagte Bonner dann und wechselte gentlemanlike das Thema. „Ist das schon deine Bikinifigur? Ich habe gesehen, dass du für Juli drei Wochen Urlaub eingetragen hast, wo soll's denn hingehen? Die schroffen Felsen Schottlands? Oder die saftigen Hügel Irlands?"

Das war seine Art, ein Gentleman zu sein. Mich immer mit Du anzureden, während er selbst auf das Sie bestand. Und das war alles, was ihm zum Thema Urlaub einfiel: Zwei Länder, in denen er Whisky trinken konnte!

Aber was meine Bikinifigur anging: Okay, ich hatte keinen guten Winter gehabt, das gebe ich gerne zu.

Winter taten mir nämlich nie gut, weil sie einfach zu lang dauern und zu finster und viel zu kalt sind. Es gibt im Winter immer so viele tiefe Löcher, in die man hineinfallen kann: Mir genügte es ja schon, abends alleine aus dem Benz steigen zu müssen und dann hinein in den schmutzigen Schnee. Ich knallte dann die Autotür zu und ging die paar Schritte durch den Hof meines Gemeindebaues in Richtung meiner Stiege 3, wo im vierten Stock eine zu niedrige Wohnungstüre ankündigte, dass ich gleich in ein Mäuseloch eintreten würde. Die Wohnung war dann auch immer scheißkalt, wenn ich im Winter spät nach Hause kam, und viel zu heiß nach einer Stunde, während der ich die Heizung voll aufdrehte. An gesunden Schlaf war danach nicht mehr zu denken, also ging ich ständig zum Kühlschrank, von wo angenehm kalte Luft zu mir herausströmte und ich dann wahllos nach allem griff, was ich dort drinnen gebunkert hatte. Das war meistens sehr viel! Im Winter verwendete ich den Großteil meines Geldes nämlich für Essen, knapp gefolgt von meinen Ausgaben fürs Trinken. Ich hatte also ein wenig zugelegt und konnte es daher überhaupt nicht leiden, wenn so ein Schmalhans wie Bonner anfing, sich über mein Gewicht lustig zu machen. Dann kriegte ich Herzrasen und feuchte Hände, und wenn derjenige, der mich darauf ansprach, Pech hatte, dann fing ich an zu schreien: „Zu meinem Körper folgendes: Er gehört mir! Und er geht Sie einen Scheißdreck an!“

Außerdem solle ein so lächerliches, erbärmliches, windanfälliges Gerippe wie er nicht auf einen Klasekörper wie meinen schießen, schrie ich weiter, das sei einfach lächerlich. „Ich meine, sehen Sie sich doch mal im Spiegel an. Nicht einmal in Thailand würden Sie eine finden, die mit Ihnen baden gehen möchte!“

Wenn ich mal redete, dann redete ich.

Bonner war heuer sechzig geworden und vom Alkohol zerfressen, die ewig gleiche braune Stoffhose und das ewig gleiche beige Hemd an ihm sahen beschissen aus, sie bedeckten aber zumindest seinen elenden Körper. Er ruderte zurück, nachdem ich ihm einen Teil meiner Meinung gegeigt hatte, aber ich war noch nicht ganz fertig: „Sie sind doch nur verbittert, weil Sie Ihr Whiskyglas nie auf mir abstellen werden, das ist es nämlich, wovon Sie heimlich träumen! Wenn Sie also die Güte hätten, sich für diese Frechheit zu entschuldigen, dann lasse ich es für heute gut sein. Wenn nicht, dann lege ich Sie jetzt und hier aufs Kreuz mit einem Koshi-Guruma, denn falls Sie es vergessen haben: Dieser Körper kann Judo! Judo, nicht Yoga!"

Als ich „Koshi-Guruma" sagte, war ich schon ganz rot im Gesicht und konnte kaum mehr atmen, und bei „Yoga" fiel ich beinahe um. Aber das war mir egal, denn es musste einfach mal raus aus mir.

Sonst würde ich irgendwann noch explodieren.

4

„Siebenter Bezirk innerhalb des Gürtels", hatte Bonner dann noch gesagt, da war er schon ganz leise geworden. „Dort hat so eine Art Hausmeister in einem Hinterhof in der Kaiserstraße einen Toten gefunden, der um die fünfundvierzig Jahre alt, sehr groß und ziemlich übergewichtig ist, außerdem soll er blonde, lange Haare haben. Er liegt dort vor einer ehemaligen Nagelfabrik, in der angeblich zwei verlauste Punks schlafen."

Blonde, lange Haare an einem Typen waren ihm ein sicherer Hinweis darauf, dass jemand schwul war, und Punks waren in seinen Augen immer verlaust. Ob sie auch verdächtig waren, das hatte er uns nicht mehr sagen können, denn da waren wir bereits draußen. Ich hatte nämlich keine Lust gehabt, noch länger als nötig mit ihm in einem Raum zu sein.

Die Kaiserstraße war stark befahren. Es gab Durchgangsverkehr, Lieferverkehr, parkende Autos, haltende Autos, hupende Autos. Dazu die Straßenbahnlinie 5. Dazu frei herumlaufende Hunde und deren Haufen. Dazu quengelnde Kinder und deren quengelnde Mütter.

„Viele Geschäfte und Lokale. Hippes, urbanes Publikum, grüner Bezirksvorsteher, kaufkräftig, weltoffen, jung ..."

Ali las mir bereits vor, was er in seinem kleinen Computer über diesen Bezirk gefunden hatte, denn er mochte es, sich ein Bild von der Umgebung zu machen, in der ein Mord begangen wurde.

Ich ließ ihn gewähren und sagte: „Da vorne müsste es dann sein."

An der Nummer 43 hielten wir in zweiter Spur, zwei Streifenwagen hatten bereits den Zugang zum Tatort abgesperrt. Als wir ausstiegen, hörten wir böse Worte: „He! Was ist denn da vorn los? Wieso geht denn da nichts weiter? Verdammte Scheiße!"

So weltoffen konnte man gar nicht sein, dass man sich nicht trotzdem fürchterlich aufregte, wenn man im Verkehr mit der eigenen Riesenkarre nicht vorankam.

Als wir den Gehsteig querten, um durch das große Eingangstor in den Hinterhof zu gelangen, drängt sich auch noch ein Fahrradbote an uns vorbei. Hier war wirklich was los!

Durch dieses Eingangstor ging es ziemlich weit nach hinten, wo sich ein großer Hof befand mit einem alten niedrigen Fabrikgebäude aus Backstein auf der linken Seite. Die Fenster der Fabrik waren zum Teil eingeschlagen, alle übrigen vollkommen verdreckt, sodass kaum mehr Sonnenlicht hindurchdrang. Und die Türen waren mit Vorhängeschlössern versperrt, von denen eines aufgebrochen war. Am bröckelnden Verputz der Fabrik hingen noch ein paar hölzerne Buchstaben über dem Eingangstor, andere fehlten, aber mit ein bisschen Fantasie konnte man NAGELFABRIK NOWAK lesen.

Diese Fabrik musste zur Zeit der industriellen Revolution eröffnet worden sein und vor der sexuellen Revolution wieder geschlossen haben. Ali und ich schauten durch eine der zerbrochenen Scheiben hinein und sahen, dass in der verrümpelten Werkshalle zwei Schlafsäcke lagen, ein paar leere Bierdosen, Zigarettenschachteln und Essenskartons. Außerdem ein zerfleddertes Taschenbuch, auf dem Charles Bukowski stand.

„Schlafen die beiden da drin?", fragte Ali fassungslos.

Ihn widerte das an, aber ich hatte ein Faible für Punk, für das Wilde und Anarchische und erst recht für die Musik.

Aus der Ecke des Hofes, die der Fabrik gegenüber lag, hörten wir schon die ganze Zeit Gemaule: „Fuck you! Verpisst euch! Wir haben euch nichts getan! Ihr scheiß Bullen! Du scheiß Typ!“

Das mit den Scheiß-Bullen ging natürlich irgendwie auch gegen uns, aber mehr noch gegen die zwei Streifenpolizisten, die dort ein junges, gut aussehendes Mädchen mit grünem Irokesenschnitt und einen jungen, ebenfalls gut aussehenden Kerl mit tiefschwarzer Stachelfrisur in die Ecke drängten.

„Die Kleine wäre ja ganz nett“, hörte ich einen von den Bullen sagen, „wenn sie nicht überall dieses Metall drin hätte. Was glaubst du, wo die noch so gepierct ist?“, fragte er den anderen.

Die Göre schrie sofort, dass ihn das einen Scheißdreck angehen würde, und dann trat sie ihn gegen das Knie. „Du Penner wirst als Letzter erfahren, wo ich gepierct bin!“

Sie gefiel mir, denn irgendwie erinnerte sie mich an jemanden, der auch schnell wütend wurde und auch hin und wieder schrie. Und Ali schaute mich an, als wollte er sagen: Wenn die so weiter macht, dann wird sie wie du.

Was könnte ihr Besseres passieren?

Bei der Gruppe stand ein Mann in einem grauen Jogginganzug, dem die Wampe über die Hose quoll. „Herr Santner hat den Toten gefunden“, sagte einer der Kollegen, als wir auf sie zugingen. „Er ist der Meinung, dass die beiden hier ihn ermordet hätten.“

„Geht's hier um die Meinung von dem?“, fragte ich und schaute mir den Toten an. Er lag fünf Meter von der Gruppe entfernt neben einer Holzkiste, in der Streusplit für den Winter gebunkert wurde. Er lag auf dem Bauch, die Hände schlaff und eng am Körper, als wäre er zusammengesackt, ohne dass er noch Zeit gehabt hätte, sein Gesicht zu schützen. Sein Kopf war grotesk verdreht, sodass sein Gesicht trotz Bauchlage zum Himmel schaute. Wie eine Puppe, der man den Kopf umdreht. Aus seinem Mund, der Nase und aus den Ohren war Blut geronnen, das nun bereits trocken war. Er trug einen grasgrünen Bademantel und Badelatschen ohne Socken, was mich plötzlich an Strand, Balkon, Morgenkaffee nach erfrischender Dusche und Umarmung von hinten mit Kuss in den Nacken und festem Griff an die Titten denken ließ ...

„Genickbruch als wahrscheinliche Todesursache?", widerholte Ali, was der Arzt ihm gesagt hatte. Der war bei dem Toten gekniet und richtete sich nun auf, nachdem er seine Fotos gemacht und Interessantes in seinen Laptop getippt hatte, seine Worte rissen mich aus den Träumen. „Irgendjemand mit viel Kraft muss es ihm gebrochen haben", sagte der. „So liegt keiner da, der nur gestürzt ist."

„Also Genickbruch durch Fremdeinwirkung?"

„Sieht so aus."

Nach seiner Kleidung zu urteilen, war der Tote vielleicht gestern am späteren Abend hierhergekommen. Eventuell war er kurz rausgegangen, um eine Zigarette zu rauchen, und dann in den Hof gegangen. Aber warum? Kam er einfach so vorbei, oder suchte er ausgerechnet hier etwas? War er vielleicht sogar mit jemandem verabredet?

Ich fragte, während Ali Fotos von dem Toten machte, die er auf seinem Telefon speicherte: „Kennt man seinen Namen?"

„Nein", sagte einer der Uniformierten. „Er hatte keine Papiere bei sich, kein Handy, keine Schlüssel. Und das ist seltsam, weil er ja irgendwie wieder in seine Wohnung hätte kommen müssen, so, wie er gekleidet war."

„Also Raubmord?“, fragte ich.

„Die beiden hier ...“, redete der Kollege weiter und deutete auf die Punks, aber das Mädchen schrie ihn sofort wieder an: „Was ist mit uns, du Arsch?“

„Ihr habt ihn umgebracht!“, brüllte der Dicke in der Jogginghose.

„Wir haben den gar nicht umgebracht!“, schrie das Mädchen zurück. Es war vielleicht sechzehn Jahre alt und hatte eine ordentliche Wut in sich. Ihr Begleiter, der ihr Freund zu sein schien, stand stumm neben ihr. Seine dürren Beine steckten in engen, verdreckten schwarzen Jeans, beide hatten einen Kaugummi im Mund und schauten voller Verachtung in die Welt.

Einer der Kollegen zuckte die Schultern und gab mir ein Streichholzbriefchen, auf dem *Fleischnotdienst* stand. Der Adresse nach war das praktisch gegenüber: „Das ist das Einzige, was wir bei ihm gefunden haben“, erklärte er, und Ali fragte: „Was ist das?“

„Wohl so ein moderner Burger-Laden“, sagte ich. „Du magst doch Burger?“

„Ich hasse Burger.“

„Dönerburger mit alles magst du auch nicht?“

„Nein!“

Der in der grauen Jogginghose spielte mit seinem Schlüsselbund, und der zweite Polizist deutete auf ihn. „Er wollte gerade den Müll heruntertragen, als er ihn hier fand.“

Da fing das Mädchen wieder an zu maulen: „Der Spasti will uns doch nur weg haben von hier! Seht ihn euch an! Der wäscht sich seine Hose nie und kriegt zu Hause nichts zu ficken!“

Ihr Freund setzte eins drauf: „Der Arsch wirft mit Seife nach uns und leert seinen Dreck vor unser Fenster. Der ist total durchgedreht!“

„Die dürfen hier nicht schlafen!“, rief Santner, aus seinem Mund roch ich billigen Schnaps. „Gehört die Fabrik Ihnen?“, fragte ich ihn, obwohl Fabrikbesitzer meist anders aussahen.

Er sagte: „Nein.“

„Dann gibt es vielleicht eine Anzeige von Seiten des Fabrikeigentümers wegen Ruhestörung oder so was?“

Er sagte: „Keine Ahnung.“

„Mit anderen Worten: Die Fabrik und wer darin schläft geht sie einen Scheißdreck an?“

„Aber es ist unser Hof!“, schrie er.

„Aber nicht Ihre Fabrik!“, schrie ich zurück.

„Aber die sind so laut!“

„Und Sie stinken nach billigem Schnaps!“

Wenn ich etwas an Bonner mochte, dann, dass er sich Spirituosen ab fünfzig Euro aufwärts pro Flasche leistete. Was das Saufen anging, war er nicht sparsam, nur was Charme und Benehmen anging. Der Typ hier aber sparte schlicht an allem.

Ali fragte ihn, ob er den Toten gekannt hätte und ob er vielleicht sogar hier im Haus wohnte. Aber Santner hatte ihn noch nie gesehen.

„Sie kommen wohl nicht oft vor die Türe?“, fragte ich.

„Nein. Muss ich auch nicht“, antwortete er.

„Ein bisschen auslüften täte Ihnen nicht schaden.“

Da lachte das Mädchen: „Ja genau, der stinkt echt!“

Ich fragte einen der Kollegen, ob man die beiden Punks durchsucht und bei ihnen etwas gefunden hätte – den Ausweis, das Handy oder die Schlüssel des Toten, die er eigentlich hätte bei sich tragen müssen. Als er verneinte, fragte ich ihn, ob er Santner auch durchsucht hätte. Das hatte er nicht, also trug ich ihm auf, es zu tun. Das gefiel dem Blockwart gar nicht, es drangen einige verletzende Worte an mein Ohr, so verletzend, dass Ali ihm eine wichtige Information geben musste: „Vorsicht! Die kann Judo. Judo. nicht Yoga."

„Na und?" fragte er.

„Mein Kollege wollte es nur gesagt haben", erwiderte ich, und gab ihm noch ein bisschen Fachwissen mit auf den Weg: „Spezialität Hane-Goshi, das ist ein Hüftspringwurf."

Dann nahm ich die beiden jungen Leute zur Seite.

„Wie heißt ihr?"

„Ich bin Nancy", sagte das Mädchen.

„Und dein Freund hier?"

„Das ist der Sid."

Ich musste lachen. „Im Ernst? Wie Sid und Nancy?"

„Kennst du die?" fragte sie mich überrascht. „Siehst gar nicht so aus."

„Die kenne doch sogar ich!", warf Ali ein. „Sid Vicious und Nancy Spungen. Sie von ihm ermordet im Jahr ..."

„Du bist hier nicht in der Schule, Ali!", fuhr ich ihn an, und dann fragte ich die beiden: „Wie heißt ihr wirklich?"

„Also ich Katharina", sagte das Mädchen. „Und der Sid heißt Noah."

Sie schaute ihn furchtbar verliebt an, als sie seinen Namen aussprach, und er sie auch. Die beiden waren jung und glücklich, und dass sie hier in der Fabrik hausen mussten, das schien ihnen gar nichts auszumachen, im Gegenteil. Sie fanden es einfach nur romantisch.

„Katharina Fink und Noah Wehrich", wurde der Kollege deutlicher, der bei Santner nichts gefunden hatte und sich nun an uns wandte. „Gemeldet sind beide im 23. Bezirk in Wien-Mauer, noble Gegend, Villenviertel."

Sie lachten über „Villenviertel" und „Noble Gegend", dann maulten sie: „Wir wohnen hier!"

„Hier darf man aber nicht wohnen!“, schrie Santner wieder, der es nicht auszuhalten schien, dass die beiden in der Fabrik schliefen. Aber dem Mädchen war das egal: „Da scheißen wir drauf. Krieg den Palästen, Frieden den Hütten! Wir holen uns die Stadt wieder zurück von den verdammten Geldsäcken!“

„Das klingt meiner Meinung nach wie ein Motiv“, sagte der eine Polizist, aber ich deutete auf den Toten.

„Wie sollen die beiden einem Fast-zwei-Meter-Mann das Genick brechen, ha? Schon mal darüber nachgedacht?“

Das Argument kam gut an, denn es sagte keiner etwas darauf.

Die Stimmung hatte sich einigermaßen beruhigt, als die beiden Kollegen Sid und Nancy den Weg frei machten und sie in Richtung der Fabrik gingen, in der sie all ihre Sachen hatten. Ich ging mit ihnen, und dort fragte ich die beiden: „Habt ihr mal was gesehen? Jemanden, der sich hier in letzter Zeit herumgetrieben hat?“

Sid zog ein Augenlid hoch als Zeichen dafür, dass es ihm schwerfiel, die Augen überhaupt offen zu halten: „Zu viel Alk, zu viel gekifft. Wir haben jetzt zwei Tage nur gepennt, glaube ich.“

Da stieß Nancy ihn in die Seite und lächelte ihn an. „Nicht nur gepennt, Siiid!“

Sie nahmen sich an der Hand und schauten sich wieder ganz verliebt an. So, als könnte nichts und niemand ihr Glück jemals zerstören. Erste Liebe, wie entzückend! Ich wünschte ihnen, dass es so sein möge, und fragte mich, wann ich selbst die Abzweigung versäumt hatte in Richtung ewiges, vollkommenes Glück.

Muss wohl schon eine Weile her sein.

5

Ali und ich verließen den Hof und traten hinaus auf die Kaiserstraße, wo ich erst gar nicht auf dem Streichholzbriefchen nach der Adresse des Burger-Ladens suchen musste. Der lag gleich schräg gegenüber der Einfahrt, mit eigenem Gastgarten davor auf dem Gehsteig. Wir querten die Straße. Auf einer alten Schiefertafel war in dicken Kreideblöcken FLEISCHNOTDIENST 10-02 Uhr zu lesen, wie in der Schule. Heutzutage musste alles irgendwie ursprünglich wirken, wenn es nach Fett und Fleisch roch.

Als wir eintraten, fragte ich Ali, ob er schon Urlaubspläne hätte, und ging dabei ein bisschen ins Grundsätzliche: „Bist du mehr der Mallorca-Typ, oder lieber Tirol? Bisschen Party und Ballermann oder lieber die Berge?“

„Heuer habe ich im Sommer etwas ganz anderes vor“, erklärte er stolz. Plötzlich wirkte er verändert. Er schien breitbeiniger zu gehen, als er das sagte, und in seinen schmale Ärmchen regte sich plötzlich sogar ein wenig Testosteron.

„Und was genau?“, fragte ich.

„Geht dich nichts an“, sagte er.

Wie wollte er jemals mein Vertrauen gewinnen?

Wir setzten uns an einen der Tische, und sofort hasste ich den Laden. Das lag zuerst an der Speisekarte, die es nur an die Schiefertafel geschrieben gab, und dann noch daran, dass man sich alles in „Double“ oder mit „Extra“ bestellen konnte, es standen alleine vierzig „Dips“ zur Auswahl, aus denen ich wählen sollte. Wo ich schon nicht wusste, wohin ich in den Urlaub fahren wollte.

„Burger gehen sehr gut zur Zeit“, erklärte mir Ali, dem es hier zu gefallen schien, außerdem hatte er einen Hang zum Erklären: „Ihr Einheimischen esst wirklich gerne Rind.“

„Na und?“, fragte ich. „Was hat einer dagegen zu sagen, der zum Beispiel nicht einmal Schwein isst?“

„Mir ist alles Fleisch egal“, erwiderte er. „Ich bin, wie du weißt, Vegetarier, deshalb sind meine Blutwerte auch tiptop, und mein Gewicht halte ich seit Jahren konstant auf ...“

„Muss ich mit dir jetzt echt über Essen und Gewicht reden, Ali? Nachdem mir schon der Boss mit seinen Betrachtungen zu diesem Thema auf die Nerven geht? Du bist zu klein, um eine Frau auf ihr Gewicht ansprechen zu dürfen!“

Daraufhin schwiegen wir, während Ali seinen Kopf in die Hände stütze und sich umschaute wie ein Zwölfjähriger auf Klassenfahrt. Jeder Zwölfjährige genießt seine Klassenfahrt, und bald sah ich, dass es auch Ali hier ausnehmend gut gefiel. Fleisch war ihm nämlich gar nicht egal, jedenfalls nicht das der Kellnerinnen, er beobachtete sie aufmerksam und interessiert. Sie waren alle knabenhaft schlank und mit hohen Wangenknochen ausgestattet, außerdem trugen sie alle enge Hotpants in Pink und enge Tanktops ebenfalls in Pink. Auf ihrem Arsch stand *Fleischnotdienst,* weil es auf ihre Pants genäht war, und auf ihren Brüsten auch, weil es aufs Top genäht war. Ali kriegte richtig große Augen. Scheinbar hatte sich bei allen Männern der Welt das Idealbild „Knabenkörper“ bei Frauen durchgesetzt, und möglichst jung sollten sie auch sein, versteht sich. Selbst legten die Typen, denen bei so einem Anblick die Augen übergingen, ständig zu und scherten sich einen Dreck darum, wie sie aussahen. Aber die Erwartungen an das Gegenüber konnten nicht höher sein.

Um Ali das Schauen in meiner Gegenwart abzugewöhnen, sagte ich: „Du bist also gar nicht schwul?“

„Ich und schwul?“, fragte er verwirrt. „Wie kommst du denn darauf?“

„Na, ich war mir bisher eigentlich sicher, dass du schwul bist. Aber jetzt sehe ich, dass dir ja doch das Wasser im Mund zusammenläuft, wenn hier die Mädchen so herumspringen. Wieso versuchst du es eigentlich nie bei mir? Muss ich das als Kränkung verstehen?“

Er sagte genervt: „Lass mich bitte in Ruhe, o.k.?“

Endlich kam eine zu uns, sie hieß Svetlana. Ihr Name war auf ihr Top gestickt, gleich neben der gut sichtbaren linken Warze. Sie hatte auch sonst eine sehr schöne, feste Oberweite und sagte uns, während Ali sie anstrahlte, was sie heute so empfehlen könne, im gemütlich Plauderton und uns dabei mit „Du“ ansprechend, als wären wir alte Freunde, von Facebook oder von woher auch immer man sich kannte.

Ali winkte ab. Er wollte ihr wohl zeigen, dass er mindestens genauso schlank sein konnte wie sie. Aber ich hatte natürlich Hunger. Also deutete ich auf die Karte an der Wand und sagte: „Ich nehme diesen zweiten Burger von oben in Double mit zwei extra Dips, und zwar scharfen.“

Sie nahm mich kaum wahr, als sie fragte: „Sonst noch Wünsche?“

„Ja. Schnell!“

Da stieß mich Ali in die Seite uns meinte: „Sind wir nicht hier, um ein paar Fragen zu stellen?“

„Lass mich bitte in Ruhe, o.k.?“

Er rief Svetlana zurück. Sie kam und wirkte genervt, versteckte es aber hinter einem strahlenden Lächeln, als Ali sein Telefon herausholte. Umständlich wischte er darauf herum, was sie dann noch mehr nervte. Völlig verstört war sie aber, als er ihr endlich ein Bild, das er von dem Toten gemacht hatte, zeigte. Die jungen Leute schauen sich heute alles Mögliche im Internet an, aber ein echter Toter ist natürlich nicht sehr schmackhaft, wenn man gerade in einem Esslokal arbeitet. Ali legte das Telefon auf den Tisch und bat Svetlana, sich das Foto noch einmal genau anzusehen. Das tat sie auch, und dann wich sie entsetzt zurück: „Iiiiih!"

Ich fand das ja auch irgendwie ekelhaft, gerade jetzt, wo ich essen wollte.

„Kannten Sie ihn?", fragte Ali, und sie nickte.

„War er öfter hier?"

Sie nickte wieder. Aber bevor sie ihm sagen konnte, wie oft genau er hier gewesen war, hatte sie sich umgedreht und lief durch eine Türe nach hinten, wo sie vermutlich erst einmal richtig kotzen musste.

„Siehst du!", sagte ich zu Ali. „Mit so einem Foto verschreckst du die Frauen doch nur!"

Nach ein paar Minuten kam einer an unseren Tisch, der eine blonde Föhnwelle auf seinem mächtigen Schädel trug und ein rosafarbenes Hemd mit weißem Kragen über seinem gewaltigen Bauch, an dem er die Knöpfe fast bis zum Nabel geöffnet hatte. Rosa schien hier irgendwie Pflicht zu sein, die Farbe sollte vielleicht an rohes Fleisch erinnern, vertrug sich aber nicht mit dem Rot in seinem Gesicht. Er war ein Typ Zuhälter auf Abwegen, vielleicht Anfang sechzig oder auch einfach nur „jung geblieben", oder was weiß ich, was man sonst noch alles über ihn sagen könnte: „Erfolgreich", „dynamisch" und „Boot in Südfrankreich"?

Dabei schrie alles in ihm nach Liebe und stabiler Zweierbeziehung, da machte er mir nichts vor. Allerdings war eine stabile Zweierbeziehung bei diesem Aussehen mit ihm einfach unmöglich. Er ging so langsam und vorsichtig, als hätte er es im Kreuz, irgendetwas stimmte nicht mit seinem Bewegungsapparat, bald würde er einen Stock brauchen. Mit dem könnte er dann die Wolke aus unglaublichem Herrenduft vertreiben, die er vor sich herschob, sie traf uns voll in die Nase, und ich dachte: Da schon lieber das Zeug von Ali!

Der trug nämlich auch immer dick auf, sprühte sich mit irgendetwas Billigem aus der Anatoliendrogerie ein, das den Zwiebelgeruch, der ihm nun mal auch anhaftete, zwar nicht vollständig überdecken konnte, aber immerhin dämpfte. Als ich ihn einmal fragte, was das genau für ein Duft sei, sagte er: „Geht dich nichts an!"

Nachdem der alternde Blondschopf sich zu uns geschleppt hatte, fragte er, ohne uns zu grüßen: „Gibt es Probleme?"

Und ich antwortete: „Bis jetzt eigentlich nicht."

Er war aber auch der Typ, der sich gerne wiederholte, denn er sagte: „Ich habe gefragt, ob es Probleme gibt?"

Dabei krempelte er die Ärmel hoch, als wollte er uns zeigen, wie schön gebräunt und trainiert seine Unterarme waren. Ich blieb unbeeindruckt und reichte Ali, der immer nervös wurde, wenn einer den starken Max raushängen ließ, einen Zahnstocher, damit er damit zwischen seinen Beißerchen herumarbeiten und Gelassenheit demonstrieren konnte. Und als Zeichen dafür, dass ich die Situation voll im Griff hatte. Der Zahnstocher ermutigte ihn schließlich, dem Blondie auszurichten: „Vorsicht. Die kann Judo. Judo, nicht Yoga."

„Und was willst du Mini-Affe mir damit sagen?“, fragte der mit den trainierten Unterarmen.

Weil er es also unbedingt wissen wollte, erklärte ich es ihm: „Er will damit sagen, dass die Polizei, bei der wir beide arbeiten, jedem von uns eine spezielle Zusatzausbildung angeboten hat. Ich habe Nahkampf gewählt, mein Kollege hingegen hat es vorgezogen, Psychologie zu studieren.“

Nun krempelte der Kerl seine Ärmel wieder herunter, knöpfte sogar ein paar Knöpfe seines Hemdes zu, sodass man nicht mehr alles sehen musste, was er so zu bieten hatte, und sagte ein wenig kleinlaut: „Polizei also?“

Das Wort schien ihm nicht so gut zu gefallen wie seine Unterarme. Ich sagte: „Immerhin haben Sie noch ganz gute Ohren, dafür, dass da schon so viele Haare darin wachsen. Gehört der Laden Ihnen?“

„Ja.“

„Läuft gut?“

„Läuft extrem gut.“

„Vielleicht, weil die Frauen hier Hotpants tragen müssen, auf denen *Fleischnotdienst* hinten draufsteht. Finden Sie das witzig?“

Das Thema gefiel ihm: „Ja, eigentlich schon, darum mache ich es ja. Sex kurbelt den Umsatz an, wie Sie wissen. Und ich weiß es vielleicht noch ein bisschen besser als Sie, denn ich habe noch Sex.“

Konnte ich mir gerade gar nicht vorstellen, wie der mit seinen Schmerzen im Kreuz Sex haben konnte.

„Ihr Rücken, ist das ein Geburtsfehler?“, fragte ich ihn, „oder haben Sie sich beim Sex verletzt?“

Er lächelte unsicher, beinahe so, als hätte ich ihn bei irgendetwas ertappt, aber immerhin lächelte er. Und ich log dann ein bisschen, als ich sagte: „Ihre

Mitarbeiterin Svetlana wollte uns gerade erzählen, wie dieser Mann hieß, der da gegenüber in einem Hinterhof mit gebrochenem Genick tot aufgefunden wurde."

Schon schob ihm Ali sein Handy hinüber, damit er sich das Foto anschauen konnte, aber der Rückenpatient schaute gar nicht erst hin, sondern sagte einfach: „Kenne ich nicht."

Da sah ich auf der Tafel, dass man Essen hier auch online bestellen konnte. Also log ich noch ein bisschen weiter: „Svetlana sagte sogar, er wäre in Ihrer online-Kartei, und sie würde uns Name und Adresse von ihm bringen."

„Das sagte sie auch?", fragte er.

„Laut und deutlich", log ich noch ein bisschen lauter und deutlicher.

Nun zeigte er mit dem Finger auf Alis Handy und sagte: „Kann ich noch mal sehen?"

Nachdem er seine Lesebrille aufgesetzt hatte, schaute er sich das Foto doch an, und der Anblick des Toten ging ihm nahe wie ein Schlag gegen die Leber. Er stammelte: „Ähh ... also ... Scheiße auch, das ist Rufus ... Rufus Lottmann. Ist er tot?"

Was für eine Frage!

Ich sagte: „Mausetot."

In seinem Gesicht erkannte ich nun eine gewisse Unentschiedenheit. Er wusste nicht so ganz, was er davon halten sollte, und schien irgendwie zu überlegen, was das bedeuten könnte, für ihn und für alle anderen auf der Welt auch. Also wollte er erst einmal die Fakten checken: „Verdammt! Wo liegt er denn überhaupt?"

„Schräg gegenüber in einem Hinterhof."

„Dort, wo die Punks wohnen?"

„Wo Punks wohnen, ja."

„Die kamen manchmal zum Schnorren hierher. Ich habe sie dann immer verjagt. Naja, das wird nämlich immer schlimmer, müssen Sie wissen: Zeitungsverkäufer, Musikanten, normale Bettler, und jetzt auch wieder Punks ... alle wollen etwas von einem! Haben die ihn umgebracht?"

„Das können wir noch nicht mit letzter Sicherheit sagen, aber ich würde mal eher annehmen: Nein. Waren Sie es?"

Er erschrak kurz, dann lächelte er schwach: „Soll das ein Witz sein?"

„War nur eine Frage."

„Was hat Rufus dort gemacht?", wollte er wissen.

Aber das war genau die Frage, die ich ihm auch stellen wollte: „Sie können es uns nicht sagen?"

„Ich? Nein, keine Ahnung!"

„Sie kannten ihn immerhin."

„Er kam öfter hierher mit irgendwelchen Filmleuten, traf sich zu Gesprächen."

„Was für Filmleute?", fragte Ali. „Und was für Gespräche?"

„Verschiedene Filmleute", sagte er. „Und verschiedene Gespräche."

Ich hasse diese maulfaulen Typen, die zu nichts auf der Welt nütze sind, außer, einem die Zeit zu stehlen.

„Gibt es nichts, was Sie uns über ihn erzählen könnten?", blieb Ali hartnäckig. „Wir kommen früher oder später sowieso dahinter."

Da bat er uns lieber gleich nach hinten in sein Büro, was dann aber seine Zeit brauchte, weil er richtig bedient war mit dem Kreuz. Auf dem Weg dorthin verriet er uns seinen Namen – „Martin Sorger!" – und erzählte uns, dass er Lottmann kennengelernt hatte, nachdem dieser hier in die Gegend gezogen war – „Ehe kaputt, Sie wissen schon!" – und sein Restaurant als bevorzugte Nahrungsquelle auserkoren hatte – „Guter Kunde!".

Und als müsste er sich unbedingt selbst reden hören, räumte er schließlich sogar ein, dass er zuvor tatsächlich ein wenig nervös gewesen sei, aber nur, weil er gedacht hätte, wir seien vielleicht vom Finanzamt. Diese Svetlana arbeitete nämlich erst „seit Kurzem" bei ihm, wie er wiederum freimütig einräumte, und er hätte „noch keine Zeit gehabt, sie anzumelden".

Ich sagte: „Ich weiß, wie das im Gastgewerbe läuft! Johnny, mein Barkeeper, ist auch nicht angemeldet! Aber wenn Sie wollen, dass die Finanzbeamten auf ihrem Arsch sitzen bleiben, dann liefern Sie uns lieber ein bisschen Futter, was Ihren Freund Lottmann angeht, sonst hol ich sie noch heute hierher."

Beinahe angewidert entgegnete er: „Lottmann war bestimmt nicht mein Freund!"

Meinte er das ernst? Oder ging es ihm ein wenig wie mir mit meiner Susi, die auch nicht mehr meine Freundin war, obwohl sie es natürlich irgendwie doch noch war?

„Mochten Sie ihn nicht?", fragte Ali, und Sorger fragte zurück: „Muss ich alle meine Gäste mögen?"

„Natürlich nicht", sagte ich. „Aber unser Job ist es zu fragen, warum sie ihn nicht mochten. Sie müssen wissen, dass die meisten Leute, die ermordet werden, deswegen ermordet werden, weil irgendjemand sie nicht mochte."

„Er war nicht sonderlich sympathisch", erklärte Sorger.

„That's it?"

„That's it."

Als er endlich seinen Schreibtisch ansteuerte, meinte er, dass er uns vielleicht Lottmanns Adresse geben könne, falls der tatsächlich bei ihm im System wäre. Kaum saß er, fand er sie schon, ein bisschen schneller sogar, als man es von einem erwarten konnte, der sie angeblich nicht kannte: „Ach, hier ist sie ja: Kaiserstraße 34, Top 15."

„Steht da nicht noch etwas in Ihrem Computer?", wollte Ali wissen. „Zum Beispiel, wie er bezahlt hat? Vielleicht mit Kreditkarte?"

Sorger schob die Lesebrille wieder auf die Nase und sagte: „Äh, Moment. Ja, doch."

„Dann zeigen Sie uns doch mal seine Bestellungen der letzten Wochen, wir würden gerne ein wenig mehr über ihn erfahren, Lebensgewohnheiten, Essgewohnheiten, Trinkgewohnheiten."

Sorger drehte zögernd den Bildschirm zu uns herum, und schon sahen wir eine Tabelle mit fortlaufender Nummer links, Name der bestellten Speise daneben, Uhrzeit des Bestelleingangs, und Uhrzeit der Zustellung.

Ich fragte: „Der Typ hat in den letzten sechs Monaten also hundertachtundsiebzig Bestellungen bei Ihnen aufgegeben, sehe ich das richtig?"

Sorger druckte uns eine Liste der Bestellungen aus und nannte uns den Gesamtwert: „2314,30 Euro."

Ich sagte: „Wow! Dann konnten Sie ja allein von ihm ganz gut leben!"

„Naja."

„Aß er immer nur abends?", fragte Ali.

Sorger setzte die Lesebrille auf: „Äh, ja."

„Und immer nur Double-Cheeseburger mit drei Dips?"

„Äh, sieht so aus."

„Und vor einer Woche hat er dann aufgehört zu essen, oder was?"

„Äh, wieso?"

„Weil die Bestellungen vor einer Woche um 22.45 Uhr enden, wie ich dieser Liste entnehme. Da ging die letzte Bestellung ein, wenn ich das System richtig verstehe."

„Äh, kann sein."

„Und was sind das für Namen hier auf der Liste, da ganz rechts?"

„Das?", fragte er, als er die Lesebrille gerade wieder abnehmen wollte. „Ach so, naja, das sind die Namen der Mitarbeiterinnen, die die Bestellung aufgenommen haben."

„Als letzte steht hier eine gewisse Ramona", stellte Ali fest. „Und die etwa fünfunddreißig Male davor steht hier auch Ramona."

Sorger schluckte ein wenig nervös, und dann fragte er: „Tatsächlich?"

Schaute sich das Blatt durch seine Lesebrille noch einmal genauer an und fand dann auch: „Ja, wirklich, da steht oft Ramona."

„Wie mein Kollege schon sagte."

„Und wer hat geliefert?", fragte Ali.

„Normalerweise ... Ramona", sagte er.

„Kann man denn mit dieser Ramona mal reden? Vielleicht läuft sie ja gerade draußen irgendwo herum in ihrem knappen Höschen. Ich nehme an, sie ist blond und schlank und ein bisschen knabenhaft gebaut mit schmalem Arsch?"

Er bestätigte meine Vermutungen ihr Aussehen betreffen, aber ihre Anwesenheit betreffend musste er uns enttäuschen: „Sie arbeitet leider nicht mehr hier."

Da beschlicht mich so eine leise Ahnung, aber zur Sicherheit fragte ich dann doch nach: „Seit einer Woche ungefähr?"

„Seit einer Woche, genau."

„Gibt es einen Grund dafür, dass sie nicht mehr hier arbeitet?"

„Sie ist wohl einfach nicht mehr gekommen."

„Wir könnten sie ja selbst fragen", schlug ich vor. „Sie werden bestimmt eine Adresse von ihr haben, nicht wahr?"

Keine Ahnung, wieso, aber ich hatte das Gefühl, dies war nicht sein bester Tag. Ob es Sorger nicht gefiel, dass dieser Lottmann tot war? Oder ging es ihm nur darum, dass er seine Mädchen nicht angemeldet hatte? Oder war irgendetwas mit dieser Ramona? Vielleicht waren es aber auch die Drogen, die ihm schon bei den Augen herauskamen

„Muss ich Ihnen die geben?", fragte er mich ein wenig erschöpft, und ich entgegnete: „Wie mein Kollege schon sagte: Ich kann Judo."

6

„Er übertrieb meiner Meinung nach ein bisschen, als er so tat, als wüsste er nicht genau, wo dieser Lottmann wohnt, was meinst du?"

Das fragte ich Ali, als wir wieder draußen auf der Straße standen. Aber der war schon wieder ganz woanders mit seinen Gedanken: „Rufus Lottmann, Jahrgang 1967", sagte er, während er auf seinem kleinen Spielzeug herumwischte, „Absolvent der Wiener Filmakademie. Mein Gott, ich hätte es wissen müssen!"

„Was?"

„Dass Lottmann diesen Film gedreht hat! *Die Liebe in den Zeiten der Ungleichheit*! Und wenn man den Informationen im Internet glauben darf, dann plante er gerade die Fortsetzung! Ich kann es einfach nicht glauben, dass der Film nun vielleicht nie zustande kommt, weil er tot ist!"

Ali gingen beinahe die Augen über, als er mir das alles erzählte, und als ich seine Begeisterung nicht teilte, nicht einmal im Ansatz, fragte er mich erstaunt: „Kennst du diesen Film etwa nicht? Das war doch der erfolgreichste österreichische Film seit dem Ende des Krieges!"

„Nie gesehen!"

Liebesfilme liefen nämlich grundsätzlich ohne mich, denn die Wahrheit mit Liebesfilmen und mir war die: Sie rührten mich zu Tränen. Ich weinte schneller als ein Kind, dem man mit dem Finger ins Auge fährt. Ich weinte und hörte dann einfach nicht mehr auf. Daher mit mir keine Liebesfilme, nicht in der Öffentlichkeit, nicht, wenn mich andere dabei sehen konnte.

Außerdem hatte mein Gesicht die Angewohnheit, dass es um die Augen herum ganz rot wurde, wenn ich weinte. Ich kriegte dann solche Punkte, die stundenlang nicht mehr weggingen. Ich hasste das, und ich hasste mein Gesicht dafür.

Daher hatte ich mich strikt geweigert, mir diesen Film anzuschauen, da konnte Susi noch so oft „Oooch bitte, bitte, bitte komm mit!" betteln, als sie noch keine Ary hatte, der sie ins Kino begleiten konnte. Und auch auf die Das-Goldene-Ticket-Party, zu der sie eingeladen war und mich mitnehmen wollte, nachdem ein paar Hunderttausend Leute diesen Film gesehen hatten, war ich nicht mitgegangen. Da wollte sie, dass ich mir ein schickes Kleid anziehe und ihren Ary kennenlerne, aber das war das Letzte, was ich wollte: Auf so einem Event mit zwei frisch Verliebten herumzustehen und ihnen dabei zuzusehen, wie sie ihre Finger nicht voneinander lassen konnten, nein danke!

Ali aber konnte nur noch an die Liebe denken, und zwar an *Die Liebe in den Zeiten der Ungleichheit*. Er geriet dabei richtig ins Schwärmen, es fehlte nicht viel, und er hätte auf der Straße angefangen zu tanzen: „Hör dir an, was hier steht!", rief er. „‚... gelingt es Rufus Lottmann wie keinem anderen, eine Welt zu erschaffen, in der unser heutiges Europa mit seinen sozialen Ungleichheiten so wahrhaftig wie sonst selten abgebildet wird. Reich und Arm, mit allen Chancen geboren einerseits und ohne Chancen geboren andererseits. Nicht einmal die ziemlich abgeschmackte Botschaft, dass Liebe am Ende alle Grenzen überwindet, kann diesem Film schaden. Ein Sehvergnügen, ein Geschenk', schrieb die *Presse*."

Er konnte gar nicht mehr aufhören.

„Oder hier: ‚Der zurückgezogen lebende und öffentlichkeitsscheue Rufus Lottmann, der bisher nur mit einer wenig beachteten TV-Serie in Erscheinung getreten ist, ist ein Meister der Figurenzeichnung und der leisen Zwischentöne. Das ist kein Kampffilm für soziale Gerechtigkeit, schon gar kein politischer. Und doch ist diese Liebesgeschichte eine Anklage gegen die Verhältnisse, ist es eine Darstellung von Wirklichkeit. Mehr kann man von einem Film heute nicht erwarten.' Das hat der *Standard* geschrieben."

Ich sagte: „Hört sich an, als wären die alle betrunken, wenn sie schreiben. Worum ging es denn genau in diesem Film?"

„Also da ist dieser Mann", begann Ali. „Er ist Künstler, gut aussehend, vermögend, aber unglücklich in seiner Beziehung ..."

Ich warf ein: „Ist es nicht seltsam, dass immer die Männer unglücklich sind in ihren Beziehungen?"

„Das ist doch jetzt egal!", entgegnete Ali. „Es ist ja nur ein Film! Der Mann hat jedenfalls zwei wunderbare Kinder, aber er steckt nun mal in dieser kalten, lieblosen Ehe fest mit einer Frau, die kalt und lieblos ist. Vermutlich hatte sie selbst eine lieblose Kindheit, sie kann jedenfalls keine Liebe schenken. Der Mann ist also unglücklich und vereinsamt."

„Muss er nichts arbeiten? Arbeit lenkt ab."

„Nein, er ist doch Künstler, er hat ja genug Geld", sagte Ali.

„Geerbt?"

„Nein, verdient!"

„Womit?"

„Mit Büchern!"

„Mit Büchern kann man Geld verdienen?"

„Aber ja!"

„Und wie steht's mit Sex zwischen den beiden?"

„Gibt es keinen mehr! Darum schaut er ja immer öfter der Putzfrau beim Putzen zu. Er merkt, wie gut es ihm tut, ihre Bewegungen zu beobachten, das Einfache und Regelmäßige ihrer Arbeit. Die Putzfrau erinnert ihn an das Wesentliche."

„Daran, dass geputzt werden muss?", fragte ich.

„Aber nein! Daran, dass es ein zufriedenes Leben gibt abseits des ständigen Konsums!"

„Pfff. Und weiter?"

„Sie verlieben sich. Und das ganze Land fragte sich, wie sich ein Mann eine so wunderbare Geschichte ausdenken konnte, so einfühlsam, so sensibel, als wäre sie von einer Frau geschrieben."

„Sagst du als Mann?", fragte ich ihn. „Verdammt, als hättest du eine Ahnung davon, was eine Frau schreiben würde!"

„Ich habe durchaus eine feminine Seite, und ich schäme mich nicht dafür."

„Würde ich aber an deiner Stelle!"

Ali aber wollte sich seine gute Laune von mir nicht verderben lassen: „Ach, ich liiiebe diesen Film einfach, Kitty! Ich liebe ihn! Er hat so eine schöne Botschaft: Liebe überwindet alle Grenzen und Schranken."

Ich segelte weiter gegen den Wind: „Wer's glaubt!"

Aber er blieb unbeirrt auf Kurs: „Wir haben nun mal nur dieses eine Leben. Und die Liebe ist das Einzige, was uns in diesem einen Leben glücklich machen kann."

„Eine schnelle Autofahrt macht aber auch glücklich", sagte ich.

„Vorübergehend vielleicht. Und dich vielleicht. Aber Liebe ist universell, und sie ist ewig."

„Bist du dir da auch ganz sicher?", fragte ich. „Mein Benz ist sechsundzwanzig Jahre alt und hält immer noch. Ich kenne aber keine Beziehung, die sechsundzwanzig Jahre gehalten hat."

„Die meiner Eltern hält schon seit fünfunddreißig Jahren“, verriet er mir.

„Na dann! Haben die beiden denn geheiratet, dieser Reiche und seine Putzfrau?“

„Nein, haben sie nicht. Teil eins endet mit einem ersten zarten Kuss zwischen den beiden Liebenden, mit einer vorsichtigen Andeutung von Möglichkeit.“

„Ali. Sag das bitte nochmal.“

„Was?“

„Mit einer vorsichtigen Andeutung von Möglichkeit?“

„Warum?

„Weil es so bescheuert klingt.“

„Ach!“, seufzte er. „Du versteckst doch nur deinen weichen Kern hinter deiner harten Schale! Die ganze Welt wartet nun darauf, wie es weitergeht mit den beiden Liebenden. Manche denken, sie werden heiraten. Und die anderen denken, die Wirklichkeit wird sie einholen und ihre Liebe zerstören.“

Ich sagte: „Dann bin ich bei den anderen!“

7

Wir bestellten einen Schlosser und holten das Tatortteam aus dem Hinterhof, wo man Lottmann gerade in den Sarg gelegt hatte, und dann fuhren wir mit dem Lift hinauf in den letzten Stock des Hauses, dessen Adresse uns Sorger genannt hatte und in dem Lottmanns Wohnung lag. Den Schlosser und den Arzt nahmen wir mit, die anderen mussten zu Fuß gehen.

Während der Fahrt hörte Ali nicht auf, sich mit mir zu streiten: „Du bist wohl nicht sehr offen für neue Filme, was?"

„Ich soll nicht offen sein für neue Filme? Ha! Ich schaue genug neue Filme, also wirklich genug!"

„Was denn für welche? Französische vielleicht?"

„Und ob ich französische Filme schaue! Ich mag nämlich Französisch!"

„Und was magst du noch?"

„Hm ... ich mag Griechisch!"

„Du magst also griechische Filme?"

„Und wie!"

„Okay, dann sag mir bitte, was dich an griechischen Filmen reizt?"

„Muss ich es dir aufzeichnen? Es sieht einfach geil aus, und es fühlt sich auch geil an!"

Ali fragte: „Es fühlt sich geil an? Ist das dein Ernst"

„Ja! Und Afrikanische Filme mag ich auch! Ich liebe afrikanische Darsteller! Sie sind einfach unschlagbar!"

„Ach ja? Und was genau findest du an afrikanischen Darstellern unschlagbar?"

Ich wiederholte mich: „Muss ich es dir aufzeichnen?"

Der Arzt stand schon da wie Stan neben Olli, dem Schlosser, und wusste nicht so recht, wohin er schauen sollte, damit er nicht gleich losbrüllte vor Lachen. Nur Ali kapierte einfach nicht, über welche Filme ich redete, und fragte immer weiter, warum ich afrikanische Schauspieler anderen vorziehen würde. Wir hörten uns schon an wie Susi und ich normalerweise in der Bingobongobar, wenn wir dort nebeneinandersaßen und über Menstruationsbeschwerden klagten oder über unerwarteten Pilzbefall im Genitalbereich, all das Zeug, das niemanden interessierte. Und als wir endlich ausstiegen, lachte sogar schon der Schlosser über Ali! Der war ein tätowierter, harter Typ, was für ihn sprach, aber er hatte auch einen gewaltigen Bierbauch, was gegen ihn sprach. Zwar habe ich nichts gegen Bierbauch, aber halt im Rahmen!

Der Schlosser öffnete die Türe, was ihm nicht die geringste Mühe bereitete, und als wir das Vorzimmer betraten, hing da schon das Kinoplakat wandfüllend in dem kleinen Raum: LIEBE IN DEN ZEITEN DER UNGLEICHHEIT. Schöner Titel eigentlich. Bei „Liebe" musste ich an Urlaub denken. Bei „Ungleichheit" aber sofort wieder an Susi und daran, dass sie nun einen Freund hatte und ich nicht!

Ich blieb vor dem Plakat stehen und schaute es mir an: Darauf war eine ungefähr vierzigjährige Frau im Putzkittel zu sehen, die wohl die Putzfrau sein sollte, man hatte ihr sogar die gelben Gummihandschuhe angezogen, aber verdammt, so sah keine Putzfrau aus! Sie hatte die Titten vorgereckt wie eine Nutte und die Haare hochtoupiert, und so starrte sie einen um zwei Köpfe größeren, blonden Kerl mit Pferdeschwanzfrisur und feistem Bauch an, den er ungeniert heraushängen ließ – oder besser gesagt: sie himmelte ihn an.

Ich fragte mich kurz, wofür eigentlich die ganze Frauenbewegung der letzten fünfzig Jahr gut gewesen sein soll? Was mir aber besonders seltsam vorkam an diesem Plakat: Dass der Typ darauf einen Bademantel trug, der absolut demjenigen glich, den Lottmann trug, als man ihm das Genick umdrehte! Dachte dieser Lottmann vielleicht, als er den Film machte, dass er dieser Typ wäre, der da angehimmelt wurde?

Ich fragte Ali: „Fällt dir was auf an diesem Plakat?"

Er zuckte die Schultern und sagte ruhig: „Na klar!"

„Und was?"

„Dass der Film vielleicht autobiographisch war? Das ist ja nichts Neues, dass sich Künstler aus ihrem eigenen Leben bedienen."

Die Wohnung war klein und nicht sehr einladend, sie bestand nur aus einem Raum, in dem ein Bett, ein Kasten und ein Schreibtisch standen. Und sie war schon ewig nicht mehr gelüftet worden. Es roch hier nach Mann in der Krise, nach ungewaschener Kleidung, Alkohol und Essensresten. Das war auch kein Wunder, denn ungewaschene Kleidung – Strickjacken! –, Alkohol und Essensreste lagen und standen hier überall herum. Was fehlte, war der Mann in der Krise, aber der lag ja jetzt in einem Zinksarg. „Wenn der Film autobiographisch war, wo verdammt noch mal ist dann die Putzfrau, die hier mal sauber macht?", fragte ich.

Die hätte es hier nämlich dringend gebraucht. Und nicht einmal eine, die auch in den Ecken und Ritzen mit Wattestäbchen reinigt, ein grobes Drübergehen hätte der Wohnung schon gut getan.

„So etwas nennt man wohl Künstlerwohnung", meinte Ali kopfschüttelnd, während seine Liebe zu dem Film angesichts dieses Müllhaufens merklich abkühlte. Mich aber überraschte der Zustand der Wohnung nicht. Künstler und Künstlerwohnungen waren ein eigenes, kleines Problem für Frauen in meinem Alter, die noch unbedingt einen Kerl finden wollten. Künstler hingen nämlich gerne in Bars herum, redeten einem dort die Welt rosa, aber am Ende stellte sich heraus, dass sie an irgendwelchen Arbeitsmarktkursen teilnehmen mussten, weil *das ganz große Ding, der endgültige Durchbruch* noch auf sich warten ließ, oder *ein Teil der Finanzierung* noch fehlte. Und dass sie wie das Schwein im Stall lebten.

Der Schreibtisch war zugemüllt mit Paketen und Päckchen, die teils geöffnet waren, teils noch nicht.

„Der hat die Post ganz schön auf Trab gehalten!", stellte ich fest.

„Ist gar nicht die Post!", sagte er. „Das ist ein Paketdienst namens SpeedyTrans, siehst du nicht?"

„Wo ist der Unterschied?"

„Ist halt nicht die Post!"

„Was dann?"

„Ein privater Paketdienst und wahrscheinlich Subunternehmer der Post. Nie gehört?"

Ich tat so, als ob nicht. Tat so, als hätte ich mir noch nie etwas im Internet bestellt. Dabei klappte ich in der Nacht oft genug den Laptop auf und schaute nach, was sich auf dem Sektor „Liebesspielzeug" in letzter Zeit so getan hat, und du lieber Himmel! Früher war ja der kongolesische Ringkämpfer das Maß aller Dinge, heute aber war es der kongolesische Elefant. Ab der Kategorie „Das tut sogar einer siebenfachen Mutter weh!" steige ich aber aus. Ich wollte einfach die goldene Mitte, ein bisschen darüber vielleicht, und dann noch ein bisschen was oben drauf und darum herum, mehr wollte ich ja gar nicht. Farblich hatte ich dabei keine wirkliche Vorliebe, stellte aber fest, dass ich dann doch immer wieder bei durchsichtigem Pink verweilte. Das ärgerte mich, da ich mich für *tough* hielt und sonst wirklich keinen Hello-Kitty-Schnickschnack schätzte. Daher entschied ich mich letzte Nacht für Schwarz mit einigen dicken Wülsten daran, Modell Philadelphia Rapper, und drückte auf KAUF ABSCHLIESSEN.

Ich sagte also zu Ali: „Nein, habe ich noch nie gehört! Glaubst du etwa, ich würde mir irgendetwas im Internet bestellen?"

„Paketzustellung ist ein extrem umkämpfter Markt", entgegnete er. „Es gibt Anbieter, die werden die Ware bald per Drohne zustellen."

„Du machst Witze."

„In Zukunft wirst du beim Fenster hinausschauen und kriegst ... lass mich mal überlegen, was du brauchen könntest? Zigaretten!"

„Die hole ich mir in der Trafik."

„Trafiken wird es aber bald nicht mehr geben, wenn man sich alles liefern lassen kann!"

Ich zündete mir eine an. Dabei sah ich, dass Lottmann den Schreibtisch auch als Esstisch verwendet hatte, oder umgekehrt. Jedenfalls stand auch sein Laptop darauf, und neben dem Tisch in einer Ecke lagen die leer gefressenen Boxen vom Fleischnotdienst und dazu noch einige Pizzakartons. Er hatte sie einfach mal seitlich vom Schreibtisch heruntergeschoben.

Ich sah auch aufgeschlagene oder noch verpackte Bücher, den Titeln nach alles Liebesromane:

Jasmin sagt Nein.

Mein Herz trägt Trauer.

Mit dir war ich glücklich.

Ohne dich bin ich tot. (Fortsetzung von *Mit dir war ich glücklich.*)

Und – ehrlich! – *Der kleine Prinz.*

Das sprach mich alles an, ich wollte alles mitnehmen. Außer den *Kleinen Prinzen.* So einen hatte ich selbst, er kam aus Kurdistan und hieß Ali.

Jemand (Lottmann?) hatte gewisse Seiten der Bücher mit Post-its versehen, auf denen stand:

DAS IST GUT!

DAS IST SCHEISSE!

VERDAMMTER DRECK!

UNBRAUCHBAR!

Er schien aus diesen Büchern abzuschreiben oder sich Anregungen daraus zu holen, die er vielleicht dringend brauchte. An der Wand, hinter dem Laptop, hing nämlich ein Zettel mit einem verzweifelten Schrei: HILFE! ICH BRAUCHE EINEN SCHLUSS!

Er hatte vielleicht eine Schreibhemmung oder wie man das nennt, oder er hatte keine guten Drogen. Oder er verbrachte einfach zu viel Zeit in seinem Bett, das in einer Ecke des Raumes stand mit einem Kleiderschrank daneben, das meiste Gewand lag aber einfach auf dem Boden herum. Ich schaute mir das Bett etwas genauer an, weil Betten mich irgendwie reizen. Er hatte ein farbiges Betttuch drübergezogen, aber farbige Bettwäsche war ganz schwierig, wenn man nicht wirklich sauber war, und ein dunkelblaues Betttuch war sogar ganz, ganz schwierig.

Ich sagte zu Ali: „Siehst du das? Und das? Und das hier? Weißt du, was das ist?"

Er sagte: „Nein, was ist das?"

„Das sind klebrige Ergüsse, man kann auch Sperma dazu sagen. Ist nur die Frage, ob der Kerl mit sich alleine Sex hatte, so wie du immer, oder mit jemand anderem."

„Das ist ja ekelhaft!", schrie Ali.

„Nur, wenn man die Wäsche nie wechselt. Wechselst du sie oft?"

Ali schwieg, während ich die Spurensicherung rief. Spermaspuren waren gute Spuren, ich sah aber auch zahlreiche verschiedene Haare auf der Wäsche, in allen Farben und Längen. Lottmann schien ein aufregendes Leben gehabt zu haben, vielleicht ein Lotterleben?

„Haare und Sperma könnten uns helfen zu rekonstruieren, was hier auf diesem Bett kurz vor seinem Ableben vorgefallen ist", sagte Ali.

„Richtig."

Vielleicht gab es auch irgendwo eine Antwort auf die Frage, die mich beim Anblick dieses ganzen Elends schon die ganze Zeit beschäftigte: „Warum lebt jemand, der so einen erfolgreichen Film gedreht hat, in so einem Loch? Verdient man als Filmemacher nichts?"

Eine mögliche Antwort lag auf dem Tisch, Ali nahm sie nun vorsichtig in die Hand. „Briefe einer Anwältin, verfasst in harschem Ton!", sagte er. Sie trugen alle ein Verfahrenskürzel und eine wiederkehrende Überschrift: „Festsetzung auf Unterhalt und Alimente".

„Seine Ex hatte ihn scheinbar in der Mangel", sagte Ali. „Sie heißt Judith Lottmann, geborene Walke, und wohnt im 19. Bezirk, das ist eine noble Gegend."

„Dann blieb ihr wahrscheinlich das Haus, und ihm blieb das hier", sagte ich zu Ali. „Sie werden ja vorher nicht zusammen hier gewohnt haben, oder was meinst du?"

Ich betrachtete Lottmanns Laptop. Wenn wir den knacken könnten, dann würden wir vielleicht sehen, was er getan hatte, bevor er die Wohnung verlassen hatte. Ich nahm ein Taschentuch und drückte damit auf Enter. Tatsächlich war der Computer nicht abgeschaltet, sondern nur im Ruhezustand. Mit dem Hochfahren der Festplatte und dem Blinken von Lämpchen erschienen der Bildschirmschoner und die Aufforderung, das

Systempasswort einzugeben. Hier würde man vielleicht den aktuellen Stand seines Lebens festgehalten sehen, kurz bevor er außer Haus ging und starb. Falls Lottmann nicht der Typ war, der vor Verlassen der Wohnung noch brav alle Browser-Fenster schloss und alle Dokumente, würde noch alles geöffnet und für uns sichtbar sein. Ich wollte also unbedingt in diesen Computer hinein, hatte aber auch eine gewisse Scheu davor. Man hat ja als Frau eine ziemlich genaue Vorstellung davon, was ein Mann, der in so einer Wohnung lebt, in der es so riecht, in der alles herumliegt, in der das Betttuch vollkommen versaut ist, so auf seinem Computer für Schweinerein anschaut, bevor er mal kurz in Bademantel und Badelatschen hinausgeht. Interessiert fragte ich Ali: „Gibt es eigentlich so etwas wie KürdPörn.cöm?"

Er fragte zurück: „Was soll das sein?"

„Na kurdische Pornos!"

„Lass mich bitte in Ruhe mit dem Scheiß, okay!"

Ich wollte auf gut Glück ein Passwort eingeben, aber Ali hielt meine Hand zurück: „Moment mal, warte! Man hat doch nur drei Versuche!"

Ich tippte trotzdem *12345* ein und dann auf Enter, aber es kam nur die Meldung: „Falsches Passwort!" Der Typ war also einfallsreicher, als ich gedacht hatte, und Ali war außer sich.

„Du hast uns einen Versuch geraubt!"

„Dann lass du dir etwas einfallen! Ziege? Kebab? Sauce?"

Ali ließ sich Zeit, zwirbelte seinen Bart, als wäre er Professor, und sagte währenddessen: „Moment. Moment. Lass mich mal überlegen."

Ich hasste das an Männern, wenn sie überlegten und überlegten und nie zu einem Entschluss kamen, und sagte: „Du bist nicht der entscheidungsfreudige Typ, was?"

„Ich gebe zu, ich bin Waage-Geborener."

Bei mir war die Passwortsache einfach, es lautet immer – KITTY in Großbuchstaben! Ist nicht besonders sicher, ich weiß, und nicht besonders einfallsreich, das weiß ich auch. Aber dafür ist es auch nicht besonders schwer zu merken! Wenn man so wie ich öfter mal spät nach Hause kommt, dann will man sich nicht über sein Passwort den Kopf zerbrechen müssen, da man ohnehin schon Kopfweh hat. Also schob ich Ali zur Seite und hämmerte hinein: Rufus, und dann Enter. Aber der Computer reagierte schon wieder beleidigt: „Falsches Passwort".

Bevor ich uns endgültig ins Unglück reiten konnte, nahm uns der Forensiker den Computer ab und meinte, er würde ihn der IT-Abteilung zur Auswertung geben, womit auch wir einverstanden waren. Ali sogar mehr als ich, denn ich war mir so sicher, dass ich ganz nahe dran war mit meiner Passwortsuche.

Dann bat uns der Forensiker ins Bad, in dem sich auch das Klo befand. Dort war es ebenfalls sehr eng, und ebenfalls sehr versaut. Im Schränkchen an der Wand lagen Unmengen von Medikamenten, ein paar davon kannte ich, weil ich sie selbst nahm, wenn ich Verdauungsstörungen und Magenprobleme hatte. Die hatte der Kerl scheinbar auch, aber in einem Umfang, wie es mir Gott sei Dank fremd war. Sogar mit dem Darmausgang hatte er Probleme, verdammt, ich hatte noch nie so viele Tuben Hämorrhoidensalbe gesehen!

Als der Forensiker eine Plastikflasche in die Höhe hielt, die ungefähr einen halben Liter fasste und aussah wie frisch aus dem Wissenschaftslabor, fragte Ali: „Was ist das?"

Und der Fachmann sagte: „Das ist Gamma-Butyrolacton. Man bekommt es für weniger als zehn Euro im Internet.“

„Und wofür ist das?“, fragte ich. „Zum Zähneputzen?“

„Im Volksmund ist das Zeug auch als K.o.-Tropfen bekannt“, erklärte er.

Ich überlegte nicht lange, sondern sagte sofort: „Einpacken!“

Es gab Fälle, da wusste man gleich, dass es genau so sein würde, wie man es sich von Anfang an gedacht hatte: Vollkommenes Arschloch, starb vollkommen zu Recht, und wer immer dafür verantwortlich war, der hatte der Welt einen Gefallen getan. Natürlich hatten wir Bullen solche Gedanken, denn natürlich waren wir nicht unparteiisch, unparteiisch mussten die Richter sein. Entweder verachtete man als Bulle das Opfer, oder man verachtete den Täter. Natürlich kam es öfter vor, dass man den Täter verachtete. Aber hin und wieder verachtete man eben auch das Opfer. Und dieser Lottmann hatte es wohl nötig, dass er sich die Frauen mit K.o.-Tropfen gefügig machte! Dazu fiel mir eine Redewendung ein, die ich neulich im deutschen Privatfernsehen gesehen hatte: „Ich könnte im Strahl kotzen!“, hatte da eine gesagt.

8

Kaum saßen wir dann wieder in meinem Wagen, rief mich überraschend Susi an, und ich bedeutete Ali, dass er mein Telefon nehmen und auf Lautsprecher drücken sollte, dann sagte ich betont unfreundlich: „Was ist? Bist du nicht bei deinem Ary?“

Es war gut, dass sie mich anrief, denn wenn man mit seiner Freundin gestritten hatte, dann durfte man auf keinen Fall selbst diejenige sein, die als Erste wieder anrief. Susi aber ignorierte meine Unfreundlichkeit und meinte ihrerseits nur betont freundlich, dass ich überhaupt „ein Glück“ hätte, dass sie heute Abend „frei“ wäre, sie wollte wohl verliebt und glücklich klingen. Und dann fragte sie einfach, ob ich mit ihr ins Kino gehen würde, so, als hätte ich überhaupt nichts anderes zu tun und wäre für sie immer verfügbar.

Das ärgerte mich, obwohl ich tatsächlich nichts anderes zu tun hatte!

Ich blieb daher unfreundlich und merkte gar nicht, dass ich mich dabei auch irgendwie eifersüchtig anhörte: „Warum gehst du denn nicht mit deinem Ary ins Kino? “

Immer wieder.

Ali nickte zufrieden, war er es doch gewesen, der mich auf die Sei-froh-dass-du-sie-los-bist!-Idee gebracht hatte. Er ballte die Faust und formte abfällig einen Pferdebiss unter seinem Schnauzer, während Susi „Ary hat gerade total viel zu tun, er ist ja beim Film!“ sagte.

Ich konterte mit: „Dann such dir halt einen von der Müllabfuhr, der hat am Abend immer frei!“

Ali hielt begeistert den Daumen in die Höhe und nickte zustimmend, während Susi sagte: „Ach komm schon, ich will mir mit dir heute Abend gerne *Tarzan* anschauen."

Das machte mich nun leider ziemlich neugierig: „Tarzan?"

Nackter Oberkörper, definierte Oberschenkelmuskulatur, zu wenig Geld, um sich etwas Richtiges zum Anziehen kaufen zu können, und ein guter Schwimmer, der immer nasse, lange Haare hat – das interessiert mich dann schon. Doch Ali machte eine wegwerfende Handbewegung, die wohl bedeuten sollte: Pfff! Viel zu groß der Typ! Viel zu muskulös! Viel zu lange Haare und irgendwie trotzdem viel zu männlich! Vorsicht, Kitty, Testosteronwahnsinn!

„Ja, *Tarzan der Halbaffe*!", bestätigte Susi. „Eine Neuverfilmung mit einem ganz tollen Schauspieler in der Hauptrolle."

Schon war ich im Herzen unentschlossen, und ich wurde immer unentschlossener, je intensiver ich an Tarzan dachte. Bis jetzt hatte ich ja auch wirklich noch kein Alternativprogramm entwickelt für die Zeit nach Susi, die Lücke, die sie in meinem Leben hinterließ, musste erst noch gefüllt werden. Oder sagen wir so: Ich hatte meinen Glanz ohne Susi noch nicht ganz wieder gefunden! Sie hing im Gegenteil immer noch sehr weit in mein Leben herein, als Erinnerung, und vor allem als schlichte Gewohnheit. Ich musste jetzt am Abend etwas ohne sie unternehmen, aber ich hatte noch keine Idee, was genau. Als Erstes fiel mir natürlich immer ein, dass ich zu Johnny gehen könnte, es gab ja diesen Hocker an der Bingobongobar, auf den ich praktisch das Gewohnheitsrecht hatte. Saß da mal eine andere drauf, deren Arsch nicht dort hingehörte, dann konnte ich richtig ungemütlich werden. Von diesem Platz aus hatte man die gesamte Bar im Blickfeld, und das Herrenklo lag nur zwei Meter daneben, was irgendwie ein Nachteil war, wenn man geruchsempfindlich war, aber eben auch ein Vorteil, wenn man der Typ war, der mit den Augen aß. Jeder Kerl, der pinkeln ging, musste irgendwann an diesem Platz vorbei, und viele Kerle mussten bis zu zehnmal am Abend pinkeln, was bei manchen ein Problem war, bei anderen aber nicht, weil man sich dann wirklich einen guten Überblick verschaffen konnte. Neben meinem Barhocker stand bisher immer ein zweiter Barhocker, und der war für Susi reserviert, was soll ich sagen? Das hatte sich in den letzten zehn Jahren einfach so eingespielt! Aber wer sollte jetzt dort neben mir sitzen, wenn Susi nicht mehr mit mir dorthin ging?

Die zweite Möglichkeit, die mir für heute Abend in den Sinn gekommen war: Einfach mal zu Hause bleiben, mich auf die Loggia meiner Wohnung setzen und ein gutes Buch ...

Ach Scheiße! Das wollte ich auf keinen Fall!

Also antwortete ich: „Na gut, ich sage mein Date ab, weil du so verzweifelt klingst. Wann und wo läuft denn der Schinken?"

Nachdem sie es mir mitgeteilt hatte, beendete ich das Gespräch, und Ali neben mir schüttelte verzweifelt den Kopf: „Das war sie also? Deine angeblich ehemals beste Freundin Susi, von der du scheinbar nicht loskommst?" Dabei betonte er *angeblich* und das *ehemals*.

Um davon abzulenken, dass ich ein Windsack war, der absolut kein Rückgrat hatte, sagte ich: „Wenn das mit ihrem Ary zu Ende ist, und es wird bald zu Ende sein, dann kann ich euch beide ja mal bekannt machen, wenn du möchtest."

Es klang überlegen, als er antwortete: „Danke, keinen Bedarf an einer mit Pferdebiss."

So, als hätte er tatsächlich keinen Bedarf an so einer, weil er schon eine mit Damenbart in Aussicht hatte, was ich mir aber echt nicht vorstellen konnte. Das Ganze verlangte nach einer Nachfrage, nach Aufklärung, nach Details: „Kein Bedarf also?"

„Nicht den geringsten."

Irgendwie kam ich mir plötzlich wie auf dem Viehmarkt vor, als ich versuchte, ihm Susi doch noch schmackhaft zu machen: „So ein Pferdebiss kann aber auch gut aussehen, wenn sie von unten zu dir hoch schaut, während sie ... na, du weißt schon. Sie hat ja mittlerweile kapiert, dass sie nicht zubeißen darf."

Er aber blieb dabei: „Kein Bedarf!"

Das machte mich langsam richtig unruhig: „Sag mal, läuft da irgendwas mit dir und irgendeiner Ayşe? Ha?"

Wenn ich es mir recht überlegte, dann war das nämlich nicht in meinem Interesse, dass bei Ali etwas mit irgendeiner lief. Plötzlich hatte ich die Vorstellung, dass er mir dann im Büro gegenüber sitzen und mir von den Vorzügen seiner Frau erzählen würde, und zwar die ganze Zeit. Wie das frisch Verliebte halt so machen! Ich hielt es ja schon nicht aus, wenn mich Susi volllaberte mit ihrem „Ary" – „Ary so süß! Ary so lieb! Ary so wild!" Und Ary mit der dicken Brieftasche! Susi mit Ary also, und Ali bald mit Ayşe? Bitte nicht!

Er sagte: „Geht dich irgendwie echt nichts an!"

9

Wir kamen zu Bonner ins Büro, wo er vor seinem Bildschirm saß und immer wieder kleine Rülpser ausstieß, was wirklich widerlich war. Er hatte dabei die Kopfhörer auf, die er freundlicherweise abnahm, als er uns sah, und da fragte ich ihn: „Na? Schauen Sie jungem, weiblichem Fleisch beim Geschlechtsakt zu?“

Er entgegnete ganz ruhig: „Wenn ich junges weibliches Fleisch beim Geschlechtsakt sehen möchte, dann schalte ich mir eine Pornoseite ein.“

„Das heißt nicht: Ich schalte mir eine Pornoseite ein. Das heißt: Ich ziehe mir einen Porno rein“, korrigierte ich.

„Scheißegal, wie das heißt“, meinte er. „Mich interessieren Figuren und Dramaturgie, wenn ich mir einen Film ansehe, nicht Fleisch. Ich streame.“

„Oh, Sie streamen?“, fragte Ali begeistert, ihm gingen glatt die Augen über vor Freude. „Ich streame auch!“

Da waren sie ja nun schon zwei, die streamten! Und ich war wieder einmal die Einzige, die es nicht tat!

Dabei dachte ich bisher, Bonner würde in seiner Freizeit ausschließlich Hinterhofpoker spielen und abartige Swinger Clubs besuchen, in denen er unterwürfige Frauen mit der Peitsche bearbeiten konnte, während er sein Whiskeyglas auf ihnen abstellte. Und ich dachte, Ali würde zu Hause nur Couscous mit seiner Mutter essen und dann immer früh schlafen gehen. Aber nein! Sogar mein Boss und mein Ali hatten etwas, dem sie mit Leidenschaft nachgingen: Sie streamten!

Das ärgerte mich, und es ärgerte mich noch mehr, dass es mich ärgerte. Aber ich zeigte meinen Ärger natürlich nicht, versuchte stattdessen, Boden gut zu machen, indem ich Bonner erzählte, was wir über den Toten herausgefunden hatte, wie er hieß, wer ihn gefunden hatte und wo man gute Burger kriegte, die einem auch noch von jungem Fleisch serviert wurden.

Ich beschrieb ihm außerdem die Wohnung von Lottmann, die so verdreckt war, dass ich echte Probleme gehabt hatte, überhaupt seinen Laptop anzufassen, der nun bei den Technikern war, die ihn auswerten sollten.

Und weil man bei Lottmann weder Schlüssel noch Geldtasche noch Handy gefunden hatte, bat ich Bonner, per richterlichem Beschluss die Lokalisierung seines mobilen Anschlusses zu beantragen, was er mir auch umgehend zusicherte. Dann erzählte ich noch, dass in Lottmanns Wohnung K.o.-Tropfen gefunden wurden, neben jeder Menge Tabletten gegen wahlweise zu harten oder zu dünnen Stuhl, ich sagte: „Er hatte wohl Gastritis oder einen nervösen Magen, auf jeden Fall aber einen beschissenen Darm."

Vielleicht wollte ich Bonner damit das Gefühl geben, dass er mit seiner unappetitlichen Dauerrülpserei wegen Sodbrennens nicht alleine auf dieser Welt war. Ihm war das aber egal, er starrte die ganze Zeit nur unbeeindruckt seinen Bildschirm an, und dann zündete er sich eine Zigarette an und sagte nach langem, nachdenklichem Schweigen: „Rufus Lottmann also?"

Er schüttelte angewidert den Kopf und ordnete eine Nachrichtensperre an, verbot uns, die Presse zu informieren mit der Begründung: „Wenn all die verrückten Hühner, die sich diesen abartigen Film angeschaut haben, erfahren, dass dieser Zuckerarsch ermordet wurde, dann rennen sie uns hier die Türe ein und wollen vielleicht seinen Leichnam berühren oder noch schlimmer: ein Selfie mit ihm machen! Was für ein abartiger Film!"

Offenbar hatte er den Film gesehen, und wenn ich seine Reaktion richtig deutete, dann schien er ihm nicht gefallen zu haben. Er füllte sich ein Glas mit Whisky ein, trank es halb leer, und dann schüttelte er sich vor Ekel, während ihm der Titel des Filmes über die Lippen kam: *„Liebe in den Zeiten der Ungleichheit ...“*

Ali versuchte, den Film zu verteidigen: „Das ist kein abartiger Film, Boss. Das ist im Gegenteil ein sehr guter Film.“

„Ach?“, meinte der nur. „Sie schauen also Liebesschmonzetten?“

„Es ist auch keine Schmonzette! Und ja, ich habe ihn gesehen. Und wissen Sie was? Ich finde, die Qualität eines Landes bemisst sich nicht nur an der Höhe seines Bruttosozialproduktes, sondern auch an seinen kulturellen Hervorbringungen. Österreich kann stolz auf diesen Film sein!“

„Ach?“, sagte Bonner wieder, und seine Verachtung für etwas oder für jemanden war noch nie größer. „Das meinen Sie ernst?“

„Ja!“, verteidigte Ali sein Urteil mit Begeisterung, aber er blieb damit alleine.

Schließlich wartete ich nur noch darauf, dass der Boss uns endlich nach Hause schicken würde, weil mir das Gerede über diesen Film schon auf den Magen schlug, aber stattdessen sagte er plötzlich: „Wer konnte damit rechnen, dass dieser Bambi-Küsser Lottmann so eine verquirlte Scheiße drehen würde, nachdem er vor fünf Jahren mit dieser Serie doch recht gut gestartet war!“

Kurz herrschte Schweigen im Raum, dann war es Ali, der fragte: „Haben Sie die Serie denn gesehen?“ Und hoffnungsvoll fügte er hinzu: „War sie romantisch?“

„Romantisch?“, wiederholte Bonner. „Ich bitte Sie! Das war verrücktes, unfassbar krankes Zeug, für das sich kein Schwein interessiert hat, nur wirkliche Fans wie ich. *Im Keller* ist sowohl bei der Kritik als auch beim Publikum schrecklich durchgefallen. Nach der ersten Folge, die im Hauptabendprogramm des heimischen Fernsehens lief und die ich versäumt habe, wurden die weiteren Folgen nur noch als Stream angeboten. Ich schaute sie mir in der tiefen, finsteren Nacht an, das ist meine Zeit, ich bin ja Nachtmensch, wenn die anderen schlafen, dann streame ich.“

Und dann fragt er, mit Überheblichkeit in der Stimme, in Richtung Ali: „Haben Sie überhaupt Breitband zu Hause? Können Sie denn dort streamen, wo Sie und Ihre Familie untergebracht sind?“

Es war immer wieder faszinierend, worüber Männer sich in die Haare kriegen konnten und was ihnen so alles Anlass gab zu beweisen, dass sie selbst den größeren hatten. Oder halt jedenfalls mehr Ahnung von irgendetwas als ein anderer – oder den schnelleren Internetzugang. Bonner schaffte es immerhin, dass Ali verlegen zu Boden schaute wie einer, der beim Stehlen ertappt worden war, während mir wieder nur die Frage blieb, die immer diejenigen stellen müssen, die überhaupt keine Ahnung haben: „Sagen Sie, Boss, worum ging es denn in dieser Serie?“

„Die spielt irgendwo in der Steiermark“, sagte er, nachdem er sich ein wenig geziert hatte. „Kleines Dorf, kleine Leute, große Keller. Die Serie spielt nämlich größtenteils in einem Keller, müsst ihr wissen, deshalb heißt sie auch *Im Keller*.“

Ich sagte: „Wow. Richtig guter Einfall!“

„Jedenfalls hat der Typ, also die Hauptfigur, dort seit ein paar Jahren eine junge Frau eingesperrt, und die Polizei ist dem Entführer auf der Spur. Es wird ein Missbrauchsring aufgedeckt mit einem Beteiligten aus den obersten Rängen der Sicherheitskräfte, das ist der Plot. Es gab zwar einige Ungereimtheiten und dramaturgische Schwächen, und das Mädchen, also die junge Frau, die der Typ gefangen gehalten hat, die war einfach zu glatt, verdammt hübsch zwar und verdammt jung, aber zu glatt und zu knabenhaft. Der Regisseur hat sich zu stark auf das Abfilmen des jungen weiblichen Fleisches konzentriert, das werfe ich ihm vor. Dagegen war die Mutter des entführten Mädchens wirklich, nun ja: heiß. Eine absolute Granate. Aber die durfte immer nur ‚Huch, hoffentlich geht es ihr gut!' oder ‚Huch, hoffentlich ist ihr nichts passiert!' sagen, wenn sie sich Sorgen um ihre abgängige Tochter machte. Diese Klassefrau hatte etwas Devotes, und dabei strahlte sie richtiges Verlangen aus ..."

Bevor er sich in Träumereien verlieren konnte, die ich so von ihm nicht gewohnt war, fragte er mich plötzlich: „Sag mal, Muhr, hast du diese Serie auch nicht gesehen?"

Was sollte ich ihm jetzt antworten? Dass ich keine Zeit für Serien habe wegen der vielen einschlägigen Dating-Seiten, auf denen ich stundenlang mit irgendwelchen Fake-Namen chattete, die sich „HardCock", „Spritzfreudiger", oder „Meister" nennen? Und alle fangen sie ihren Chat mit „Na, kann man dich hart rannehmen?" an. Seit *Shades of Grey* hatte sich irgendwie herumgesprochen, dass Frauen das unter Umständen *auch* wollten, dass sie unter Umständen *manchmal* davon träumten, sich unter Umständen *hin und wieder* etwas zusammenfantasierten, wenn der eigene Mann zu Hause in den Socken, die er seit einer Woche nicht gewechselt hat, und mit der Bierfahne, die er sich eine

Woche lang angetrunken hat, sogar schon beim Fußball einschlief und für so schwierige Aufgaben wie Sex dann überhaupt nicht mehr zu gebrauchen war. Das hätte ich ihm antworten können, stattdessen sagte ich nur: „Nein, ich kenne die Serie nicht!"

„Was machst du dann am Abend, wenn du nach Hause kommst?", fragte Bonner, und ich sagte: „Das geht Sie irgendwie echt einen Scheißdreck an!"

Ali und ich konnten uns dann nicht darauf einigen, wer von uns beiden noch zu dieser Ramona fahren sollte, weil Ali nämlich „familäre Verpflichtungen" hatte, wie er das nannte, und ich einen „kulturelles Highlight" besichtigen musste, wie ich *Tarzan der Affenmensch* nannte. Bonner hatte schließlich genug von unserem „kindischen Gezanke", wie er das nannte, nur weil Ali irgendwann vorschlug, dass wir es Ausknobeln sollten! Er schlug seinerseits vor, dass wir den Streit durch ein Duell austragen sollten, wobei er klammheimlich hoffte, dass wir uns beide gegenseitig erschießen würden. Dann aber nur sagte, dass derjenige, der das Duell überlebte, sich einen schönen Abend machen solle, *„nachdem* er bei dieser Ramona war, und jetzt Schluss!".

10

Nun saßen wir also gemeinsam im Auto, weil Ali zu feige war, sich mit mir zu duellieren, und der Boss uns schließlich per Androhung einer Urlaubssperre Beine gemacht hatte.

Wir schwiegen die ersten paar Meter, die wir im Benz dahinfuhren, aber weil ich Schweigen im Auto nicht ertrage, sagte ich dann: „Ich würde zu gerne wissen, wie dieser Typ in dieser Serie diese junge Blonde in seinen Keller gekriegt hat! Hast du eine Ahnung?"

Ali zuckte nur desinteressiert die Schultern. Er war beleidigt, weil seine Familie angeblich schon beim Abendessen zusammensitzen und die Vorspeiseteller leer räumen würde, während er mit mir im Auto hocken musste, was ihm angeblich nicht gefiel!

Er murmelte: „Das ist jetzt wirklich nicht dein Ernst, dass *Tarzan der Affenmensch* wichtiger sein soll als das Treffen meiner Familie mit meinen Cousins aus Berlin?"

Nun zuckte ich desinteressiert die Schultern und sagte: „Oh doch!"

Und lenkte den Benz in Richtung der Adresse, die Sorger uns genannt hatte. Die lag tief im 10. Bezirk, dem ärmsten und schäbigsten Viertel der Stadt, das aber gerade deswegen durch und durch sympathisch war. Was es da nicht alles gab, das es bei Ali zu Hause auch gab!

Natürlich erzählte er mir dann während der gesamten Fahrt entlang der Hunderten von Falaffel-Ständen und Kebab-Buden, wie wichtig in ihrer Kultur die Familie und das gemeinsame Essen wären. Und er beklagte sich immer wieder darüber, dass er wirklich überhaupt kein Verständnis dafür hätte, dass ich kein

Verständnis dafür hatte, dass bei ihm zu Hause alle Cousins aus Berlin auf ihn warteten.

Mich nervte das, also sagte ich irgendwann: „Willst du wissen, warum mich Familie nicht interessiert?"

Er blickte wieder nur desinteressiert zum Fenster hinaus, bis er dann doch irgendwann fragte: „Ja, warum? Gibt es dafür Gründe?"

„Es gibt einen Grund."

Und damit wählte ich die Nummer meiner Mutter, stellte auf Lautsprecher, und dann hörten wir es Läuten. Es läutete sehr lange, und als endlich abgenommen wurde, hörten wir zunächst nur Schweigen und in das Schweigen hinein tiefes, schweres Atmen, so, als würde jemand ersticken oder gerade erwürgt werden oder jedenfalls unfassbar leiden.

Endlich rang sich meinem Mutter doch zu einem schwachen „Bist du es?" durch, als hätte sie seit Ewigkeiten nichts mehr von mir gehört und wüsste daher gar nicht mehr so recht, wer das überhaupt ist, der sie da anruft. Und das sagte sie dann auch: „Wer spricht denn? Gitti? Gitti, bist du's? Du lieber Himmel! Von dir habe ich ja schon seit Ewigkeiten nichts mehr gehört, ich dachte schon, ich kann hier sterben, und es ist dir egal."

„Ich heiße Kitty, Mama! Und nicht Gitti!", entgegnete ich.

Während ein leichtes Grinsen über Alis Gesicht huschte, weil er „Gitti" so lustig fand, schaute ich ihn mit dem verzweifelten Verstehst-du-jetzt-was-ich-meine?-Blick an. Aber er war das gewohnt, dass eine Mutter ihr Kind fertig machte, er kam aus einem Land, wo die Mütter wahre Weltmeisterinnen waren im Erpressen ihrer Kinder und darin, ihnen Schuldgefühle fürs Leben mitzugeben, das waren dort echte Profis, die es allesamt locker mit meiner Mutter aufnehmen konnten. Dabei hatte auch sie die hohe Schule des Beleidigtseins und der haltlosen Vorwürfe absolviert, sie begann mit einer kleinen Auswahl zum Aufwärmen: „Du kommst überhaupt nie! Du kümmerst dich überhaupt nicht um mich! Du erzählst mir gar nichts von dir! Ich bin dir vollkommen egal!“

All das ließ ich über Lautsprecher laufen, damit Ali es auch gut hören konnte, und meine Antworten darauf lauteten in dieser Reihenfolge: „Ich komme diese Woche zum Frühstück.“

„Dann kümmere ich mich um dich“

„Und dann erzähle ich dir ganz sicher alles, was du gerne hören möchtest.“

Und: „Nein, du bist mir nicht völlig egal, aber du machst es mir wirklich nicht leicht!“

Sofort sagte sie beleidigt: „Dann bleib doch, wo du bist!“

Das wäre nun der richtige Zeitpunkt gewesen, das Gespräch zu beenden.

Aber Ali ertrug das Gejammere nicht, er kam aus dieser Falle nicht heraus, die einem Mütter immer stellen. In seinen Augen musste diese arme Kreatur mit Mitleid überschüttet werden, nur weil sie es einforderte, also mischte er sich ein und sagte: „Eeelfi, du hörst dich ja gar nicht gut an, geht es dir schlecht?“ Da wurde meine Mutter plötzlich hellhörig, so hellhörig, dass man es sogar hören konnte. Augenblicklich war sie nicht mehr dem Tod nahe, sondern quicklebendig. Ich konnte geradezu sehen, wie sie am anderen Ende der Leitung aufblühte, wie sie sich die Lockenwickler richtete und den Schlafrock glatt strich, den sie auch tagsüber trug. Und obwohl sie natürlich sehr genau wusste, wer da sprach – da ich ja neulich den Fehler gemacht hatte, gemeinsam mit Ali bei ihr zum Essen zu erscheinen, bei dem die beiden sich allzu prächtig miteinander verstanden! –, fragte sie scheinheilig: „Wer bitte ist denn da?"

Und Ali antwortete süßlich: „Aber ich bin's doch, Elfi, der Ali! Kennst du mich nicht mehr?"

Ich wünschte wirklich, Bonner hätte uns zum Duell gezwungen und ich hätte Ali dabei ein drittes Auge schießen können! Aber meine Mutter hatte eine gänzliche andere Meinung über Ali als ich: „Och, mein Ali! Na, das freut mich aber, dass der Ali bei dir ist! Fahrt ihr etwa gemeinsam im Auto?"

Ich sagte: „Bestimmt nicht mehr lange!

Und drohte ihm mit der Faust, dass ich bei der nächsten scharfen Linkskurve seine Beifahrertüre öffnen würde, wenn er nicht aufhören würde, mit meiner Mutter zu flirten. Er nahm meine Warnung ernst und schwieg, aber meiner Mutter konnte ich meine Faust leider nicht zeigen, also redete sie immer weiter: „Ach weißt du, Ali, die Gitti kommt einfach nie zu mir, und jetzt will ich auch gar nicht mehr, dass sie kommt! Aber du, Ali, kannst mich jederzeit besuchen."

„Dann soll er doch!", sagte ich wütend. „Und ich komme halt nicht!"

Und Ali meinte erfreut: „Ich komme wirklich gerne!"

Wie von ihr gewünscht, hatte sie einen Keil zwischen uns getrieben. Mir reichte es endgültig: „Ich habe dir doch gesagt, dass ich zum Frühstück komme! Aber wenn du lieber mit ihm reden willst, dann ruf doch ihn an!" Damit beendete ich wütend das Gespräch, ohne mich vorher zu verabschieden.

Aus den Augenwinkeln sah ich, wie Ali mich fassungslos anstarrte: „Du bist verrückt!", sagte er endlich. „So kann man mit seiner Mutter doch nicht reden!"

Ich parkte schwungvoll ein und stellte den Motor ab. Dann griff ich hinüber zu meinem Handschuhfach und sagte: „Na los, steig aus! Ich muss da mal kurz ran!"

Er stieg aus, und nachdem er die Türe zugeschlagen hatte, drehte ich den Zündschlüssel wieder um, legte den ersten Gang ein und fuhr los.

Er fluchte mir hinterher, mit Händen und Füßen, wie das die Art der Orientalen war. Aber er fluchte auf Kurdisch, sodass ich ihn nicht verstehen konnte. Nur „Gitti" verstand ich, immer wieder nannte er mich „Gitti".

11

Auf den letzten Drücker kam ich also doch noch im Kinocenter an, wo Susi bereits Popcorn und zwei XXL-Becher Limo gekauft hatte und das alles zusammen mit den Kinokarten in den Händen hielt, als ich sie dort im Foyer entdeckte. Weil sie wegen meiner kleinen Verspätung böse auf mich war, tat sie zunächst so, als würde sie mich nicht kennen, sagte dann aber schneidig: „Ich bekomme zweiundzwanzig Euro und fünfundvierzig Cent von dir. Und ich sitze nicht am Rand! Du sitzt am Rand!"

Wenn man nämlich im Kino am Rand sitzen muss und links neben einem die beste Freundin sitzt, dann kann rechts von einem kein gut aussehender Kerl mehr sitzen, weil da der Rand ist. Ich sagte: „Geh doch mit deinem Ary!" Und wollte gleich wieder verschwinden, weil mir das zu blöd war, am Rand zu sitzen.

Aber sie hielt mich zurück und meinte: „Sei doch nicht so unreif!"

„Sagst ausgerechnet du?"

„Ja!"

„Wo du dich nicht entscheiden kannst ob Montenegro oder Südspanien?"

„Fängst du jetzt wieder davon an?"

Wichtig war, alles Alte immer neu aufzuwärmen und nie etwas zu beenden!

Dabei schaute ich mir die ganzen verliebten Pärchen an, die sich an den Händen hielten oder Arm in Arm in den Saal schlenderten, wo sie sich dann aneinander kuscheln und sich gegenseitig Chips in den Mund schieben würden. Seltsam, dass alle Frauen so zufrieden schienen mit ihren Kerlen, obwohl die meisten gar nicht aussahen wie Tarzan, das gab mir zu denken. Ich seufzte, und seufzte gleich noch einmal. Und dann fragte ich mich, ob ich vielleicht einfach zu anspruchsvoll war? Da musste ich gleich noch mal seufzen.

Aber bei genauerem Hinsehen sah ich auch, dass die meisten Kerle irgendwie unzufrieden mit ihren Begleiterinnen waren. Nicht wenige von denen drehten sich nämlich nach mir um, nachdem sie ihre Ladys in den dunklen Saal hineingeschoben hatten, nützten das Licht im Foyer, um mir auf den Arsch zu starren, und ich zeigte ihn gerne.

Im Saal war es so dunkel, dass Susi und ich wie zwei Betrunkene die Treppe hinaufstolperten bis zu unseren Plätzen in der achtzehnten Reihe.

„Warum so weit hinten?", fragte ich genervt.

„Sag doch du, wo du sitzen willst!"

„Zwischen Zehn und Zwölf."

„Dann kauf doch nächstes Mal du die Karten!"

Die Karte am Rand war noch dazu nicht die am Gang, sondern ganz drüben an der Wand. Ich fragte: „Warum an der Wand, scheiße!"

Noch lief die Werbung, als wir über zwei Dutzend Paare hinwegsteigen mussten. Dann überholte ich Susi und setzte mich auf den Sitz neben dem am Rand, sodass sie über mich drüber musste auf den letzten in der Reihe. Das schmeckte ihr gar nicht, aber ich stand einfach nicht mehr gerne auf, wenn ich erst einmal saß. Als auch sie endlich Platz genommen hatte, tauchte der große Löwe auf der Leinwand auf und brüllte, dann begann der Film.

Während der ersten zwanzig Minuten ging es darum, dass sogar Tarzan eine stabile Zweierbeziehung mit seiner Jane aufgebaut hatte. Da oben in seinem Baumhaus, das aussah, als wäre es bei einem Möbelversand erstanden und mit einem Paketdienst versandt worden. Affe Cheeta machte ihnen das Frühstück und köpfte Kokosnüsse. Und wenn es ihm gerade einfiel, dann schnappte sich Tarzan seine Jane und segelte auf einer Liane mit ihr hinunter zu einem Bach, wo sie miteinander badeten. Und zwar nackt!

Sie schienen glücklich zu sein, sehr glücklich, irre glücklich sogar, und das machte mich selbst ganz unglücklich, irre unglücklich. Und neidisch auch, noch neidischer, als ich es wegen Susi ohnehin schon war. Ich war richtig eifersüchtig auf diese Jane und dachte ständig daran, wie es wohl wäre, selbst mit diesem Tarzan durch den Urwald zu laufen, in meinem pinken Bikini oder auch ohne. Auf der Suche nach dem nächsten Kühlschrank, in dem eine eiskalte Pipeline stand. Und in dem genügend Eis vorhanden war, das er mir dann in meinen Nacken träufeln konnte, bevor er mir das Wasser dort ableckte. Solche Gedanken halt.

Dann schaute ich unmerklich zur Seite, wo ich Susi mit ihrem Pferdebiss Popcorn essen sah. Ein verträumtes Lächeln nach dem anderen huschte ihr dabei übers Gesicht, weil sie das gleiche dachte wie ich, nur dass sie aus dem Kühlschrank eine Mai Thai Chi Chi holen wollte und keine Pipeline. So sehr liebte sie also ihren Ary, dass ihr die Augen glänzten, während sie Tarzan beim Duschen zusah!

Diese Schlange!

Plötzlich tauchte ein Krokodil auf der Leinwand auf, und ich schloss sofort die Augen, weil ich Krokodile hasste, und zwar deswegen, weil ich mich vor ihnen fürchtete. Außer, sie nannten sich Krokodillederstiefelette, aber die würden sich wohl nie in meinem Besitz befinden, weil sie zu teuer für mich waren. Hinter meinen geschlossenen Augen spürte ich plötzlich eine so tiefe Sehnsucht nach einer stabilen Zweierbeziehung (nicht nach dem, was Susi mit ihrem Ary hatte, sondern nach dem, was Tarzan mit seiner Jane hatte!), dass ich mir in diesem Moment schwor, dem Nächstbesten, der mir über den Weg laufen würde und mir seinen Namen sagen könnte, ohne dabei zu lallen, eine faire Chance zu geben. Und das flüsterte ich auch Susi zu, der Verträumten.

Aber sie sagte nur: „Pssst!", und träumte weiter. Und alle anderen um mich herum sagten auch „Pssst!", denn sie hatten mich ebenfalls gehört.

Da wurde ich wütend und laut: „Ich meine es aber ernst, verdammt!" Nur für den Fall, dass mich irgendjemand nicht gehört hatte oder mir nicht glaubte. Aber wieder kam nur ein vielstimmiges: „Tsssch!"

Ich war beleidigt und niedergeschlagen, weil niemand meinen Absichten traute. So einen schlechten Ruf hatte ich also schon? Schlimmer als Charlie Harper?

Der Film mit seiner ganzen glücklichen Beziehungskiste im Urwald fing mich allmählich an zu langweilen, weil Tarzan und Jane sich wegen gar nichts in die Haare kriegten, nicht einmal wegen dem Abwasch. Sie warf das Geschirr einfach beim Baumhaus hinunter und er machte ihr neues – Tarzan, der Heimwerker. Verdammt, ich brauchte Action.

Da spürte ich plötzlich ein Zittern in meiner Handtasche und riskierte einen verschämten Blick auf das Display meines Telefons. Es war Ali, der mich anrief. Wahrscheinlich war er böse auf mich und wollte mir das jetzt mitteilen, streitsüchtig, wie er war. Ich drückte ihn weg, aber er rief gleich wieder an. Also war es vielleicht doch wichtig, und es gab irgendetwas mit dieser Ramona, das er mir dringend erzählen musste?

Ich stellte meine Tüte Popcorn und mein Getränk auf Susis Knie und flüsterte, dass ich gleich wieder zurück sei, „dringendes Telefonat, Job, nicht aufzuschieben!“

Dann kletterte ich über sie drüber und über das Dutzend Pärchen auch, das neben uns saß, stolperte endlich dicht an den Sitzen, an denen ich mich orientierte, entlang die ganze Strecke von der achtzehnten Reihe wieder hinunter bis zum Ausgang, nicht ohne mir dabei ein paar „He! Magst du dich zu mir setzen?“ oder „Wow, geiler Arsch!“ einzufangen. Ich war ja immer ganz blind im Kino, aber diese beiden Herren scheinbar nicht. Ich sagte: „Bin gleich zurück.“

Endlich draußen im Foyer, hatte ich die afrikanische Sonne im Herzen und den kurdischen Ali am Telefon. Er war aber gar nicht böse auf mich, wie ich erwartet hatte, sondern im Gegenteil richtig aufgedreht: „Diese Ramona“, sagte er, „wohnt bei einer Frau in einem Gemeindebau ähnlich dem, in dem du wohnst, Zwanzigerjahre, niedrige Räume, enges Stiegenhaus. Ich habe an der lackierten Türe geläutet, an der ein kleines Blumengesteck hing und in Messing die Türnummer ...“

Du lieber Himmel! Wollte er mir vielleicht noch erzählen, wie die Türmatte ausgesehen hat und was für ein Spruch darauf stand?

„Komm zur Sache!“

„Ramona wohnt bei einer Frau in dieser Wohnung als Bettgeherin, die ihr dreihundert Euro dafür abknöpft, dass sie neben ihr im Bett schlafen darf! Kannst du dir das vorstellen?“

„Nein! Ich brauch ein großes Bett! Und schlafen tu ich am liebsten alleine, aber nur schlafen!“

„Dreihundert Euro für eine Betthälfte, das ist euer Kapitalismus! Das ist diese Ungleichheit, die uns alle ruiniert! Du hast einfach keine Ahnung, wie viele Menschen in Europa herumwandern und Jobs für ein bisschen Geld annehmen müssen, und dann schlafen sie im Bett von ..."

„Fasse dich kurz! Ich bin im Kino, wie du vielleicht weißt! Wie sieht sie aus?"

„Slawisch, würde ich sagen, mit hohen Backenknochen, dünnem blondem Haar und einem süßen, kleinen Mund, den sie zu einem Dauer-Duckface zu formen imstande ist. Man muss Signale senden, um aufzufallen."

Er wollte es mir heimzahlen, dass ich ihn auf die Straße gesetzt und im Stich gelassen hatte. Deshalb quasselte er mich mit unwichtigen Details voll in der Art: „Sie hockte auf ihrem gepackten Koffer, in dem alles Platz hatte, was sie besaß ..."

„Jaja, ich verstehe schon, was du mir sagen willst: Die Arme!"

„Die Arme wollte gerade zurück zu ihrer armen Mutter nach Bukarest."

Langsam kam er aber doch noch in Schwung, und die Infos wurden ein bisschen interessanter: „Lottmann hat sie im Fleischnotdienst angesprochen, weil er ihr eine Filmrolle anbieten wollte. Deswegen ließ sie sich auch darauf ein, ihm das Essen persönlich zu bringen. Du weißt ja, Mädchen haben Träume, und sie ist Rumänin ..."

„Und bei denen sind die Träume noch etwas größer, oder was? Verdammt, welche Rolle hat er ihr angeboten?", fragte ich. Für meinen Geschmack wurden in letzter Zeit zu vielen Frauen zu viele Filmrollen angeboten. Erst Susi von diesem Ary eine, nun auch dieser Ramona von diesem Lottmann.

Ali sagte: „Die Tochter der Putzfrau in Teil 2 von *Die Liebe in den Zeiten der Ungleichheit*."

„Echt?“

„Ja! Aber ich begreife überhaupt nicht, was das für eine Tochter sein soll? Die Putzfrau hatte doch im ersten Teil überhaupt keine Tochter!“

Ich schlüpfte aus meinen Heels, weil mir die Füße weh taten, und latschte zur Gastro, wo ich dem armen Kerl, der dort einen gestreiften Papierhut tragen musste, bedeutete, dass er mir ein kleines Fläschchen Wodka herüberschieben sollte. Wenn ich schon mal da war! Dabei fragte ich Ali: „Und warum arbeitet sie nicht mehr für Sorger, hat sie dir das erzählt?“

Er machte es erneut spannend, tat so, als hätte er gerade eine schlechte Verbindung, und sagte immer wieder: „Hallo? Bist du noch dran? Was hast du gesagt?“ Bis er endlich zur Sache kam: „Lottmann hat sie vergewaltigt.“

Ich kippte das Fläschchen und brauchte gleich noch eines.

„Glaubst du ihr etwa nicht?“

Bei Männer ist es nämlich so: Immer, wenn eine Frau vergewaltigt wird, dann denken sie: Naja, sie wird es schon auch irgendwie gewollt haben! Aber nicht mein Ali: „Natürlich glaube ich ihr!“ Und dann kramte er irgendwo in seinen Taschen herum auf der Suche nach seinen Zetteln, um mir wortwörtlich mitzuteilen: „Hör zu, was sie sagte ... Moment, ich finde gleich die Seite mit ihrer Aussage ... einen Augenblick Geduld noch bitte ... wo habe ich denn meinen Block. Ah, hier ist er ja. Also: ‚Als ich aufgewacht bin, war ich benommen und hatte keine Erinnerung. Ich lag nackt im Bett des Beschuldigten. Ich hatte große Schmerzen im Intimbereich und im After‘ ... Hör zu, Kitty, sie sagte: ‚Als hätte mich ein Tier besprungen.‘“

„Ein Tier?“

„Ja. Er muss sie also auch anal vergewaltigt haben. Sie sagt, sie konnte sich an nichts erinnern und fühlte sich völlig zerschlagen, während Lottmann betrunken neben ihr im Bett lag und seinen Rausch ausschlief."

Plötzlich schwebte mir ein Szenario vor Augen, und die Doppelbedeutung des Wortes Fleischnotdienst gleich mit dazu: „Hallo, komm rein schöne Fleischnotdienstmitarbeiterin, danke für den Double Burger. Möchtest du dich kurz setzen, hier auf mein Bett? Möchtest du ein Glas Wein? Nein, keinen Wein? Nur Wasser? Gut, hier hast du Wasser."

Und dann, sobald er sie ausgeknockt hatte, machte er sich über ihr Fleisch her. Ich fragte: „Die K.o.-Tropfen vielleicht?"

„Daran habe ich auch sofort gedacht!", entgegnete Ali, bevor er ins Einfühlsame abglitt: „Es muss ein schreckliches Gefühl sein zu wissen, dass etwas mit dir gemacht wurde, während du nicht bei Bewusstsein warst."

„Ja sicher, Ali! Obwohl du doch heimlich davon träumst, oder? Aber jetzt sag: Ist sie verdächtig?"

„Na klar!", antwortete er. „Theoretisch jedenfalls. Praktisch sieht es so aus, dass sie ungefähr halb so groß ist wie ich. Und Lottmann war über einen Meter neunzig, jedenfalls sehr groß. Sie hätte also einen Schemel gebraucht und wirklich sehr viel Kraft, um ihm den Hals umzudrehen."

„Wenn sie halb so groß ist wie du, hätte sie einen Kran gebraucht, und du bräuchtest eine Leiter! Ich wette, sie hat keine Anzeige erstattet."

„Woher weißt du das?"

„Weil sie sich schämt! Und weil sie es nicht hätte beweisen können! Lottmann hätte gesagt, es war einvernehmlich, dann wäre Aussage gegen Aussage gestanden."

Ich kriegte den zweiten Wodka, bezahlte und trank ihn leer. Dabei fragte ich Ali, ob er noch etwas herausgefunden hätte, und er hatte: „Hör zu, jetzt wird es seltsam. Eine Frau war in Lottmanns Wohnung, als Ramona aufwachte, vielleicht wurde sie sogar von ihr geweckt, sie weiß es nicht genau. Jedenfalls hat sie ihr die Kleider hingeworfen und dann gesagt, dass sie eine Schlampe sei und verschwinden solle. Stell dir das vor: Sie eine Schlampe!"

„Keine Frauensolidarität, was?"

„Nein!"

„Wer war sie?"

„Eine schöne Frau, sagt Ramona, elegant und gut angezogen. Eine stolze Lady in zu enger Schürze, die Brust weit vorgestreckt, den Mund übertrieben geschminkt und die Haare auftoupiert ..."

Dann brach er ab, und ich fragte: „Ali?"

„Ja?"

„Was ist mit dir?"

Er war ein wenig abgedriftet, als er mir die Beschreibung dieser Frau geliefert hatte. Und jetzt erklärte er mir, dass es dieser Ramona auch so gegangen sei: „Sie schien von der Frau hingerissen zu sein, als sie mir von ihr erzählte. Übrigens sprach sie mit Akzent, Ramona vermutet, es war Polnisch oder irgendetwas Östliches."

„Polnisch also oder was Östliches. Ist sie verdächtig?"

„Keine Ahnung, aber hör zu: Als Ramona zur Tür hinaus war, lauschte sie noch ein bisschen, und dabei konnte sie hören, wie diese Frau versuchte, Lottmann aufzuwecken. Als er endlich aufwachte, war sie sehr wütend auf ihn und schrie ihn an, dass er ein Schwein sei, und dass sie nun Schluss machen würde mit ihm."

Schluss machen also? Ich bestellte nun doch noch einen letzten, dritten Mini-Wodka und sagte: „Aber hallo!"

„Und als sie anfingen zu streiten, nannte er sie bei ihrem Namen."

„Und der wäre?"

„Verrate ich dir morgen, wenn du dich für dein unsägliches Verhalten vorhin entschuldigst! Und das Taxi nach Hause zu meiner Familie, das ich mir jetzt gönne, wirst du mir auch bezahlen. Höchste Zeit nämlich, dass ich heimkomme, ich fasse einfach nicht, was du getan hast!"

Nun war er also doch noch wütend geworden.

12

Ich überlegte, was das alles bedeuten konnte, während ich wieder zurück in den Kinosaal stolperte. Dort rang Tarzan gerade einen Tiger zu Boden, und nachdem er ihm das Licht ausgeblasen und Jane das Fell als Bettvorleger geschenkt hatte, stieß er seinen Tarzan-Schrei aus. Aber der klang nicht so wie früher. Ich erinnerte mich an die Tarzan-Filme meiner Kindheit, an die in Schwarz-Weiß nämlich, und wollte nun unbedingt wissen, wer damals den Tarzan gespielt hatte. Ein gewisser Johnny verdammt-noch-mal-irgendwas.

Aber ich kam einfach nicht darauf. Also fragte ich im Vorbeigehen den Kerl, der mich vorher angeredet hatte wegen meinem Arsch, ob er das vielleicht wisse. Dabei schaute ich ihn mir etwas genauer an, aber als das Licht der Leinwand auf sein Gesicht fiel, konnte er damit nicht punkten, und als er mir an den Hintern fasste, fing er sich eine. Ich stolperte weiter und fragte noch einen anderen: „Sag mal, weißt du vielleicht, wer früher den Tarzan gespielt hat?“ Aber der griff mir nicht einmal an den Arsch, der war nämlich für überhaupt nichts zu gebrauchen.

Wieder zurück bei Susi, die nun plötzlich auf meinem Platz saß, musste ich unbedingt ein paar Dinge loswerden, und wenn ich mal am Reden war, dann konnte mich so schnell niemand mehr bremsen. Ich ging dabei allen total auf die Nerven, vor allem Susi. Von der musste ich aber unbedingt folgendes wissen: „Ist das noch aktuell, dass du in diesem Film von deinem Ary mitspielen sollst?“

„Das ist sogar aktueller denn je! Allerdings, und das sage ich jetzt nur dir, hat er sich mit seinem Regisseur zerstritten, habe ich dir davon erzählt?“

„Was weiß ich!“

„Ary ist ja mit seinen Drehbuchvorschlägen *so* unzufrieden. Er möchte unbedingt ein Happy End, aber der Regisseur besteht plötzlich auf *Kunst*.“

„Keine Ahnung, wovon du genau redest, aber Kunst hört sich doch gut an! Und jetzt lass mich da her, du sitzt am Rand!“

„Nein, du!“

„Du!“

Verdammt! Wenn ich es mir recht überlegte, dann hasste ich Kino!

„Ary möchte, dass die Heldin vom Helden mit einem roten Ferrari aus ihrer bescheidenen Unterkunft abgeholt wird und sie dann gemeinsam in den Sonnenuntergang fahren, was sagst du dazu?“

„Super Idee. Klingt nach Dirty Woman.“

„*Pretty Woman*, Kitty! *Pretty Woman*!“

„Na mir doch egal!“

„Und weißt du was? Ary möchte, dass ich in dem Film die zwanzigjährige Tochter einer Putzfrau spiele, ist das nicht aufregend?“

So langsam reichte es mir.

Ich schaute nach vorn auf die große Leinwand und stellte mir dort Susi mit ihrem Pferdebiss vor, wie es auf uns herabstrahlte, während sie versuchte, eine Zwanzigjährige zu spielen, obwohl sie seit letztem Herbst vierzig war. „Das glaube ich eher nicht, dass du eine Zwanzigjährige spielen wirst“, sagte ich.

„Und warum nicht?“

Ich blieb dabei: „Weil du nicht spielen kannst!“

Alle anderen Gründe anzuführen, wäre in diesem Moment zu verletzend gewesen. Ich nahm lieber meine Limo wieder entgegen und das Popcorn, dann kippte ich das vierte Fläschchen Wodka, dass ich mir dann doch noch gekauft hatte, hinunter, und bevor ich vielleicht anfing zu lallen, fragte ich sie: „Wie heißt denn diese Zwanzigjährige, die du da spielen sollst?“

„Das erfahre ich doch erst, wenn ich das Drehbuch bekomme! Aber er hat mir gesagt, dass sie vielleicht Susi heißen wird ...“

„Das glaubst du doch selbst nicht?“

„Doch!“

„Und wie heißt dann die Mutter von dieser Susi?“

„Die heißt Magda, so wie im ersten Teil. Wieso fragst du?“

Ich hatte halt so eine letzte kleine Hoffnung, dass es ein Zufall wäre. Dass sowohl Ramona als auch Susi die Rolle einer zwanzigjährigen Putzfrauentochter in zwei verschiedenen Filmen angeboten worden war. Aber meine Hoffnung zerstob, als ich sie fragte, wie der Film denn heißen solle. „Vielleicht Putz-Woman oder so?“

Und sie mir sagte: „Nein, der Film heißt nicht Putz-Woman! Der heißt *Die Liebe in den Zeiten der Ungleichheit*, Teil 2! Aber mehr kann ich dir jetzt wirklich nicht mehr sagen, weil ich auch nicht mehr weiß! Wenn Ary und ich mal Zeit füreinander haben, dann reden wir nämlich nicht so viel über diesen Film, dann ... na du weißt schon.“

„Dann gibst du ihm die kleine blaue Pille mit dem V darauf und ihr treibt es wie die Karnickel?

Sie kicherte, weil sie kindischer war als Nancy, wenn sie über ihren Sid redete. Und ich? Saß auf meinem Arsch am Rand und hatte nicht einmal einen, dem ich blaue Pillen füttern und über den ich kichern konnte. Verdammt, ich brauchte jetzt wirklich einen Drink!

13

Susi war allerdings der „Wenn ich schon dafür bezahlt habe, dann schau ich mir den Film auch bis zum Schluss an!"-Typ. Daher ging ich schon mal voraus zu Johnny, bei dem ich eine Pipeline bestellte und einen Mai Thai Chi Chi für meine Freundin, „aber die kommt erst später, die schaut sich noch *Tarzan* fertig an!" („Falls dich das interessiert, lieber Johnny!")

Dann unterhielten ich mich mit ihm angeregt darüber, was Tarzan wohl unter dem Lendenschurz trug. „Na, du weißt schon, Johnny: Wie lang, glaubst du, ist seine Liane?"

Aber Johnny stieg nicht auf mein Angebot ein, mit mir zuerst über Tarzans und dann über seine eigene Liane zu sprechen, sondern putzte wieder nur seine Gläser. Also fragte ich ihn, was er so im Sommer machen würde, ob er schon Urlaubspläne hätte oder es auf sich zukommen lassen würde, verdammt, über irgendetwas musste man doch mit ihm reden können.

Aber er sagte nur: „Ach, im Sommer, da mache ich gar nichts."

„Nein? Und was ist mit Winter?"

„Ach, im Winter mache ich einen Monat Südindien."

„Südindien also? Was gibt es denn dort, in Südindien?"

„Ach, da sind so Strände", sagte er.

Und ich: „Geil, Johnny. Richtige Strände mit Sand und Wasser und so?"

Und er: „Ja, warum?"

Verdammt, war der langweilig! Wie konnte man so gut aussehen und einem trotzdem vollkommen die Freude am Leben nehmen? Er machte mich so wahnsinnig, dass ich mir nur noch zwei Sachen von ihm wünschte: „Versprich mir bitte erstens, Johnny, dass du dort nicht zu viel rauchst, okay? Und jetzt schieb mir zweitens noch einen rüber!"

Nach weiteren zwei Pipelines fing ich an, den Abend irgendwie doch noch lustig zu finden, aber das trat ich immer nach fünf Pipelines. Nur Susi fehlte mir, wie sie sich Limettenreste aus den Zähnen holte und dann „Wie sehe ich überhaupt aus?" sagte. Dann hätte ich wie immer antworten können: „Gerade nicht so gut, wie du vielleicht glaubst!"

Wie der Schauspieler hieß, der früher den Tarzan gespielt hatte, in Schwarz-Weiß, und der so gut hatte schreien können, das fiel mir aber auch nach der sechsten Pipeline nicht ein, also fragte ich Johnny. Der wusste es aber auch nicht, deutete diesmal aber immerhin ans andere Ende der Bar, wo so ein schlecht gekleideter Typ mit wirrem Bart und einem Stapel Zeitungen und Zeitschriften vor sich herumsaß. Der musste da irgendwann Platz genommen haben, als ich gerade Pipeline Nummer vier oder fünf bestellt hatte, und er war mir dabei gar nicht aufgefallen. Er war aber auch nicht der Typ, der einem auffiel! Ich fragte Johnny: „Der soll es wissen? Der da liest? Der mit seiner schlechten Haut? Und der da in der Nase bohrt? Warum gerade der?"

Wenn Johnny schon sonst für nichts gut war, jedenfalls nicht für eine heiße Nacht, dann sollte er doch zumindest seine Gäste kennen und etwas über sie zu erzählen haben. Mit gehörigem Respekt sagte er schließlich: „Der ist Filmkritiker."

Und ich: „Wow."

Und er: „Bei einer Zeitung."

„Und jetzt will er sich interessant machen, indem er an den Enden seiner Hemdsärmel kaut?"

„Ich misch mich da nicht ein", entgegnete Johnny. „Was meine Gäste mit ihren Hemden tun, das geht mich nichts an."

„Du hast zu echt nichts eine Meinung, oder?"

„Nö, eigentlich nicht."

„Stehst nur da und polierst deine Gläser?"

„Ja."

„Streust keine Gerüchte und erzählst nichts weiter?"

„Nie."

Ich bestellte noch einen Drink und sagte dann: „Das will ich dir auch raten!"

Denn dass ich nun gleich zu einem Typen hinübergehen würde, der sich gerade eine dünne Zigarette drehte und dann wieder in seiner Zeitung las, wobei er die Augen zehn Zentimeter über den Buchstaben hatte, weil er so schlecht sah, das sollte Johnny keinesfalls jemandem erzählen, schon gar nicht Susi, falls sie dann doch noch auftauchen würde.

Ich nahm also Pipeline Nr. 6 und ging damit die ganze lange Bar entlang. An der saßen all die traurigen Girls, die wegen Johnny hierher kamen, und die alle auf den gleichen Typ Mann standen: Groß, muskulös, halblanges, pechschwarzes Haar, ein bisschen dunklere Haut, als sie der gemeine Mitteleuropäer zu bieten hatte, und ein bisschen Brustbehaarung. Schweigsam sollte er auch sein, aber etwas zu sagen haben, wenn es darauf ankam. Selbst wenn er Gläser polierte, fand man diesen Typen immer noch geiler als alle Investmentbanker, die hier auch herkamen. Oder als alle Künstler und Theaterleute. Und um Längen geiler als alle Schriftsteller und Filmkritiker sowieso, denn die hatten alle helle Haut, fettige Haare und schlechte Augen. So wie der, zu dem ich mich nun hinüberlehnte.

Dabei blickte ich ihm mitten ins Gesicht: „He, du! Darf ich dich mal was fragen? Warum muss einer, der so schlecht sieht wie du, ausgerechnet Filmkritiker werden, ha? Warum kannst du nicht einfach irgendwo Knöpfe annähen?“

Ich lallte wohl schon ein bisschen, als ich das sagte, und vielleicht schaute er mich deswegen so komisch an, als er fragte: „Was?“

„Aber he!“, sagte ich und klopfte ihm kumpelhaft auf die Schulter. „Du kennst dich ja angeblich mit Filmen aus, hab ich gehört, und der Johnny da drüben hat keine Ahnung von Filmen. Also weißt du vielleicht, wie der alte Tarzan geheißen hat, der noch in Schwarz-Weiß im Fernsehen war? Hab ich mir als Kind mit meinem Vater immer angeschaut, weißt du. Aber ich komme einfach nicht dahinter, wie der geheißen hat.“

Der Kerl legte seine Rauchwaren beiseite, schaute mir tief in die Augen und stand dann von seinem Barhocker auf. Er wischte sich die Hand an der Hose ab und sagte: „Ich habe nichts übrig für Kommerzfilme, aber hallo erst mal, ich bin der Daniel.“

Dabei hielt er mir seine Hand entgegen, und ich nahm sie. Sie war warm, weich und verschwitzt, und sie trug zu jenem bewegenden Augenblick in meinem Leben bei, den ich schnell wieder vergessen wollte: Plötzlich stand nämlich Susi hinter mir, und ich hörte ihr typisches Lachen, irgendwie gurgelnd und wiehernd. Sie war genau im falschen Moment aufgetaucht und ging nun vor Lachen sogar in die Knie, als müsste sie pinkeln, dabei warf sie den Kopf in den Nacken, sodass ihre Haare durch die Luft flogen, und rief immer wieder: „Gratuliere!“

Ich verstand zunächst nicht ganz, was jetzt so witzig war an der Sache, kriegte dann aber ein ganz schlechtes

Gefühl tief in mir drinnen, und plötzlich drehte sich sogar alles um mich herum. Als ich mich wieder halbwegs unter Kontrolle hatte, fragte ich: „Was gibt's denn zu lachen?"

Und sie: „Na, du weißt doch noch, was du mir im Kino geschworen hast?"

Ich versuchte es zunächst noch mit: „Nein, ich habe keine Ahnung. Was denn?" Aber als das nicht so gut ankam bei Susi, schob ich gleich hinterher: „Der gilt aber echt nicht!"

„Doooch! Der gilt!", wieherte sie. „Du hast es selbst gesagt, vor Zeugen!"

„Hab ich nicht!"

„Doch! Laut und deutlich. Du hast gesagt: Der Nächste! Und jetzt musst du ihm auch eine Chance geben!"

Der Daniel neben uns steckte die Hände in die speckige Hose und schüttelte den Kopf, als hätte er noch nie zwei Frauen miteinander so reden gehört, dann fragte er: „Äh, sorry. Worum geht's denn jetzt überhaupt?"

Wenn mir alles zu viel wurde, wenn ich mich nicht entscheiden konnte oder wenn mich alle so erwartungsvoll anschauten, dann ging ich immer für kleine Mädchen. Diesmal ging ich sogar etwas schneller als sonst, genaugenommen rannte ich. Und als ich mich endlich hinter einer Klotüre eingesperrt hatte, überlegte ich, wie sich meine Lage jetzt darstellte: Soll ich wieder alleine nach Hause gehen oder ernsthaft dem Daniel da draußen eine Chance geben und ihn mitnehmen? Mein Philadelphia Rapper war noch nicht eingetroffen, also war das vielleicht die ideale Gelegenheit, neue Erfahrungen zu sammeln? Einen Filmkritiker hatte ich bisher noch nicht gehabt, und jetzt, wo Susi ihren verdammten Filmproduzenten hatte, war der vielleicht sogar die Chance, mit ihr Schritt zu halten.

Außerdem musste ich wirklich aufpassen, dass ich nicht irgendwann völlig vereinsamte, weil ich in letzter Zeit doch viel öfter, als es mir gut tat, auf stets verfügbare Plastikprodukte zurückgriffen hatte. Natürlich war so ein Dildo angenehm und einfach zu bedienen, aber das war ja auch das Problem mit diesen Teilen, dass sie so einfach zu bedienen waren, wie es ein Mann nie sein würde, und sie dadurch falsche Erwartungen an die Männer schürten.

Andererseits glaubt eine, die damit weniger Erfahrung hat, vielleicht nicht, dass sich auch in die Beziehung zu einem Gummispielzeug so etwas wie Langeweile einschleichen kann. Man weiß allzu gut, was es tut, weil man es ja selbst tut. Es gibt irgendwann nichts Neues mehr zu entdecken an so einem Dildo, aber das gilt ja früher oder später auch für jeden Typen.

Mit einem Dildo wiederum gibt es kein blödes Gespräch davor an der Bar, kein „Gehen wir zu dir oder zu mir?", kein „Kannst du jetzt bitte endlich abhauen?" danach. Du musst das Schlabberschlafshirt nicht ausziehen, und das Höschen schiebst du nur ein wenig zur Seite. Und ob du das Bett gemacht hast oder nicht, das interessiert auch keinen. Ein „Wollen wir mal zusammen was anderes machen als Ficken?", ersparst du dir, und „Magst du eigentlich Kammermusik?" wirst du niemals hören. Du hast keinen fremden Geruch in der Wohnung, und es gibt keine Notwendigkeit für Raumspray. Ghetto Boy war das damals gut gemeinte und irgendwie sogar romantische Geschenk eines Freundes, aber nachdem er ihn mir geschenkt hatte, war er selbst für mich gestorben. Nicht, weil mir das Geschenk keine Freude gemacht hätte, sondern im Gegenteil!

All das bedachte ich noch einmal, bis ich mich endlich doch entschied, die sichere Variante zu wählen und nach Hause zu gehen. Vielleicht war mein Päckchen mit dem Philadelphia Rap ja heute gekommen und lag als Überraschung vor meiner Türe. Oder ich hatte eine Verständigung, dass es ein neu zugezogener Nachbar, der sich nach einer wie mir sehnte, für mich angenommen hatte, und ich musste das Päckchen erst gar nicht öffnen. Konnte ja alles sein!

Ich wollte ohne zu zahlen einfach verschwinden, aber da kam Susi bei der Türe herein und sagte ganz aufgeregt, dass Ary gerade doch noch angerufen hätte und sie jetzt ganz dringend bei sich haben wollte. Ich fragte, ohne dass es mich interessiert hätte: „Wieso denn das?"

„Weil er gerade echt wütend ist!"

„Und warum?"

„Weil er seinen Regisseur einfach nicht erreicht, und zwar seit Tagen! Ich muss jetzt dringend zu ihm, Ary braucht mich, wenn er so in Rage ist. Dann will er, naja, du weißt schon ..."

„Ja, ja, ich weiß schon. Hoffentlich nimmt er rechtzeitig seine Pille."

„Und du berichtest mir morgen, wie es mit deinem Daniel war, versprochen? Ich finde, ihr passt wirklich gut zusammen."

Beste Freundinnen, die sich überlegen fühlen, sind einfach das Letzte! Lachend ging sie weg, und im Weggehen rief ich ihr wütend nach: „Du glaubst wirklich, dass du eine Zwanzigjährige spielen wirst?"

„Aber sicher, Schatz!"

„Ich kann dir sogar garantieren, dass du das nicht tun wirst!"

„Und wieso nicht?", trällerte sie.

„Weil der Regisseur tot ist!"

Aber sie hörte mich nicht mehr, weil sie bereits die Klotüre geöffnet hatte, und von draußen dröhnte nun ganz laut „I will suvive“ herein, was Johnnys Lieblingsnummer war, die er alle halbe Stunde mal reinschob. Und was eigentlich eh alles über ihn sagte!

Plötzlich wollte ich nicht mehr allein sein. Wollte da draußen an der Bar in Zukunft nicht als Einzige allein herumsitzen. Bald war auch ich vierzig, und bald war ich die Einzige, die ihre besten Jahre der Bingobongobar schenkte. Vielleicht war der Filmkritiker ja wirklich meine letzte Chance, und ich musste einfach in Kauf nehmen, dass er auf den Ärmeln seiner Hemden herumkaute? Immerhin sah er so aus, als hätte er schon lange keine Frau mehr gehabt. Ganz sicher würde er also dankbar sein, wenn ich ihn mit nach Hause nähme. Ich machte mich also ein bisschen frisch, ging hinaus an die Bar und sagte zu ihm: „Komm mit!“

14

Kaum saß ich mit diesem Filmkritiker im Taxi, fiel mir auch schon unangenehm auf, dass er seine Strickjacke schon länger nicht mehr gewaschen hatte. Strickjacken schienen der letzte Schrei unter Filmleuten zu sein. Aber auch seine übrigen Klamotten gehörten dringend in die Maschine, und er selbst in die Badewanne. Ich könnte mich dann zu ihm an den Rand setzen und ihm einen runterholen, das hatte sicher auch schon lange keine fremde Hand mehr gemacht. Irgendwie war er echt nicht der geile Typ, den ich sofort anspringen wollte, aber nach acht Pipelines und angesichts der schwierigen Umstände, in die mein Leben geschlittert war, war mir das gerade scheißegal. Außerdem hatte ich noch ein paar ansprechende Bilder von Tarzan im Kopf, die mich befeuern könnten, wenn er sich erst mal frei machen und in weißen Unterhosen vor mir stehen würde. Vielleicht würde er mich ja in anderer Hinsicht überraschen? Ich wollte gleich mal seine Liane ertasten, aber er schob meine Hand immer wieder weg, das war ich nicht gewöhnt, alles sprach dafür, dass er ein schwieriger Typ war. Also überlegte ich, während ich mir als Ersatz eine Zigarette in den Mund steckte, was trotzdem für ihn sprechen könnte: Ist ja zunächst nicht ganz schlecht, wenn einer immer gratis ins Kino darf!, redete ich mir ein, und wenn sich einer mit Film auskennt: „Weißt du jetzt endlich, wie der Tarzan hieß, der immer ..."

Ich konnte da hartnäckig sein, und wenn ich schon lallte, dann hörte es sich noch hartnäckiger an.

Er reagierte aber schwer genervt und fragte seinerseits: „Kennst du eigentlich Tarantino? Irgendwann schreibe ich ein Buch über Tarantino, ich schwör's dir!"

„Du schreibst also auch über Fußballer?"

Er rückte noch weiter von mir ab: „Tarantino ist doch kein Fußballer, der ist ein Regisseur! Verdammt, Tarantino ist Gott, ich bitte dich! Hast du noch nie von Tarantino gehört?"

„Nie."

„Kennst du den Dialog nicht, wo der eine sagt: ‚Die sagen Royal mit Käse zum Viertelpfünder.'"

„Kenn ich nicht."

„Royal mit Käse!", wiederholte er immer wieder und schüttelte begeistert den Kopf, während ich versuchte, ihn zu küssen. „Oh Scheiße, das ist einfach zu gut! ‚Die sagen Royal mit Käse zum Viertelpfünder!'"

Nachdem er es oft genug gesagt hatte, fiel dem Spasti ein, dass er Hunger hatte, und er fragte mich, ob ich etwas zu Hause hätte, wohin wir nämlich gerade unterwegs waren. Denn bei ihm sei gerade nicht aufgeräumt, wie er mir gesagt hatte.

„Hast du Steak?"

„Steak habe ich gerade leider nicht zu Hause."

„Scheiße, echt nicht?"

„Ich habe ... Chips."

„Chips sind aber kein Essen. Chips sind ein Snack!"

Er hörte sich an wie eine von diesen Müttern, die ihren Kindern gesunde Jause mitgeben. Redete wie einer, der Besseres gewöhnt war. Dabei sah er echt nicht so aus! An seinen Knochen war wenig dran, was einem Appetit machen konnte. Er gab auch zu, dass er finanziell gerade nicht so gut aufgestellt war, „obwohl ich schon vierunddreißig bin", wie er dann noch glaubte, erwähnen zu müssen.

Über das eine war ich nicht überrascht, über das andere aber schon: „Du bist erst vierunddreißig?"

„Ja klar", sagt er. „Was dachtest du denn?"

„Vierundfünfzig. Mindestens!"

„Nicht dein Ernst oder?“

„War echt das Niedrigste, was ich geschätzt hätte.“

„He!“, sagte. „Was ist Geld? Und was ist schon Alter? Wenn man so wie ich tun kann, was man liebt!“

Ich wusste auch, was ich normalerweise liebte. Also wollte ich ihn endlich spüren und ertasten, was so los war bei ihm in der Hose, ob sich da langsam irgendetwas regte. Aber meine Hand an seiner Hose mochte er gar nicht. Ihn musste ich erst für mich gewinnen, das war neu für mich. Ich suchte also nach Gemeinsamkeiten, nach etwas Verbindendem. Fragte ihn: „Weißt du eigentlich, dass ich Bulle bin und dass wir gerade den Mord an einem bekannten Filmregisseur aufklären müssen?“ Und da er ja Filmkritiker sei, meinte ich, und ich den Mord an einem Filmregisseur aufklären sollte – „Gemeinsamkeit!“.

Aber da rückte er erst recht von mir weg und drückte seine versaute Umhängetasche, in der sich wohl seine mickrigen Rauschgiftvorräte befanden, ganz fest an sich, in der sich wohl seine mickrigen Rauschgiftvorräte befanden. Mit gütigem Blick ließ ich ihn wissen, dass von mir gerade wirklich keine Gefahr ausginge, auch nicht für einen regelmäßigen Kiffer wie ihn. Langsam beruhigte er sich wieder, und dann fragte er nach dem Namen des Regisseurs, der ermordet wurde. Ich wollte ihn mit Insiderwissen und dem Wörtchen „Eigentlich“ für mich einnehmen, weshalb ich sagte, dass ich ihm das *eigentlich* nicht verraten dürfe, flüsterte ihm dann aber doch ganz sanft ins Ohr: „Er heißt Rufus Lottmann. Und jetzt fick mich.“

Er erschrak: „Der diese furchtbare Schmonzette gedreht hat?“

Das gab einen unerwartet dicken Pluspunkt für ihn, ich war nämlich großzügig mit dicken Pluspunkten.

Und dann gab es sofort noch zwei weitere, als er den Film „Ein schreckliches Rührstück!“ nannte und „Dieses Kommerzschwein ist also tot?“ über den Regisseur sagte. Das machte insgesamt vier Pluspunkte, weil er noch einen für „Kann mir jemand erklären, warum der Scheiß so erfolgreich war?“ erhielt.

Das alles würde ich morgen gleich Ali erzählen, Worte aus dem Mund eines Filmfachmannes. Und ich würde ihm auch gleich sagen: „Das sagen Leute über diesen Film, die sich wirklich auskennen, die Bücher über Tarantino schreiben. Kennst du Tarantino nicht? Royal mit Käse? Nie gehört?“

Jetzt wollte ich den Daniel sofort haben! Wollte ihn küssen, mich auf ihn draufsetzen und ihm vorschlagen, dass er mir dabei die Kleider vom Leib reißen solle, und zwar auch sofort. Aber er redete nur ohne Unterlass weiter über diesen Lottmann, so wie er vorher über diesen Tarantino geredet hatte, während ich versuchte, ihn zu küssen und zu ficken.

„Goldene-Zitrone-Kandidat hoch drei!“, sagte er. „Und dann sehen sich fast eine Million Einheimische diesen Dreck an! Liebesfilm als Genre ist sowieso total problematisch, weil meistens nur kitschig. Bei einem Liebesfilm muss die Handlung schon irgendwie gebrochen werden, eine zweite Ebene haben. Eine, auf der man die Liebe in die Realität holt.“

Ich sagte: „Und jetzt fick mich.“

„Als *ich* mal ein Kurzfilmprojekt eingereicht habe beim Ministerium, da haben *die* es abgelehnt. Und wieso? Weil ich die Liebe dekonstruiert habe! Sie als neoliberales Abfallprodukt entlarvt habe! Diese Förderstellen sind doch alle von oben gelenkt und manipuliert!“

„Fick mich!“

„Und weißt du was: Nicht einmal eine Begründung haben sie zur Ablehnung dazu geschrieben, *Fuck*!"

„Tu es endlich, verdammt!"

„Wer hat ihn denn umgebracht?"

„Ich habe im Moment keine Ahnung", antwortete ich. „Er lag mit gebrochenem Genick im Hinterhof gegenüber einer Burger-Bude, wir tappen noch im Dunkeln. Hatte er denn Feinde unter den Filmleuten?"

„Ha!", sagte er. „Alle wollten den tot sehen! Alle, die so wie ich Kunst lieben und Kommerz verachten!" Und plötzlich fiel ihm noch etwas anderes ein, was ihn zutiefst kränkte: „Ich frage mich wirklich, warum mich niemand angerufen hat, um den Nachruf auf dieses Kommerzschwein zu schreiben! Seit wann ist er denn der überhaupt tot? Kannst du mir nicht irgendwelche Details darüber verraten, das wäre echt geil."

Ich ließ genervt von ihm ab, strich mir das Kleid glatt und richtete mir die Haare, dann schrie ich ihn an: „He, du Arsch! Ich bin nicht immer im Dienst, okay? Ich bin auch mal einfach nur Frau! Also sei du auch mal ein Mann!"

Dann zog ich ihn wieder an mich heran, aber er wehrte sich noch immer: „Wie soll man denn in Stimmung kommen, wenn du ständig von einem Toten redest?"

„Ich bin ja auch in Stimmung, obwohl du dich schon lange nicht mehr gewaschen hast! Also mach endlich!"

„Das ist doch wohl ein Unterschied!"

15

Als wir endlich meine Wohnung betraten, gegenüber dem Waikiki Beach, dem Nachtclub für finanziell schlecht aufgestellte Männer, fragte er: „Das ist also deine Bude?“

Das habe ich schon öfter gehört, wenn ich irgendwelche Penner mit zu mir nahm, dieser Satz bedeutet übersetzt: „Kannst du dir nichts anderes leisten als dieses Rattenloch?“ Oder sie sagten: „Für einen alleine ist das gar nicht schlecht.“ Als hätte ich zuvor an der Bar behauptet, dass ich zu zweit wohnen würde! Andere meinten: „Kann man was draus machen!“ Das waren die, die schon mal mit einer innenarchitektonisch ambitionierten Frau zusammen waren und seither dachten, sie wüssten selbst auch ungefähr, wo der Teppich liegen muss und welche Farbe die Vorhängen haben sollten, damit sie mit Ersterem „harmonieren.“

„Erinnert mich an Filme des Neoverismo“, sagte der Daniel. „Also deine Wohnung, meine ich. Alles unverstellt, alles pur. Gefällt mir. Du versuchst nicht, jemand anderes zu sein als die, die du bist. Ich kann es nicht anders ausdrücken, aber genau so habe ich mir deine Wohnung jetzt auf dem Weg hierher im Taxi vorgestellt.“

Das hatte ich bisher noch nie gehört. „Du dachtest also von Anfang an, dass ich in einem Gemeindebau wohne?“

„He, man kriegt den Bewohner aus dem Gemeindebau hinaus, aber nicht den Gemeindebau aus dem Bewohner. Das bist du, es passt zu dir.“

Ich musste mich wirklich zusammenreißen, um ihn nicht gleich wieder hinauszuwerfen, mit schweren Verletzungen und allem Drum und Dran. Das tat ich normalerweise sofort, wenn mir einer auf die Nerven ging. Aber heute wollte und musste ich alles anders machen. Ich wollte und musste ihm eine Chance geben. Also ließ ich ihn reden und reden und hörte mir an, dass er an Fassbinder denken müsse, wenn er sich hier so umsähe, und dass es so etwas Unverstelltes kaum noch gäbe: „Ich meine: Facebook und Twitter und Instagram! Ist dir schon aufgefallen, dass die dort alle immer ihre beste Seite zeigen?“ Dann fragte er: „Bist du auf Facebook? Oder Instagram? Twitterst du?“ Die drei Fragen aller Fragen.

Ich sagte: „Ich weiß jetzt gerade nicht genau, was du mit Instagram und Twittern meinst, aber nein, auf diesem scheiß Facebook bin ich nicht, da ist meine beste Freundin Susi, und ich denke, das genügt. Die stellt ja genug Fotos von mir rein.“

Diese Antwort machte ihn irgendwie geil. Es war diese Art Geilheit, die sich auf Fotos im Internet beschränkt: „Echt? Ist ihr Account öffentlich?“

„Was weiß ich!“

„Wie heißt sie denn?“

„Susi Storch.“

Er lachte: „Im Ernst?“

„Ja, wieso?“

„Naja, ich meine: Susi Storch. Klingt irgendwie ... bescheuert.“

„Wie heißt du denn?“

„Daniel Dreiseidl.“

„Da doch lieber Storch als Dreiseidl, sage ich jetzt mal ganz ehrlich.“

„Find ich offen gestanden nicht. Wie heißt du denn?“

„Muhr.“

Er strahlte: „Geil! Wie Roger Moore?“

„Nein, du Spinner, nicht wie Roger Moore. Muhr mit u und h."

Das enttäuschte ihn: „Ach so. Kennst du *Scarface*?"

So ging das noch eine Zeitlang dahin. Er ließ Namen von Filmen fallen, die ich alle nicht kannte. Dabei hatte ich nicht das Gefühl, dass uns irgendetwas verband, im Gegenteil: Noch nie hatte ich mich einem Idioten ferner gefühlt. Nur wie Trinken geht, das wusste er auch. Immer wieder latschte er zu meinem Kühlschrank, holte ein Bier heraus, und irgendwann standen wir dann plötzlich auf meiner Loggia, wo ich selbst eigentlich nie hinkam. Er blickte hinunter in den Hof, in dem keine Hunde und keine Kinder spielen durften, und sagte: „Ist richtig gemütlich. Du sitzt sicher oft hier und liest ein Buch, oder?"

Ich antwortete: „Nein, eigentlich nie."

Und dann, nachdem er vier weitere Biere getrunken hatte und ein wenig lockerer wurde, fragte er: „Was machen wir jetzt?"

Er schien echt keine Ahnung zu haben, was wir jetzt machen könnten, beziehungsweise wie es genau geht. Aber ich musste ihm eine Chance geben, heute sollte sein großer Tag werden. Nachdem ich ihn irgendwie dazu gebracht hatte, es zwei Minuten mit mir zu machen (wobei er darauf bestand, dass ich keine Musik spielen dürfe, weil ihn ja währenddessen jemand von der Zeitung wegen des Nachrufs anrufen könnte!), war er außer Atem wie Tarzan, nachdem der seine Jane zehn Kilometer durch den Wald geschleppt hat, von Liane zu Liane.

Lässig und sehr zufrieden mit sich wälzte er sich von mir herunter und zündete sich eine Zigarette an, vergaß dabei aber nicht, darauf hinzuweisen, dass wir jetzt hier liegen würden wie Humphrey Bogart und

Lauren Bacall, nur halt in Farbe und nicht in Schwarz-Weiß. Und in die feierliche Stille hinein sagte er dann: „Weißt du, eigentlich stehe ich auf Asiatinnen. Kennst du Maggie Cheung?“

Das war dann immer das Beste! Wenn ein schmalbrüstiger, pickeliger, mit dürftigem Flaumbart ausgestatteter Brillenträger Mitte dreißig, der aussah wie Mitte fünfzig, einer Frau nach einem wirklich elenden Fickerlebnis sagte, dass er auf Asiatinnen stand! Die Botschaft war klar: „Ich stehe auf sehr enge, sehr kleine, sehr niedliche Muschis und nicht auf die normale, mitteleuropäische Ausstattung (die für mein Zäpfchen nicht gebaut wurde).“

Ich hasste diesen Typen, fühlte mich total unwohl neben ihm und verlor vollkommen jedes Interesse an einer fixen Beziehung, und zwar auf Jahre hinaus. Vielleicht sogar für immer. Sollte Susi mit ihrem Ary so glücklich werden, wie sie wollte, und Nancy mit ihrem Sid auch, mir war es egal! Ich war raus aus dem Spiel. Dass ich die Lust verlor, wenn einer nackt neben mir lag, das war nämlich bisher wirklich nicht vorgekommen, aber gut: Ich hatte es versucht, ich hatte es zumindest versucht. Zwei Minuten lang war ich bereit gewesen, zurückzustecken und etwas zu akzeptieren, was mir nicht gefiel, die Schwächen des andere zu akzeptieren und sogar seine jämmerliche Ausstattung. Ich war bereit gewesen, aber es funktionierte nicht.

Bevor er anfing, mir die Möbel umzustellen, musste er schleunigst weggeschafft werden. Also sagte ich: „Weißt du was, Bogart? Hau einfach ab!“

Aber da war er schon neben mir eingeschlafen, schnarchte wie ein Bär und war nicht mehr wach zu kriegen.

Nun rächte sich, dass ich meinen Ghetto Boy weggeworfen hatte, einfach beim Fenster hinaus, nachdem ich irgendwann echt genug von ihm hatte. Natürlich bereute ich es schon damals sofort, deshalb war ich ja auch gleich im Bademantel die Stiege hinuntergelaufen und auf der Straße herumgeirrt auf der Suche nach ihm, aber zu spät: Irgendein Obdachloser musste ihn gefunden und eingepackt haben, und er machte nun mit ihm – ich weiß nicht was! Immerhin war das nur die zweitschlechteste Lösung, und die schlechteste blieb mir erspart. Dass nämlich jemand aus dem Haus ihn gefunden und mir einen Zettel an die Türe geklebt hätte: „Dildo gefunden. Ihrer? Bitte bei Soundso läuten."

16

Ich holte also meinen Laptop ins Bett und suchte darin nach der wahren Liebe, aber als ich die nicht fand, begnügte ich mich mit der *Liebe in den Zeiten der Ungleichheit*. Ich fand sie auf einer Videoplattform und öffnete den Stream, wie das Bonner jede Nacht machte, denn ich wollte nun endlich auch wissen, worum es in dieser Schmonzette ging:

Ein sehr erfolgreicher Schriftsteller mit Strickjacke lebt darin in einer sehr schönen Villa, er hat eine sehr schöne Ehefrau, die er aber als „kalt und zur Liebe unfähig!“ beschimpft, wenn sie miteinander streiten, und sie streiten am Anfang wirklich oft miteinander (ganz anders als Tarzan und Jane). Wenn er dann in seiner Schreibkammer sitzt, wohin er vor ihr flüchtet (was er aber gar nicht tun müsste, da sie ohnehin die Kinder in die Schule bringt), sieht er durch den Spalt einer geöffneten Türe der Putzfrau zu, die draußen am Gang sauber macht und dabei schöner ist, als man das von Putzfrauen bisher gewohnt war – nichts gegen Putzfrauen, aber so wie die sieht keine Putzfrau aus!

Sie ist elegant und gut gekleidet, eine stolze Lady in zu enger Schürze, die Brust weit vorgereckt, den Mund übertrieben geschminkt, die Lippen zu voll, und die Haare auftoupiert. Plötzlich dachte ich: Moment mal! Genau so hat doch Ramona meinem Ali gegenüber diese Frau beschrieben, die in Lottmanns Wohnung war, und Ali hat sie mir dann mit den gleichen Worten beschrieben. War das ein Zufall?

Irgendwann sagt der Schriftsteller, der in seiner Strickjacke herumsitzt, weil ihm wegen der Kälte seiner Ehefrau selbst ständig kalt ist, dann tatsächlich zu ihr: „Wenn ich dich beobachte, dann wärmt mich das und es erdet mich. Ich mag, was du tust und wie du es tust."

Und sie sagt Sachen wie: „Es ist nicht wichtig, was wir tun. Wichtig ist, wer wir sind."

Und er sagt Sachen wie: „Man verliert das Wesentliche aus den Augen, wenn man immer nur dem Erfolg hinterherläuft."

Hörte sich an wie die besten Stellen aus *Jasmin sagt Nein,* oder wie die schlechtesten aus *Mit dir war ich glücklich.* Je nachdem.

Sie fuhr fort: „Man verlernt zu leben ..."

Und er: „... wenn man nicht liebt."

Und sie, nachdem sie den Besen an die Wand gelehnt hat und die Türe zu seiner Schreibkammer weit öffnet: „In meinem Herzen hast du seit Langem einen Platz. So lange schon sehe ich die Traurigkeit in deinen Augen, spüre ich deine Sehnsucht. Es ist, als würde ich dich seit Ewigkeiten kennen."

Verdammte Scheiße! Nun wusste ich wieder, warum ich nie ein Buch las!

Jedenfalls steht der Künstler von seinem Schreibtisch auf, schnürt sich die Strickjacke und geht zu ihr hin. Dann fasst er sie an den Schultern und schaut ihr tief in die Augen und sagt: „Magda."

Da ungefähr muss mir der Laptop aus dem Bett gefallen sein, und ich war weggekippt in das weite Land der Träume. In diesem rief mich Susi an und fragte: „Was hältst du von Lesbos?"

Ich sagte ihr: „Dort sind doch alle schwul!"

„Na gut, dann schlag du was vor!"

Ich blieb dabei: „Ibiza oder Kreta."

Nicht einmal in meinem Traum war ich einfallsreicher!

Sie sagte: „Na gut, dann Ibiza!"

Aber ich: „Nein, doch lieber Kreta!

„Du bist unmöglich!“

„Ich habe auch nie behauptet, dass es einfach mit mir ist!“

17

Ich war schweißgebadet, als es an der Tür läutete: „Wer ist das?", fragte der Daniel, der sich neben mir gerade gemütlich eine Zigarette drehte, und dann fragte er weiter: „Und was ist mit Ibiza und Kreta? Du hast ständig davon geredet, ich konnte nicht mehr schlafen. Und he, hast du in der Nacht gestreamt? Ohne mich?"

Ich konnte es nicht fassen: „Verdammt, bist du immer noch hier?"

Da fiel mir plötzlich ein, wer da an der Türe sein und was er im Gepäck haben könnte: „Scheiße, mein Dildo!"

Der Daniel fragte: „Was?"

Und ich: „Halt die Klappe!"

Jetzt war wirklich der total unpassendste Moment für meinen neuen Dildo, denn genau jetzt fing der Daniel an, geil zu werden. Das Wort Dildo muss ihn irgendwie in Stimmung gebracht haben. „Komm her", stöhnte er wie ein Zwölfjähriger, der sich einen runterholt, „lass es uns in der Küche machen! Und dabei erzählst du mir, wie dieser Lottmann ermordet wurde."

„Das macht dich scharf?"

„Das könnte mich scharf machen. War Liebe im Spiel? Eifersucht? Meistens geht es doch um Liebe und Eifersucht, wenn jemand ermordet wird, hab ich recht?"

Ich sagte: „Schräg gegenüber im Haus ist ein Chinese, dort kannst du dir eine Asiatin in der Küche suchen! Und jetzt hau ab, du krankes Schwein!"

Als ich endlich die Türe öffnete, war der Paketbote natürlich längst weg. Wütend riss ich die Verständigung (Somalia-Teleshop ab 18 Uhr) vom Türstock, lief zurück in die Wohnung und schlüpfte in meine Badelatschen, die mir Susi mal als Geschenk aus irgendeinem schicken Hotel an der Cote d'Azur mitgebracht hatte, wohin sie wegen einem Filmfestival gefahren war. Dann lief ich die Treppe hinunter einem Kerl hinterher, der nicht zwei Minuten Zeit gefunden hatte zu warten, na gut, fünf Minuten.

Ich rannte hinaus auf die Straße, schaute mich um, aber verdammt, wo war er? Konnte doch nicht sein, dass der so viel schneller war als ich und schon wieder über alle Berge!

Da sah ich seinen weißen Sprinter in zweiter Reihe drei Häuser weiter parken, aber als ich dort hinkam und gegen die Scheibe auf der Fahrerseite schlug, war er nicht im Wagen. Ich stellte mich neben den Transporter und wartete, und während ich das tat, schauten mich einige schräg an: „Was macht denn die in Badelatschen und Morgenmantel hier auf der Straße?", war der häufigste Satz, den ich in ihren Augen lesen konnte. Ich war eine heiße Kandidatin für den „Hallo, hier steht eine auf der Straße herum, könnt ihr die nicht abholen und wieder zurückbringen in die Klapsmühle?"-Anruf.

Das war verletzend!

Da kam der Paketbote aus einem Haus gegenüber auf die Straße. Mir lagen schon die Worte auf der Zunge, die ich ihm entgegenschleudern wollte, aber von wegen Schleudern: Der kam auf mich zu wie ein Zehnkämpfer beim Weitsprung, und je näher er kam, desto weiter rutschten mir die Worte zurück in den Hals, wo sie mir dann überhaupt stecken blieben.

Der Typ war nämlich mindestens einen Meter neunzig groß, oben herum so breit wie ein Tresor und um die Hüfte herum so schmal wie Victoria Beckham. Sein Shirt mit den abgeschnittenen Ärmeln war ihm am Bauch zu kurz, sodass ich dort jeden einzelnen Muskel sehen konnte, und jeder einzelne sah gut aus! Die Arme waren tätowiert wie bei einem Fußballer, die Haare auf einen Millimeter geschoren. Sein Gesicht wirkte wie gemeißelt, und die Augen waren blau, tiefblau, so ein Blau sieht man sonst selten (Vor Kurzem wurde einer verhaftet, von dem dann ein Bild um die Welt ging. Fünf Millionen Frauen wollten ihn heiraten, aber ich wollte diesen hier!) Seine Haut war gebräunt, die am linken Arm stärker als die am rechten, was wohl vom vielen Autofahren kam.

Aber solche Kerle führten Aufstände an oder brachen Revolutionen vom Zaun, hatten also wohl kaum Zeit für eine, die in Bademantel und Latschen auf der Straße herumstand. Und jetzt, wo endlich mal der Richtige ankam, hatte ich auch noch diesen Typen da oben in meinem Bett, der mir sogar nachgerufen hatte, ob ich laktosefreie Milch mitbringen könne, als ich die Wohnung verließ.

Mit dem hier hatte ich nicht gerechnet, als ich wütend die Verständigung vom Türstock riss, ich hatte mit so etwas Ähnlichem wie meinem Ali gerechnet, aber nicht mit so etwas osteuropäisch gut Aussehendem. Und vor allem nicht mit diesen Augen, die mich nun anstarrten und von oben bis unten musterten. Da fiel mir ein: Wie war ich denn überhaupt angezogen? Und wie sah ich denn überhaupt aus?

Ich war so verdammt im Arsch und schaffte nur ein leises „He, du!“

Kriegte dabei den Gurt meines Bademantels kaum zu einer Schleife gebunden, und darunter hatte ich echt nicht viel an. Als der Kerl sich an mir vorbeidrängte und die Türe seines Wagens öffnete, legte ich los: „Was soll der Scheiß mit Somalia-Teleshop? Kannst du nicht zwei Minuten warten?“

Als er eingestiegen war, fragte er: „Auf dich?". Er griff nach meinem Päckchen, das neben ihm auf der Beifahrerseite lag, und schaute es an: „Anonymisierter Karton", sagte er mit steinerner Miene. Er wusste natürlich, was darin war, er wusste, was Frauen wie ich bestellten, wenn sie Sehnsucht nach einem wie ihm hatten. Das machte die Sache zwischen uns nicht einfacher! Noch schwieriger wurde es aber, als er die Verständigung haben wollte, die er mir am Türstock hinterlassen hatte.

„Tut mir leid ...", stammelte ich.

„Euch tut nie etwas leid, ihr denkt immer nur an euch. Du kostest mich gerade wertvolle Minuten."

Das hatte noch nie einer zu mir gesagt! Und mir fiel darauf auch nichts anderes ein als der Satz aller Wutbürger: „Ich werde mich über dich beschweren, und dann werfen sie dich raus!"

Dabei hörte ich mich wie eine geifernde Alte an, der heißer Kaffee über das Knie geschüttet wurde.

Er antwortete ganz ruhig: „Mach das."

„Darfst du das Paket überhaupt im Somalia-Teleshop hinterlegen?"

„Eigentlich nicht. Aber für dich ist es die einfachere Lösung. Sonst müsstest du zwei Kilometer weiter latschen. Es ist also ein Entgegenkommen meinerseits."

Da fiel mir ein: „Ich heiße Kitty, und wie heißt du?"

„Finde es raus!"

Hätte ich ihn doch gestern getroffen! Aber egal, heute war ein neuer Tag, und ein neuer Tag bedeutete neue Chancen. Er hatte nicht gelallt, als er „Finde es raus!" gesagt hatte.

„Gibst du mir mein Paket?"

„Gibst du mir die Verständigung?"

„Ich sagte doch, die ist oben!"

„Ich sagte doch, ich brauche sie!"

Er hatte nur Verachtung für meine Unausgeschlafenheit, meinen Zustand und meine Fahne. Für meinen Bademantel und dafür, dass ich mich nicht einmal frisiert hatte, während er sich beinahe gentlemanlike und kontrolliert benahm und vermutlich schon seit Stunden arbeitete. Er gab mir das Paket, auf dem mein richtiger Name stand, Brigitte, aber er erwähnte ihn nicht. Er stellte mich nicht bloß, sagte nicht „Brigitte heißt du also und nicht Kitty." Das Bloßstellen erledigte ich schon selbst, und ich machte das so gründlich, wie es eben ging. Denn ich fasste in meine Bademanteltasche, in der nur drei Zwanzig-Euro-Scheine waren und ein Zwanzig-Cent-Stück. Weiß der Teufel, wie das Geld da hineinkam! Und weiß der Teufel, warum ich ihm das zwanzig Cent Stück gab! Er nahm es und verachtete mich jetzt noch viel mehr, weil ich ihn am Ende einfach nur Zeit gekostet hatte. Zeit war aber genau das, was er am wenigsten hatte, und das sagte er mir auch.

Dann knallte er die Türe zu, startete den Wagen, legte den Gang ein und stiege aufs Gas. Und ich stand da in Bademantel und Badelatschen und wusste plötzlich, warum Lottmann in Bademantel und Badelatschen an jenem Abend in den Hinterhof gekommen war – dort wurden irgendwo Pakete deponiert, die der Bote tagsüber nicht zustellen konnte, weil die Leute nicht zu Hause waren oder am Morgen noch zu besoffen, um rechtzeitig zur Türe zu kommen.

Als ich wieder zurückkam zu meiner Wohnung, stand dieser Typ in Unterhosen, dessen Namen ich mittlerweile vergessen hatte, hinter der Türe. Oder hatte er ihn mir gar nie gesagt? Es war wohl eher so! Dann hatte ich ja noch Gelegenheit, auf den Ersten zu warten, der mir seinen Namen fehlerfrei nennen konnte und dem ich dann eine Chance geben musste.

Dieser unbekannte Mr. X in meiner Wohnung jedenfalls musste schnellstens aus meinem Leben verschwinden. Aber bevor ich ihm das deutlich machen konnte, sagte er: „Find ich echt nicht gut, dass bei dir das Klopapier nach hinten abgeht!“

Ich war kurz sprachlos, aber dann schrie ich ihn an: „Hast du etwa ... verdammt, hast du etwa auf meinem Klo geschissen?“

Nichts hasste ich mehr als wenn ein Typ, den ich erst seit drei Stunden kannte, sich auf mein Klo setzte!

„Na hör mal“, sagte er. „Ein Mann muss sich am Morgen erleichtern.“

Ich schrie: „Wenn du ein Mann wärst!“

Schob ihn hinaus, knallte die Türe zu und ließ ihn im Stiegenhaus stehen. Dann suchte ich nach seiner Hose, seinen Socken und seiner beschissenen Umhängetasche, ich machte es wie diese Frau, die vermutlich Magda hieß und in Lottmanns Wohnung diese Ramona rausgeworfen hatte. Ich nahm all sein Zeug und ging damit zur Türe, öffnete sie und warf ihm die Sachen vor die Füße: „Du bist echt nichts für mich!“, sagte ich und knallte die Türe wieder zu.

Und während ich die Fenster öffnete, damit sich der Gestank von dem Penner aus meiner Wohnung verzog, hörte ich ihn noch ein paarmal gegen die Türe klopfen und sagen: „Rufst du mich an? Ich habe gerade kein Guthaben.“

18

Wie konnte jemand, der so dünn war, solche Haufen machen? Und was sollte überhaupt der Scheiß mit dem Klopapier? Hatte er echt gesagt, er würde es nicht gut finden, dass das Klopapier bei mir nach hinten abgeht? Und hat er es deswegen nicht verwendet? Die grundsätzliche Frage diesbezüglich lautete: Wann war eigentlich alles schiefgegangen, als der liebe Gott ... Männer und Rhabarber jedenfalls, da hätte etwas Besseres draus werden müssen.

Wütend lenkte ich den Benz in den Hof unseres Polizeigebäudes, das in der Tannengasse hinter dem Westbahnhof liegt. Dort ist ein Schild mit meiner Autonummer an die Wand genagelt, und das bedeutet: Hier steht von der Kitty Muhr der alte Mercedes, den sie von ihrem Papa geerbt hat!

Mit quietschenden Reifen und ohne zu blinken querte ich also die Straße und fuhr direkt hinein in den Hof, aber dort standen heute drei Verbrecherautos mit deutschem Kennzeichen mit B wie Berlin darauf und mit Reifen, so breit wie der Hintern von Kim Kardashian. Ich dachte: Moment, Berlin ... war da nicht was? Und dann dachte ich: Verdammte Scheiße!

Ich hatte rote Wangen, die ich sonst nie hatte, wenn ich mich im Rückspiegel meines Wagens frisch machen wollte, und diese Kutschen verstärkten das Rot meiner Wangen sogar noch, als ich den Rückwärtsgang einlegte. Diese Autos hatten sich als Seuche auch schon in meinem Bezirk ausgebreitet, wo jeder zweite neu zugewanderte Nichtstuer und Caféhaus-zum-Zwecke-der-Geldwäsche-Eröffner problemlos achtzig Tausender oder mehr hinlegen konnte, um sich so ein Gefährt zu kaufen. Und das, obwohl ihre Elterngeneration gerade noch auf Kamelen und Eseln geritten war! Das Erbe der Alten konnten sie also nicht verprassen, aber ehrlich verdientes Geld war es trotzdem nicht, das sie da ausgaben, weil von denen keiner eine ehrliche Arbeit hatte. (Mir sind ja grundsätzlich alle recht, die hierher kommen, am liebsten natürlich gut aussehende Afrikaner ab einen Meter neunzig Körpergröße. Arschlöcher aber kann ich einfach nicht leiden. Solche, die hier herumsitzen, als hätten sie irgendetwas Großes erfunden, und die dann die Füße auf den Tisch legen, einen Zahnstocher in den Mund nehmen und die ganze Zeit Sonnenblumenkerne zwischen den faulen Beißerchen hin und herschieben. Genau wegen solcher Exemplare musste man sich ja einen Dildo kaufen!)

Diese drei Autos regte mich so auf, dass ich fluchte wie ein Matrose, als ich den Benz wieder zurück auf die Straße rollen ließ, ohne mich dabei um den Verkehr zu kümmern. Als ich in eine Parklücke auf der gegenüberliegenden Seite hineinstieß, war ein mittleres Hupkonzert zu hören, und ich schrie: „Passt doch selber auf!“

Nachdem ich den Wagen abgesperrt hatte, klemmte ich mir den Autoschlüssel zwischen Zeige- und Mittelfinger. Damit wollte ich den Lack der schwarzen Karossen zerkratzen, was ich bei mir um die Ecke manchmal tat, wenn ich keinen Parkplatz kriegte, weil genau solche Autos vor dem Waikiki Beach standen, dem Bordell für finanziell schlecht aufgestellte beziehungsweise für solche aus Kulturkreisen, in denen man keinen vorehelichen Geschlechtsverkehr haben durften, aber genau deswegen an nichts anderes dachte. Vor dem Waikiki Beach wollte aber ich parken.

Als ich gerade einen ersten tiefen Kratzer ziehen wollte, merkte ich, dass die Türe zu unserem Büro ein Spaltbreit offen stand. Ich schlich mich leise an der

Wand entlang und lugte vorsichtig hinein. Drei Kerle standen um Alis Schreibtisch herum, drei Prachtexemplare, die sich aber immerhin von meinem Schreibtisch fernhielten. Immerhin! Ich dachte: Ihr Idioten hättet aber auch wirklich mit einem Auto kommen können, wenn ihr ohnehin nur zu dritt seid!

Es war kurz vor neun Uhr, und ich brauchte dringend einen Kaffee. Ich griff also nach der niedlichen Beretta in meiner Handtasche und hielt sie vorsichtshalber in die Höhe, um mir den Weg zur Kaffeemaschine frei zu schießen, weil ich zunächst nicht erkennen konnte, ob Ali von den Kerlen bedroht wurde oder heimlich mit ihnen Geschäfte machte. Bei den Rauschebärten wusste man ja nie! Und drei von denen, die ich jetzt sehen konnte, trugen einen, der Vierte hatte einen Schnauzer und hieß Ali. So wie die miteinander redeten, musste es um etwas Wichtiges gehen. Andererseits hörten die sich ja immer an, als müssten sie dringend aufs Klo.

Schließlich zog ich die Türe ein Stück weiter auf, was ich aber sofort bereute. Denn plötzlich roch es nach ganz vielen Haar- und anderen Kosmetikprodukten. Und dann sah ich auch, dass auf Alis Tisch diese Riesenflasche mit Türkendiesel stand, der Farbe nach für Mädchen und sogar inklusive Zerstäuber. Ich fragte mich, für wen die wohl war? Für mich? Es gibt Sachen auf der Welt – wie zum Beispiel die Gurke als Nahrungsmittel! –, mit denen man am besten wie folgt verfährt: Schälen, schneiden, und dann beim Fenster hinaus! Mit dieser Flasche sollte man es genauso machen, nur halt ohne Schälen und Schneiden. Verdammt, das Zeug stank vielleicht! Ich steckte die Beretta wieder ein, denn die Flasche schien ein Geschenk für irgendjemanden zu sein, und die drei Mohameds schienen in Frieden gekommen. Sie redeten und redeten auf Ali ein, und er redete und redete zurück, aber ich konnte sie nicht verstehen, war das Kurdistanisch?

Plötzlich kam mir der Gedanke, dass das vielleicht seine Cousins waren, die ihn gestern zum Familienessen erwartet hatten. Dann wäre Ali der mit Abstand Kleinste in seiner Familie, denn die anderen drei waren richtig groß. Und er wäre auch der einzige Radfahrer in seiner Familie, denn den anderen dreien gehörten dann wahrscheinlich diese Autos.

Redeten sie dann doch einmal Deutsch miteinander, hörte es sich an wie Türksprech, die Sprache, die man im deutschen Nachmittagsfernsehen lernen konnte, dort, wo ich „Ich könnte kotzen, und zwar im Strahl!" aufgeschnappt hatte. Aber egal, in welcher Sprache sie miteinander redeten: Sie hörten einfach nicht auf, und zwischenzeitlich umarmten sie sich, als würden sie sich nie wieder sehen, um dann gleich von Neuem mit dem Reden anzufangen, wobei sie sicher hundertmal sagten: „Eybruderallesklar?" Oder: „Allesklarbruder!"

Irgendwann dachte ich, der Spuk wäre endlich vorbei, nachdem sie sich gerade alle wieder im Kreisel umarmt hatten, aber da schlug Ali plötzlich vor, dass er ja eigentlich noch für alle Kaffee brühen könnte, und was soll ich sagen? Wirklich alle meinten: „Allesklarbruder!"

Ich hatte genug von diesem elenden Schauspiel, drückte die Zigarette, die ich mir gerade angezündet hatte, mit der Sohle aus und ging hinein. Freundlich sagte ich „Guten Morgen, Ali!" zu Ali und gab ihm einen Kuss auf die Stirn (was ich sonst wirklich nie tat, nicht bei einem Mann mit einem so tiefen Haaransatz!). Dann wackelte ich aufreizend mit dem Po, während ich meine Handtasche auf den Tisch stellte, bevor ich mich auf die Tischplatte setzte, die Beine übereinanderschlug und mir eine nächste Zigarette anzündete. Wie im Schwarz-Weiß-Film! Dann zu Ali: „Willst du mich nicht vorstellen?“ Streckte meine Hand zum Gruß aus, aber die wollten meine Hand nicht drücken, sondern bauten sich vor mir auf wie drei Mallorca-Deutsche mit ruiniertem Selbstwertgefühl in der Ballermann-Strandbar. Da sagte Ali mit warnendem Unterton in der Stimme: „Seid mal bitte vorsichtig, Brüder, die ist unberechenbar und kann Judo.“

Sie schauten mich mit so großen Fragenzeichen in den Augen an, dass ich sie jetzt unbedingt selbst fragen musste: „Was guckst du? Und du?“ Ich wurde richtig unrund und wollte endlich den Arbeitsplatz freikriegen von diesen Spinnern: „Abmarsch, Brüders! Es gibt nämlich Leute, die um diese Zeit etwas arbeiten müssen! Und der Parkplatz da draußen gehört mir!“

Sie lachten unsicher und wippten lässig mit ihren aufgeblasenen Oberkörpern vor und zurück, und der dritte, der größte von ihnen, sagte: „Was ist, Arscheloche?“

Von solchen Pennern ließ ich mich normalerweise nicht „Arscheloche“ nennen. Ich ging also langsam zu dem Hamsi, oder wie er hieß, hin und prüfte, ob der Ärmel seiner lächerlichen Sportjacke, die sie im Dreierpack beim Türken am Markt gekauft haben mussten, reißfest genug war. Fasste dann aber nach seinem rechten Bein und legte ihn mit einem Kuchiki-taoshi auf den Boden, eine Wurftechnik, die nichts anderes bedeutete als: Einen morschen Baum fällen.

Als der Morsche dann so dalag, wie ein Mallorca-Deutscher nach drei Kübeln Sangria, passierte folgendes: Seit Jesus aus seinem Grab gestiegen kam, haben auf dieser Erde nie wieder vier Paar Menschenaugen so blöd geschaut, und schon gar nicht so verzweifelt wie das von Ali. Dann ging ich zur Türe, hielt sie weit auf und bedeutete den Herren galant, dass sie verschwinden sollten. Als sie langsam an mir vorbeitrotteten, war ich mir fast sicher, dass sie schlecht über mich reden würden, die fremden Wörter, die sie in ihren Bart hineinmurmelten, bedeuteten vielleicht: „Wir ficken deine Mutter!"

Endlich konnte ich zum Waschbecken gehen, wo ich mir die roten Wangen mit frischem Wasser benetzte, und dann fing ich an, mich zu schminken. Hinter mir aber hörte Ali nicht mehr auf zu kreischen: „Kitty, was hast du getan? Das waren meine Cousins!"

Ich sagte ruhig: „Das habe ich mir schon gedacht! Und weißt du was? Ich habe eine Schwester, die auch nichts arbeitet, seit aus ihrer Hochzeit mit diesem Schönheitschirurgen Berndi nichts geworden ist, weil der knapp vor der Hochzeit gestorben ist."

„Aber..."

Ich drehte mich zu ihm: „Was können sie denn, deine Habibis?"

„Sie sind nicht meine Habibis! Das sind meine Cousins Hanif, Hamil und Hamsad!"

„Na gut, was können denn deine Cousins außer Kebab schneiden und Ziegen melken?"

„Hanif wollte mal Zahnarzt werden", sagte er kleinlaut.

„Und warum ist daraus nichts geworden?", fragte ich.

„Weil es keine Schule in seinem Dorf gab."

„So wie er aussieht, gab es wohl nicht einmal einen Zahnarzt!"

Nachsatz: „Dafür jede Menge Träume!"

Ali aber verteidigte seine Cousins: „Sie betreiben in Berlin sehr erfolgreich Obst- und Gemüsestände auf verschiedenen Märkten, sind Unternehmer, haben Mitarbeiter, bezahlen Steuern. Keiner von ihnen hat jemals einen Cent vom Staat genommen!"

Das zwang mich in die Offensive: „Und mit dem Verkauf von Zwiebeln und Tomaten können sie sich solche Kutschen leisten? Jeder eine?"

Er überlegte und antwortete leise: „Naja."

„Die haben doch sicher alle drei eine kriminelle Vergangenheit und Gegenwart, jetzt sei mal ehrlich!"

„Eine kleinkriminelle Vergangenheit vielleicht."

Ich triumphierte: „Hab ich's doch gewusst! Und jetzt rück raus mit der Sprache: Diese Flasche Parfum dort auf deinem Tisch, ist die für mich?"

19

„Ali Khan Kurtalan!“

Bonner war unbemerkt in unser Büro gekommen, einen Stapel Papiere unter dem Arm, wo es in der Gegend der Achsel meinem Eindruck nach ziemlich feucht war. Darum ekelte es mich, als er die Papiere auf den Tisch legte.

Bonner schrie also: „Kurtalan! Schenken Sie Ihrer Kollegin Parfüm?“

Und es war wieder an mir zu sagen: „Es ist echt nicht das, was Sie denken, Boss!“

„Ja, ja“, entgegnete er abwehrend. „Ich will auch gar nicht wissen, was es ist, aber das eine kann ich Ihnen sagen, Kollege: Es riecht wirklich ekelhaft. Da muss man ja froh sein, dass es hier auch noch stark nach Zwiebel und Knoblauch duftet, ein bisschen Joghurt ist auch dabei. Waren das etwa Verwandte von Ihnen, die da vorhin mit drei schwarzen Autos aus unserem Hof hinausgefahren sind?“

Ich sagte: „Verwandte aus Berlin!“

Ali war dadurch ein wenig in die Defensive geraten, aus der er sich mannhaft hervorkämpfte, indem er dem Boss das Neueste erzählte: Dass er gestern nämlich bei dieser Ramona war. Es dauerte wie immer eine Weile, bis er in Schwung kam, er breitete wieder jedes Detail aus, bis er zu dem Teil seiner Geschichte kam, den er glaubte, exklusiv zu haben: „Die Frau übrigens, die am Morgen in Lottmanns Wohnung auftauchte und diese Ramona hinauskomplimentierte, sie hieß ...“

„Magda!“, rief ich wie ein Schulmädchen, das es dem Lehrer recht machen wollte, dazwischen, und das gefiel Ali gar nicht. Vor allem aber verstand er nicht, warum ich wusste, was nur er zu wissen glaubte, denn er kannte ja meine Quelle nicht. Sie hatte einen Pferdebiss, und ich hoffte nun inständig, dass ich sie aus dieser ganzen Sache heraushalten konnte und sich nicht Privates mit Beruflichem vermischte. Ich wollte um keinen Preis, dass ich Susi hierherbestellen und sie als Zeugin vernehmen müsste und dass Bonner mich dann fragen könnte: „Das ist also ihre beste Freundin? Hat sie ernsthaft geglaubt, dass sie eine Zwanzigjährige spielen kann?"

Aber im Moment fragte er nur: „Und? Wer soll das sein, diese Magda? Und was ist mit ihr?"

Ich sah Ali an. „Sag's du ihm!"

„Na gut", erwiderte er. „Magda ist einerseits die Figur der Putzfrau in Lottmanns Film *Die Liebe in den Zeiten der Ungleichheit*, wie Sie ja vielleicht wissen, wenn Sie den Film gestreamt haben. So hieß aber auch, wie Kollegin Muhr schon gesagt hat, die Frau, die in Lottmanns Wohnung auftauchte. Das hat mir diese Ramona jedenfalls verraten, und zwar nur mir, denn nur ich war gestern bei ihr, weil ..."

Aber Bonner hörte geflissentlich darüber hinweg, ihn interessierte etwas anderes. Er war nämlich nicht der Typ, der Frauen sofort Glauben schenkte, wenn sie von Vergewaltigung oder Missbrauch redeten. „Diese Ramona ist also Rumänin?", fragte er stattdessen. „Dann wollte sie vielleicht Geld von ihm, damit sie keine Anzeige erstattet? Schlechte Presse kann schließlich keiner brauchen, der gerade einen neuen Film drehen will. Kommt sie als Täterin infrage?"

„Sie ist kaum einen Meter sechzig groß", sagte Ali. „Sie hätte sich auf einen Sessel stellen müssen, um Lottmann das Genick zu brechen."

Damit der Boss eine Ahnung davon bekam, wie klein 1,60 Meter waren, sagte ich: „Stellen Sie sich meinen Kollegen vor, wie er versucht, jemandem das Genick zu brechen."

Bonner interessierte auch das nicht, er dachte lieber laut nach: „Angenommen also, es gibt diese Figur der Putzfrau aus dem Film als reale Person, und angenommen, sie hatte Kontakt zu diesem Lottmann, nicht nur an jenem Morgen, als sie in seiner Wohnung auftauchte – dann ist der ganze Scheißfilm vielleicht autobiografisch? Und dann hätte er sich diese ganze Scheiße vielleicht gar nicht ausgedacht, sondern wirklich erlebt?"

Das war ein interessanter Gedanke, der uns allen hart zusetzte, und ich sagte: „Wenn die Figur der Exfrau in seinem Film, die darin als kalt und liebesunfähig dargestellt wird, in Wahrheit seiner Exfrau nachempfunden war, dann hätte sie doch Judith heißen müssen. Sie heißt im Film aber Gigi."

Nun schauten mich beide überrascht an, denn dass ich mir diesen Film mittlerweile angesehen hatte, weil ein Penner nach zwei Minuten Sex eingeschlafen war, damit hatten sie nicht gerechnet.

Bonner legte nun seine Hand auf einen der beiden Papierstapeln auf dem Tisch und erklärte stolz, dass seine Hacker Lottmanns Computer mit Leichtigkeit geknackt hätten: „Er muss seine Wohnung verlassen haben in der Absicht, bald wieder zurückzukommen, denn wie von Kollegin Muhr richtig vermutet, waren auf seinem Computer zahlreiche Internetseiten geöffnet, als er ihn zurückließ, achtundfünfzig an der Zahl. Soll ich vorlesen?"

„Nein, danke", sagte ich.

„Na gut. *Sub-Nutten, Sub-Fotzen, Sub-Teens* waren jedenfalls einige der zahlreichen Suchbegriffe, die er eingegeben hatte, und dann noch *Popoklatsch*, um es freundlich zu umschreiben. Naja, lassen wir den Scheiß, ich kotze mich gleich an."

„Ich mich auch", bestätigte ich. „Und zwar im Strahl."

„Das Passwort für den Zugang zu seinem Computer war übrigens denkbar einfach zu knacken. Es lautete schlicht RUFUS. Kann man sich das vorstellen? Dass jemand so blöd ist, seinen eigenen Namen als Passwort zu verwenden?"

Ich senkte den Kopf, und die Röte in meinem Gesicht kam wieder zurück. Dabei sah ich, dass auf dem Deckblatt des einen Papierstapels „Exfrau" stand und auf dem anderen „Soziale Medien".

Bonner ergriff nun den ersten Stapel und hielt ihn in die Höhe. „Lottmann lebte in einem bizarren Scheidungskrieg mit seiner Exfrau, sie hat ihn jedenfalls auf Festsetzung des Unterhaltes und der Alimente verklagt, es geht auch um die gemeinsamen zwei Kinder. Dazu kam ein Antrag auf Alleinige Obsorge und Besuchsrecht für Lottmann nur alle paar Monate, weil er angeblich psychisch nicht ganz auf der Höhe war, das harte Programm. Das alles hier ist Anwaltskorrespondenz, die er in einem eigenen Ordner abgelegt hatte, der ganze Streit kostete ihn eine sehr schöne Stange Geld. Seine Ex scheint schlimmer mit ihm umgegangen zu sein als Israel mit Palästina, aber auch umgekehrt galt: Solange die andere Seite leidet, geht es der einen Seite gut."

Er winkte mit den Ausdrucken, während ich sagte: „Die Liebe kommt, die Liebe vergeht." Wer wusste das besser als ich? Ich konnte schon nicht mehr sagen, wie dieser Daniel hieß, und dachte an nichts anderes mehr als daran, wie dieser Paketbote heißen könnte.

„Einen möglichen Grund für die Trennung haben wir hier", fuhr Bonner fort und hielt dabei den zweiten

Stapel in die Höhe. „Über sogenannte soziale Medien war Lottmann jedenfalls mit diversen jungen Damen in Kontakt, er war zumindest ein schlimmer Verbalerotiker. Wenn er in Wirklichkeit auch so drauf war, dann du lieber Himmel! Er schrieb sie alle an und verschickte dazu Fotos von seinem, nun ja, Piepmatz. Sexting ist das Wort dafür, ich habe mich im Internet schlau gemacht, wenn einer Fotos von seinem Schwanz verschickt. Das scheint so ein Trend unter Künstlern zu sein: Mal eben das eigene Ding fotografieren, und schon ist es verschickt! Wir erinnern uns an diesen Schriftsteller, wie heißt er nochmal ... Glamnic? Glancici? Glavisevic? Na scheißegal!"

Keine Ahnung, warum er das Thema so breit auswalzte. Aber Ali schwieg darüber, er redete nicht mit ihm über Schwänze, also tat ich es: „Und wie sah der kleine Lottmann aus?"

„Künstlerflöte", sagte Bonner verächtlich. „Verdammt dünn insgesamt und nach vorn hin immer noch dünner."

Nun herrschte vollkommenes Schweigen. Ali wollte in diese Diskussion einfach nicht mit einsteigen, und ich traut mich nicht so recht, über meine diesbezüglichen Vorlieben zu reden, nur so viel: Ohne Grund hatte ich mir den Philadelphia Rapper ja nicht bestellt! Für Männer war es immer peinlich, wenn die Rede auf Schwänze kam, und besonders peinlich dann, wenn das eigene Teil aussah wie ein eben beschriebenes.

„Na jedenfalls", brach Bonner endlich das Schweigen, „war die Stoßrichtung seiner Nachrichten immer die gleiche: ‚Schon mal daran gedacht Schauspielerin zu werden?' Dann lud er die Girls zu sich nach Hause ein, wo er ein sogenanntes Laien-Casting mit ihnen veranstaltete, aber wie weit er dabei gegangen ist – ich weiß es nicht. Doch falls die Aussage dieser Rumänin stimmt, dann haben wir ja eine ungefähre Ahnung."

Ich musste an Lottmanns Bettlaken denken und sagte: „Wir haben vielleicht sogar einen Beweis."

„Er hat sich immer als Filmregisseur vorgestellt", sagte Bonner. „Womit er ja nicht gelogen hat. Und dann hat er von seinem Filmprojekt schwadroniert, was auch nicht ganz falsch war. Angeblich suchte er für die Fortsetzung seines Films die Tochter jener im ersten Teil vorkommenden Putzfrau, sie sollte achtzehn bis zweiundzwanzig Jahre alt sein."

„Aber ich verstehe einfach nicht, welche Tochter", meldete sich Ali jetzt wieder zu Wort. „Diese Putzfrau hatte doch keine Tochter im ersten Teil, und es war noch nicht einmal von einer die Rede! Hat sie nicht irgendwann sogar einmal gesagt, dass sie sich nur für den Künstler aufgehoben hat?"

„Dass sie also in letzter Konsequenz noch Jungfrau war?", fragte Bonner.

Während die beiden sich darüber unterhielten, was es bedeuten konnte, wenn eine Frau behauptete, sie hätte sich für einen Mann aufgehoben (nämlich gar nichts!), dachte ich an etwas ganz anderes: Ich fragte mich, ob Susis Ary ebenso umtriebig nach einer Putzfrauentochter für diesen zweiten Teil suchte wie dieser Lottmann. Wenn das der Fall war, und wenn das vielleicht sogar der Grund dafür war, dass er so wenig Zeit für Susi hatte, dann würde das für sie böse enden.

Ich musste also nur noch auf ihren Anruf warten, in dem sie sich dann beklagte, was für ein Lügner und Scheusal er sei, und dann würde ich „Nein!" sagen, wenn sie mich fragte, ob ich vielleicht doch noch mit ihr in den Urlaub fahren wollte. „Nein, Susi. Ich fahre mit ..."

Ich musste endlich herausfinden, wie er heißt!

20

„Sieh dir das an!"

Bonner hatte uns den ganzen Papierkram mitgegeben, und Ali hatte alles auf seinem Schoß und blätterte darin, während ich den Benz aus der Parklücke fuhr, mit deutlich mehr Karacho als seine Cousins zuvor aus dem Hof gerast waren. Was Karacho im Straßenverkehr anging, machte mir so schnell keiner etwas vor, schon gar nicht ein paar Berliner Obstverkäufer in zu engen Shirts.

Während ich mich aufs Fahren und auf den Verkehr konzentrierte – und darauf, mir eine anzuzünden sowie eine passende CD reinzuschieben –, kriegte sich Ali neben mir überhaupt nicht mehr ein wegen der ganzen Fotos, die Lottmann von jungen Mädchen auf seinem Laptop gespeichert hatte. Und die Namen der Internetseiten ließen ihn auch ganz schön staunen, da schien er defizitär zu sein. Pornos waren ein weites, fremdes Land für einen, der zu Hause bei der Mutter lebte und am Abend nur eine Stunde lang fernschauen durfte, wenn überhaupt.

„Die höchsten Zugriffsraten auf Pornoseiten gibt es übrigens in Pakistan", sagte ich irgendwann ins Blaue hinein, während ich den Rauch meiner Zigarette ausblies. „Und dann kommt schon die Türkei."

Er sagte: „Bin kein Türke."

Und ich: „Jedenfalls ihr dort unten."

Aber Ali war gar nicht so begeistert von all dieser nackten Haut, wie ich anfangs dachte. Er schien im Gegenteil sogar zutiefst angewidert davon zu sein, oder jedenfalls tat er so. Schließlich kleidete er die Abscheu sogar in schöne Worte: „Ihr seid solche Schweine! Der

Wert einer stabilen, von Respekt getragenen Ehe bedeutet euch wohl gar nichts mehr!“

„Wen meinst du überhaut mit *euch*?“, fragte ich. „Und was redest du da vom hohen Ross herunter? Du kannst das Wort ‚Ehe‘ ja nicht einmal buchstabieren, geschweige denn ‚Flirt‘, ‚One Night Stand‘ oder ‚Anal‘. Also mach mal einen Punkt!“

Das schien einen Nerv bei ihm zu treffen: „Ich soll nicht wissen, wie man Ehe buchstabiert? Ha! Was glaubst du wohl, warum meine Cousins mich besucht haben?“

Ich hörte gar nicht mehr richtig hin, als er das sagte, weil ich gerade das Fenster auf meiner Seite hinunterkurbelte. Lauer Fahrtwind strömte nun herein, und die Sonne beschien mich halbseitig, sodass ich bald aussehen würde wie der Blauäugige, einseitig gebräunt. Ich genoss es und dachte dabei an die große Liebe, an die, die es nicht im Internet zu kaufen gab, sondern die irgendwo auf der Straße herumstand, neben einem weißen Bus, in dem viele Pakete lagen. Und ich dachte an Nancy, die mit ihrem Sid in einer Fabrik wohnte und mit ihm in einem Schlafsack schlief. Daran, dass sich die beiden an den Händen hielten und ihren Platz in dieser schrecklichen Welt gefunden hatten. Und dann dachte ich ...

Aber verdammt! Warum saß mein Ali eigentlich so breitbeinig neben mir? Und roch er nicht auch irgendwie testosteronhaltiger als sonst? Etwas schien sein männliches Selbstbewusstsein, das er bisher gar nicht besaß, zu befeuern. Außerdem war Ali seit heute früh Enge-Jeans-Träger, nachdem er zuvor Billigbaumwollhosenträger war. Und die Jeans spannten sogar dort, wo sie spannen müssen. Dabei schaute er mit seinen dunklen Menschenaugen, die irgendwo in Kurdistan in der Türkei gebaut wurden, so verklärt zum Fenster hinaus und mit einem so süßen Grinsen unterhalb seines dichten Schnauzers, dass ich ihn das einfach fragen *musste*: „Sag mal, Ali, woran denkst du gerade?"

Diese Frage brachte normalerweise jeden Kerl zum Schweigen. Oder sie brachte ihn dazu, selbst die Handbremse zu ziehen und aus dem Wagen zu springen. Aber Ali hatte noch nicht genug Erfahrung mit Frauen, als dass ihn die Frage abgeturnt hätte, im Gegenteil. Es schien sogar eher darauf gewartet zu haben, dass ich genau das von ihm wissen wollte. Breitbeinig antwortete er: „Kannst du dir nicht denken, woran ich denke?"

Das war die dümmste Antwort, die ich je auf diese Frage gehört hatte. Ich sagte: „Nein, wirklich nicht. Absolut keine Ahnung."

Dann wurde er umständlich: „Sagst du es auch niemandem, wenn ich es dir sage?"

Und ich log: „Ganz sicher nicht."

Das ließ ihn Vertrauen fassen: „Also gut, meine Cousins... sie waren ..."

„... und sind Verbrecher?"

„Nein, nein. Sie waren bei mir wegen ihrer Schwester."

„Okay. Ist sie krank? Wird sie sterben?"

Er schüttelte den Kopf, wimmelte alle Gedanken an Krankheit und Sterben ab, strahlte stattdessen über das ganze Gesicht und drückte die schmale Brust samt dicker Behaarung so weit heraus, bis er aussah wie ein geiler Hahn. „Aber nein, Kitty. Ich werde sie heiraten!"

Ich trat auf die Bremse und fuhr in die nächste Parklücke hinein, dann schnappte ich heftig nach Luft. Hatte der Kleinwüchsige gerade gesagt, dass er heiraten würde? Ich hatte wirklich mit vielem gerechnet, mit:

„Bin schwul, Kitty." Oder: „Bin gar kein Mann, Kitty." Oder: „Kitty, du weißt ja, dass ich noch nie Sex hatte!" Aber dass er heiraten würde?

Mit beinahe zärtlicher Stimme sagte er: „Ayşe und ich werden meinen Sommerurlaub nutzen, um in unserer Heimat zu heiraten."

Zwei Sachen stießen mir dabei sauer auf: „Sie heißt wirklich Ayşe?"

„Ja."

„Und hast du gerade Heimat gesagt?"

„Ja."

„Du bist ein Idiot! Deine Heimat ist hier! Und verdammt, wie alt ist sie eigentlich?"

Er schämte sich kurz, sagte es dann aber frei heraus: „Sechzehn."

„Du bist ein Schwein!"

„Nein, Kitty. Das verstehst du nicht. Das ist in unserer Kultur..."

„Scheiß auf deine Kultur! Du hängst deinen Job an den Nagel, um zu deiner Cousine nach Berlin zu ziehen?"

„Sie lebt nicht in Berlin."

„Ja, wo denn sonst?"

„In Kurdistan."

Ich kriegte langsam wirklich keine Luft mehr: „Scheiße, im Bauerndorf etwa? In einem Land, das es nicht gibt? Bist du vollkommen verrückt? Willst du eine Wollhaube tragen bei vierzig Grad im Schatten und Honig ernten? Ist sie dann wenigstens für das Ziegenmelken zuständig, oder musst du alles alleine machen?"

Er entgegnete: „Du redest despektierlich."

„Nein, das tue ich nicht! Liebst du diese Schnalle?"

„Ich weiß es nicht."

„Steig sofort aus!"

Er stieg zerknirscht aus und ging den Gehsteig entlang, während ich langsam neben ihm herfuhr. Das war dann doch zu viel, dass er eine heiraten würde, die er womöglich nicht einmal liebte: „Wie unglücklich willst du dich eigentlich machen?“, schrie ich ihn an.

Und weiter: „Was ist überhaupt mit der Schwiegermutter? Du darfst nicht vergessen, dass du dann zwei Mütter hast, die auf dir herumtanzen!“

Und weiter: „Jetzt bist du endlich in der Zivilisation angekommen, und schon willst du wieder alles aufs Spiel setzen?“

Und abschließend: „Du lässt dich von deinen Cousins um den Finger wickeln wie ein alternder Bankdirektor von seiner tropfnassen, blonden, auf hohen Hacken hereinstaksenden Sekretärin, die an seine Schweizer Konten heranwill, bist du echt so blöd?“

21

Auf all das hatte Ali dann nur eine Antwort gehabt: „Das ist Familiensache!"

Also erreichten wir schweigend diese Adresse im 19. Bezirk, wo vielleicht einmal eine glückliche Familie gewohnt *hatte*. Das betonte ich auch, um ihn noch einmal nachdrücklich vor einer Kurzschlusshandlung zu warnen. Schließlich öffnete ich ihm sogar ein kleines Fensterchen in die Zukunft: „Auch für dich muss es etwas Besseres geben als eine sechzehnjährige Cousine mit Damenbart, ganz bestimmt!"

Ich parkte in der Einfahrt des Hauses, wo ein Boot auf einem Anhänger vor der Garage stand, und auf dem Rasen davor war ein Zelt aufgebaut. Es war alles da, was man für einen schönen Urlaub mit den Kleinen brauchte, nur der Papa halt nicht mehr. Papa das Schwein, der Piepmatzfotoverschicker, der die Schnauze voll hatte von dieser Familie. Oder weiß der Teufel, warum er nicht mehr hier lebte. Wie glücklich die Lottmanns früher waren und wie lange und ob überhaupt einmal, das würden wir hoffentlich bald erfahren.

Das Haus war jedenfalls groß genug für ein paar Kinder mehr, alles in allem nicht russischer Oligarchen-style, aber schon interessant. Viel Beton, viel Glas, viele Ecken und Kanten. Und der übliche Buchsbaum um das Grundstück herum, der auf der einen Seite des Hauses, wo die Sonne wegen der Höhe des Gestrüpps nicht mehr hinkam, Moos wachsen ließ. Da müsste mal wieder jemand die Hecke schneiden.

„So ungefähr haben wir in den Siebzigerjahren gebaut", sagte ich zu Ali, dem ich hin und wieder unsere Kultur nahezubringen versuchte, und mit „Wir" meinte ich uns: Die überlegene Kultur der Ösis. Aber Ali wollte mir im Gegenzug nicht sagen, wie sie im Kurdistan der Siebzigerjahre gebaut haben, ich vermutete mal: „Zelte?"

Er antwortete nicht, sondern war gespannt, wie die Witwe aussehen würde. Er ging in gebückter Haltung Richtung Eingang, ganz so, als hätte er Angst: „Wenn diese Frau auch nur annähernd so gefühlskalt ist wie die gefühlskalte Frau in Lottmanns Film, die den Helden mit ihrer Gefühlskälte erst in die Arme der Putzfrau getrieben hat, dann ... uuuh."

Er schien richtiggehend zu frieren in Erwartung überwältigender Kälte.

„In der Psychologie würde man sagen: Zur Liebe nicht fähig! Im Film schüttelt ihr einmal jemand die Hand, und dann sagt er: ‚Als würde von ihrer Hand eine Leitung aus Eis zu ihrem Herzen führen.'"

So weit hatte ich den Film gar nicht gesehen, da war mir vorher der Laptop hinuntergefallen. Aber es hörte sich durchaus gruselig an, darum griff ich nach meiner Waffe und fragte: „Bedeutet das, dass sie gefährlich sein könnte?"

Er sagte: „Nicht unbedingt. Es bedeutet zunächst nur, dass sie gefühlskalt sein könnte."

Es war kurz vor elf Uhr, als wir an der Türe läuteten, und es dauerte, bis die Dame des Hauses öffnete. Sie war groß und schlank, trug ein enges, schwarzes Kleid und war barfuß. Fotos von solchen Frauen hängte sich mein Boss als Poster an die Wand in seinem Büro, sie mussten dabei nur nackt sein und auf Knien und sich eine Peitsche an den Arsch halten lassen von einem Typen im Anzug, der sein Whiskyglas auf ihrem Arsch abgestellt hatte. Diese Lottmann-Witwe war eine verdammte Klassefrau, an der einfach alles stimmte, und auch Ali schien dieser Meinung zu sein, stand er doch vor ihr wie ein durstiger Hund vor dem Napf mit Wasser.

Die Beine, der Arsch, der Bauch, ihre Brüste, der Hals – alles perfekt! Und das ungefähr in meinem Alter – die musste sich im Frühling keine Gedanken machen, wie sie im Sommer aussehen würde. Ich hatte richtigen Respekt vor ihr, und Alis Augen funkelten sogar, während er ihren Bewegungen folgte, die alle leicht gelangweilt wirkten. Vor uns stand eine entspannte Mischung aus „Muss nichts arbeiten, weil mein Alter mir Unterhalt zahlen muss" und „Will gar nichts arbeiten, weil ich mich nur bücke, wenn ich Spaß haben möchte!" Bonners Theorie, wonach Lottmanns Film autobiografisch sein könnte, und Alis Angst, wonach eine gefühlskalte, zur Liebe unfähige Ehefrau des Künstlers vor uns stehen könnte, erwiesen sich als falsch. Diese Lady war im Gegenteil richtig heiß, so etwas nennt man in Bankdirektorenkreisen „Trophäenweib".

„Ich wurde bereits informiert", sagte sie schließlich einigermaßen gelangweilt, mit tiefer, rauchiger Stimme, nachdem wir uns vorgestellt hatten. „Es ist schrecklich für die Kinder, die nun ohne ihren Vater aufwachsen müssen." Nach einer demonstrativen Pause fuhr sie fort: „Und für die Filmwelt natürlich auch."

Wie schrecklich es für sie war, dass ihr Exmann nicht mehr lebte, das wollte sie uns nicht verraten, aber ich nahm mal an: Nicht *so* schrecklich. Konnte man den ersten Satz noch als irgendwie ernsthafte Aussage werten, wenn auch mit sarkastischem Unterton, so war die Aussage über ihren Exmann als Verlust für die Filmwelt nur noch eine, über die sie selbst lachen musste.

Dabei wischte sie sich ungeniert den Staub von den nackten Fußsohlen und versuchte, die Dreckkringel an ihrer Hand los zu werden, bevor sie uns diese zum Gruß reichte. Sie ließ es darauf ankommen, ob wir sie ergreifen würden, und dabei lächelte sie ein wenig schief. Da wurde mir klar, dass sie betrunken war. Und als sie uns hineinbat in den Eingangsbereich, roch ich auch schon den Wodka.

Dort hinter der Türe war alles zugemüllt mit Rollerblades, Jacken und Schuhen ihrer zwei „Jungs", die sie, wie sie entschuldigend sagte, „gerade nicht im Griff" hätte. Und ein Blick weiter hinein in die Räumlichkeiten verriet uns, dass sie das ganze Haus nicht im Griff hatte und vermutlich nicht einmal sich selbst. Ali zwinkerte mir wissend zu und ließ einen Testballon steigen: „Die Putzfrau ist wohl nicht mehr da?"

Aber die Dame des Hauses nickte nur beiläufig, ohne näher darauf einzugehen. Ich zwinkerte wissend zurück und hob den Daumen, Botschaft an Ali: Gut gemacht! Weiter so!

Dann bat sie uns tiefer hinein in den Bau, in die große zentrale Räumlichkeit des Hauses, wo in den betonierten Boden des Wohnbereichs eine mächtige Sitzgarnitur eingelassen war. Da hatte sich jemand etwas überlegt, als er das gebaut hat – aber was? Sie ahnte die Gedanken, die uns beschäftigten, und lieferte uns die Erklärung gleich selbst, und zwar als Entschuldigung: „Mein Vater hat das Haus entworfen, aber er war als Architekt nicht sonderlich erfolgreich, was ein wenig auf die Stimmung in der Familie gedrückt hat. Deswegen hat er sich ja später auch umgebracht. Heute aber wird das Haus manchmal für Architekturzeitschriften fotografiert, ein später Triumph."

Ich sagte: „Immerhin."

Und Ali zwinkerte mir wieder zu, bevor er sagte: „Da wird dann aber vorher aufgeräumt, wenn für eine Zeitschriften fotografiert wird, oder?" Er wollte einfach unbedingt an dieser Putzfrauensache dran bleiben, aber Frau Lottmann entgegnete wieder nur gelangweilt: „Na klar wird aufgeräumt, aber nicht von mir."

„Dann von der Mutter vielleicht?", fragte Ali, der ein übertrieben positives Bild von Müttern hatte, welches Lady Lottmann aber, jedenfalls was ihre eigene Mutter anging, nicht teilte: „Nein, meine Mutter hat nie geputzt. Sie starb früh an Alkoholismus."

Es war meiner Meinung nach an der Zeit, endlich Klartext zu reden, also fragte ich: „Magda putzt wohl auch nicht mehr?"

Die Hausfrau antwortete wenig erstaunt: „Sie kennen Magda?"

„Der Name ist uns ein paarmal untergekommen in letzter Zeit, seit wir den Mord an Ihrem Mann untersuchen."

Die Witwe schwieg, und dann seufzte sie: „Mein Mann, also mein Exmann ... verzeihen Sie, mein toter Exmann ..." Nun verlor sie ein wenig den Faden und griff einen anderen auf: „Er war so eine Enttäuschung für meinen Vater. Und was für eine Enttäuschung war er erst für mich!"

Dann bot sie uns Orangensaft an. Als wir annahmen, kam sie kurze Zeit später mit drei großen Gläsern zurück auf die Terrasse, wo wir mittlerweile standen. Ich nahm meines, nippte daran, und dann sagte ich: „Da ist Wodka drin."

Sie entschuldigte sich beiläufig und meinte: „Dann ist das wohl mein Glas, wollen Sie auch?"

Ich sagte: „Später gerne."

Wir tauschten die Gläser, und dann deutete sie seufzend auf ein paar Tomatenstauden seitlich der Terrasse, um die sie sich heute noch kümmern wollte, das jedenfalls behauptete sie. Ich fragte mich, ob wir hier einem Lehrstück aus der Abteilung Verzweifelte Sinnsuche beiwohnten. Sie räumte jedenfalls ein, dass sie sich „Tomaten als solches" interessanter vorgestellt hätte: „Man sieht nicht jeden Tag, wie sie wachsen!", beklagte sie.

Immerhin konnten wir sehen, wie ihr Glas sich leerte. In ein paar Jahren würde sie sich einen Hund zulegen, wie das viele Frauen Mitte vierzig taten, wenn die Kinder aus dem Haus waren. Langeweile war ihr großes Problem, und von den langweiligen Tomaten war dann der Weg nicht weit zu ihrem langweiligen Mann, den sie unumwunden den „langweiligsten Menschen der Welt" nannte, als sie wieder auf ihn zu sprechen kam.

„Warum haben Sie ihn dann geheiratet?", fragte Ali, und sie sagte: „Er hatte schöne Hände."

Lieber erzählte sie, wie sie ihn kennenlernte: „Probeaufnahmen! Ha! Ha! Ha! Er arbeitete damals als Werbefilmregisseur, erfolglos. Du meine Güte, war ich jung ... und dumm! Schon war ich schwanger ..."

„Ein bisschen interessant muss Ihr Exmann aber doch gewesen sein", blieb Ali hartnäckig. Er hatte keine Ahnung, wie schnell man als Frau auch von einem Langeweiler schwanger werden konnte. „Sein späteres Schaffen, angefangen von der abgründigen Serie *Im Keller* bis hin zu dem romantischen Sensationserfolg *Die Liebe in den Zeiten der Ungleichheit* deuten doch auf eine vielschichtige Persönlichkeit hin."

Da spuckte sie das bisschen Orangensaft mit Wodka, das sie gerade noch in ihren Mund gekippt hatte, fast aus vor Lachen:

„Das war doch nicht seine Serie! Es war ich, die ihm gesagt hat, was er schreiben soll, in welche Richtung das alles gehen müsse. Dieser Mann hatte doch nicht die geringste Fantasie, kein Gespür für Erzählung, und Figurenzeichnung war ihm sowieso völlig fremd. Zum Beispiel die Mutter des entführten Mädchens, die ich in dieser Serie spielte, die sollte die ganze Zeit nur sagen: ‚Huch! Hoffentlich geht es ihr gut!' oder ‚Huch! Hoffentlich ist ihr nichts passiert!' Da waren so viele ‚Huchs!' im Drehbuch! Ich habe dann versucht, der Rolle ein wenig Leben einzuhauchen. Es blieben immer noch genug Huchs drin, aber die Mutter sollte meiner Meinung nach etwas Devotes ausstrahlen ..."

Sie schien eine strenge Ansprache zu schätzen, oder jedenfalls tat sie so. Nicht, dass sie hilflos wirkte, aber in gewissen Situationen des Lebens war sie es vielleicht gerne. Bonner hatte also ein gutes Auge für solche Frauen, das musste ich ihm lassen. Er hatte ihre Rolle in dieser Serie richtig beschrieben, und er war einer, dem das gefiel, wenn Frauen devot waren. Und sie schien eine zu sein, der es gefiel, devot zu sein. Tatsächlich sagte sie: „Ich hätte es ja geschätzt, wenn er mir mal gezeigt hätte, wo der Hammer hängt oder wo es lang geht. Ein kleines Mädchen lässt sich ja auch gerne mal etwas sagen. Aber dominanter Sex funktioniert nur, wenn er nicht von einem bellenden Hund vollzogen wird, der dann am Ende doch nicht beißt, weil er letztlich zu verklemmt ist. Sind doch heute alles Bildschirmakrobaten! Wehe, du ziehst dich vor einem aus. Iiih, Hilfe! Im Internet suchen sie das, wofür sich der Begriff „Dreiloch-Nutte" durchgesetzt hat, aber in der Wirklichkeit ..."

Ich erklärte es Ali, der mich mit fragenden Augen anschaute: „Mit Dreiloch-Nutte sind meist herablassen Frauen gemeint, die sowohl vaginal, oral als auch anal befriedigt werden möchten, mit Betonung auf möchten."

Ali wandte sich angewidert ab, und ich wandte mich der Witwe zu: „Hören Sie, mit Ihnen kann man ja offen reden: Die Bettlaken Ihres Exmannes waren ziemlich versaut. Außerdem fand man K.o.-Tropfen bei ihm. Und was er sich im Internet angeschaut hat, bevor er starb, das möchten Sie nicht wissen."

„Ich bitte sie!", sagte sie. „Wenn ein Mann behauptet, er müsse in Ruhe am Computer arbeiten, dann wissen wir doch alle, was er in Wahrheit tut. Er kriegte ja nur einen hoch, wenn er beim Onanieren Filmchen anschaute, sonst funktionierte das bei ihm ja gar nicht mehr."

„Im Ernst?"

Sie nickte.

Wenn Lottmann aber keinen mehr hoch kriegte, wie kam dann diese Ramona zu ihren Schmerzen im Intimbereich? Das war die Frage, die mich beschäftigte, nebenbei hörte ich ihr weiter zu: „Wenn Sie eines über krankhafte Onanierer wissen sollten, dann, dass man sie immer irgendwo beim Onanieren ertappt. Sie sind so tief versunken in ihrer Welt, dass sie gar nicht merken, wenn ihnen jemand dabei zuschaut: Das abgedrehte Licht; der Bildschirm als einzige Lichtquelle, der Schreibtischsessel immer ganz tief abgesenkt. Und beim Onanieren lernen selbst die überzeugtesten Rechtshänder, die Maus mit der linken Hand zu bedienen."

Nun schaute ich Ali an und versuchte mich zu erinnern, wo bei ihm die Maus neben dem Computer stand, und ob er Rechts- oder Linkshänder war. Sobald wir zurück im Büro waren, würde ich mir das genauer anschauen.

„Einmal", fuhr die Witwe fort, „stand ich neben ihm und reichte ihm sogar ein Taschentuch, nachdem er sich ergossen hatte, er hatte ja oft nicht einmal Taschentücher bei sich auf seinem Schreibtisch, so zerstreut war er."

„Und wie hat er reagiert?", fragte ich interessiert.

„Wie alle Suchtkranken", sagte sie. „Er meinte, er täte gewiss nicht, wonach es aussähe, und er hätte bestimmt kein Problem *damit*, was ein Widerspruch in sich ist, nicht wahr? Er musste dann immer sein Shirt ausziehen, auf das er sich entleerte, und ..."

Nun schwieg sie, bis ich nachhakte: „Und was?"

„... und Magda musste es dann waschen. Ich fragte mich manchmal, ob es vielleicht der ekelhafte Geruch seines Ejakulates war, mit dem er sie anlockte." Plötzlich klang sie bitter. „Haben Sie den Film jemals gesehen? Es war mir ja egal, dass die im Film als gefühlskalt dargestellte Ehefrau des Künstlers meinen Namen trug. Aber dass diese Putzfrau in seinem Film viel schöner war als ich – musste das wirklich sein?"

„Aber die eiskalte Frau in dem Film heißt doch Judith", warf Ali ein.

„Das ist mein richtiger Name. Gigi ist mein Künstlername, den mein Exmann mir gegeben hat, als er mir eine glänzende Zukunft als Schauspielerin prophezeite, natürlich mit ihm als glänzendem Regisseur an meiner Seite."

„Und dann meinen Sie auch, dass Ihr Mann und diese Putzfrau Magda ...?"

„Natürlich!", sagte sie. „Magda wusste zunächst ja gar nicht, dass mein Exmann Regisseur war, weil er immer nur im Zimmer saß und sie sich nicht vorstellen konnte, was einer die ganze Zeit zu Hause machte. Aber als sie es erfuhr, veränderte sie sich plötzlich. Sie ging anders, schaute anders, und leider putzte sie auch anders. Als wäre ihr der Job nicht mehr gut genug gewesen, weiß der Teufel! Und dann hat sie ihm diesen lächerlichen Floh ins Ohr gesetzt von einem Künstler, der sich in seine Putzfrau verliebt, du meine Güte! Mich als kalt darzustellen, das war vielleicht seine Idee, aber alles andere – die Liebe, die Sehnsucht, dieser ganze Zinnober? Wessen Idee war das?“

„Die von Magda?“, fragte Ali.

„Natürlich!“

Sie schenkte sich noch einmal Saft mit Kraft nach und sagte bitter: „Gefühlskalt war doch er! Er hatte nicht den geringsten Sinn für Romantik.“

Das änderte natürlich einiges, dass nicht sie gefühlskalt war, sondern er.

Interessiert erkundige ich mich: „Haben Sie noch Kontakt zu dieser Magda?“

Sie lachte meine Frage höhnisch weg. „Für mich war sie doch nicht mehr erreichbar, nachdem er ausgezogen war. Dabei war sie der größere Verlust, den er mir zugefügt hat, der viel größere als er. Zwar war sie eine irgendwie dramatische Person, aber auch eine, die sich mit Wattestäbchen an die Bodenfliesen im Bad heranmachte. Finden sie mal eine halbwegs taugliche Putzfrau! Eine, die weiß, was Dreck ist und wo er sich versteckt. Magda wusste das. Aber plötzlich zog sie sich elegant an, spielte die stolze Lady in zu enger Schürze, hatte die Brust weit vorgereckt, den Mund übertrieben geschminkt und die Haare auftoupiert.“

Ich sagte: „Moment mal.“

Denn nun hatte ich diese Beschreibung der Putzfrau beinahe deckungsgleich schon dreimal gehört. Diese Magda verstand sich also darauf, Eindruck zu machen, und wenn mich nicht alles täuschte, dann sah sogar die Putzfrau auf dem Plakat in Lottmanns Wohnung so aus.

Und wo wir schon von ihr redeten: „Angeblich war sie in der Wohnung Ihres Mannes, nachdem dieser Besuch von einer jungen Servierkraft aus einem Lokal namens Fleischnotdienst ..."

Noch bevor ich zu Ende sprechen konnte, lachte sie verächtlich: „Ha, Sorger!"

„Sie kennen ihn?"

„Die beiden wurden dicke Freunde, nachdem er hier ausgezogen war, und sie wurden sogar immer noch dicker mit der Zeit."

Jedenfalls was Sorger anging, traf ihre Beschreibung zu.

„Er hat meinem Exmann ja Geld geborgt, das ihm damals für die Realisierung seines Films fehlte. Aber der konnte es ihm nicht zurückzahlen, weil ... nun ja, ich habe eine wirklich gute Anwältin. Solche Männer haben doch auf dem freien Markt keine Chance mehr. Gäbe es nicht zwei Faktoren, die für Frauen verlockender sind als gutes Aussehen, gute Manieren oder gar gute Qualitäten im Bett, hätten sie nie wieder Sex."

Ali fragte interessiert: „Welche zwei Faktoren denn?"

Oh mein Gott! Er hatte wirklich keine Ahnung von Frauen.

Ich sagte: „Zwiebeln und Knoblauch sind es nicht, Ali!"

Da schaute sie ihn plötzlich mit überwältigender Zuneigung an, und ein wenig Überraschung über so viel Arglosigkeit lag auch in ihrem Blick, aber vor allem Zuneigung. Und tatsächlich wollte man ihn manchmal einfach in den Arm nehmen und dabei denken: Wären doch alle so wie Ali, wie schön wäre dann die Welt!

Und vielleicht hatte die Witwe nach all dem Ärger mit dem Verstorbenen ja in Wahrheit ein Bedürfnis nach etwas Kleinem, Feinem? Nach „Komm her, Süßer, leg dich zu mir auf die Couch, ich bringe dir Kekse und streichle dir die Füße, solange du nur bei mir bleibst und die Putzfrau nicht anfasst." Vielleicht trank sie sich mit ihrem Wodka ja nur die Sehnsucht nach etwas Harmlosem weg, und vielleicht würde sie in Wahrheit sogar Alis Teetrinkerei in Kauf nehmen und auch die Anfeindungen der Nachbarn, wenn er hier die Hecke schneiden würde. Wie er so dastand, wie ein Firmling nämlich, gewaschen und gebürstet, das schien in ihrem Kopf eine Schmonzette auszulösen, die noch viel mehr triefte als jene, die ihr Mann gedreht hatte: *Die Liebe des kleinwüchsigen Bullen zur zwanzig Zentimeter größeren Witwe*. So oder so ähnlich könnte der Film vielleicht heißen, der gerade in ihrem Köpfchen ablief. Es brauchte nur noch eine bestimmte Frage, um ihre harte Schale zu brechen und sie in seine Arme zu treiben: „Haben Sie ihn ermordet?", fragte ich also nicht ganz uneigennützig, und wie erwartet fing sie sofort an zu weinen, schluchzte und jammerte in einem fort: „Meinen Sie das im Ernst? Ich bin doch keine Mörderin!"

Und Ali erklärte, mit vorwurfsvollem Blick in meine Richtung: „Frau Lottmann ist doch keine Mörderin. Sie ist es doch, die verlassen wurde. Sie ist das Opfer! Denn man verlässt seine Familie nicht, nie und nimmer."

Da fiel sie ihm in die Arme, und er hatte richtig Mühe, sie zu halten. Mein Plan war aufgegangen, also ließ ich sie ein paar Minuten lang da herumstehen. Es konnte Ali nur gut tun, wenn er endlich mal eine Frau umarmte, die nicht seine Mutter war, sondern eine im richtigen Alter. Vielleicht fand er ja Geschmack daran, und er würde sich das mit der Sechzehnjährigen noch einmal überlegen.

Schließlich musste ich den herumfliegenden Schmetterlingen aber doch einen Riegel vorschieben, und ich sagte: „Ali, vergiss bitte nicht, dass meine Mutter uns später noch zum Essen erwartet."

Da ließ die Witwe augenblicklich von ihm ab, und nachdem sie sich die Haare notdürftig gerichtet und die verweinten Augen trocken gewischt hatte, fragte sie: „Sie beide sind also ...?"

Ich antwortete rasch: „So gut wie. Er gehört jedenfalls mir. Meine Mutter findet ihn schnuckelig, und jetzt gebe ich ihn nicht mehr her, jedenfalls halte ich ihn mir als Reserve, ich muss ja meine Kinder erst noch kriegen. Ich meine, ich werde nächstes Jahr vierzig, auch wenn man es mir nicht ansieht..."

Da kreischte Ali: „Kitty!"

Aber ich hatte ihn schon an der Hand genommen und war mit ihm durchs Haus gegangen und verschwunden.

22

Ich hatte bei Lady Lottmann nichts gesehen, was ich auch haben wollte mit Mitte vierzig, also entschied ich für mich: Keine Ehe, keine Scheidung, keine Tränen, nicht für Kitty Muhr! Als ich den Benz startete, stellte ich daher mein Suchprogramm wieder auf „Flüchtige Begegnungen mit ONS“ um. Außerdem hatte ich ja auch noch das neue Paket zu Hause mit dem neuen Freudenspender, den ich erst ausprobieren musste. Darauf freute ich mich irgendwie, nach dem ganzen Gerede von „Kriegte keinen mehr hoch, wenn er dabei keine Filmchen anschaute.“ Und wenn ich meinen Träumen mal freien Lauf lassen dufte: Wer weiß, ob ich den Namen des Blauäugigen nicht doch noch in Erfahrung bringen konnte? So schön, wie er war, mit seinen wohlgeformten Lippen und den riesigen Händen ... Ach, wir Frauen fielen dann doch immer auf die Gleichen herein!

Ich speicherte meine Suchprogrammänderung, als sich Ali, der Wurm, auf meine Festplatte drängte: „Ich bin echt froh“, sagte er, „dass du mich aus dieser für mich doch sehr unangenehmen Situation befreit hast, danke.“

Unangenehme Situationen löschte ich normalerweise sofort, also sagte ich: „Hä?“

Und er: „Naja...“

Und ich: „Ach so! Du lieber Himmel! Na hör mal, so unangenehm kann diese Situation für dich aber nicht gewesen sein, sieh dich doch mal an! Du hast jetzt noch eine Beule in der Hose, nichts Aufregendes, aber immerhin.“

Pause.

„Oder hast du die wegen mir?“

Er blickte verschämt an sich hinunter und legte dann beide Hände auf die kleine Beule wie eine Betschwester in der Kirche.

„Ich bin kein Mann mehr, den man einfach so haben kann“, sagte er schließlich. „Ich bin vergeben, das meinte ich. Und du hast ja gesehen, wie sehr sie mich wollte.“

Und ich dachte: Heilige Scheiße, Ali! Meinst du das jetzt ernst?

Ich bog ab in Richtung Kaiserstraße, wo man Lottmann gefunden hatte. Und als ich dort einparkte, sagte ich Ali auch endlich, warum ich hierhergefahren war: „Seit heute morgen habe ich eine Idee, warum Lottmann in Badelatschen und -mantel außer Haus gegangen sein könnte.“

„Und zwar?“

„Er kriegte doch ständig Pakete, nicht wahr? Vielleicht hat dieser Paketbote dort im Hinterhof eines für ihn hinterlegt?“

„Aber dort ist doch nichts!“, sagte Ali. „Eine stillgelegte Fabrik mit zwei Punks, die darin schlafen! Außerdem haben diese Paketboten strenge Vorschriften. Sie müssen dafür sorgen, dass die Pakete persönlich entgegengenommen werden. Die können die Sachen doch nicht einfach irgendwo hinterlegen!“

„Manchmal ist das aber die bessere Lösung!“, sagte ich. „Manchmal ist es sogar ein Entgegenkommen der Paketboten, sonst müssten die Empfänger noch viel weiter fahren, um die Päckchen zu holen. Ich meine, hast du eine Ahnung davon, was für ein Job das ist, und was für einen Druck die haben? Die laufen den ganzen Tag Treppen rauf und runter, und dann kriegen sie nie auch nur ein lobendes Wort, nie ein Danke, und erst recht nie ein Trinkgeld!“

Er sagte: „Du redest, als wärst du in einen verliebt."
Und ich: „Was redest du eigentlich für einen Scheiß?"

Wir gingen durch die lange Einfahrt nach hinten in den Hof. Dort wollte ich mich am Anblick dieser zwei jungen Verliebten ergötzen, Sid und Nancy. Aber vor der alten Fabrik saß nur Nancy in der Sonne. Sie hatte ihre Knie weit angezogen und ihr Gesicht zwischen den Schenkeln vergraben, mit den Händen umfasste sie ihre Füße, es war die klassische „Lasst mich doch alle in Ruhe!"-Haltung. Hinter ihren Knien hörte ich sie schluchzen, ich hockte mich neben sie und sagte leise. „Nancy? Was ist denn los?"

Langsam schaute sie hoch, ihre Augen waren rot und tränennass, und sie schluchzte: „Er ist weg!"

„Sid?"

„Ja."

„Oh, Nancy! Das tut mir so leid. Soll ich dich nach Hause bringen?"

„Nach Hause?", maulte sie. „In die Badewanne, oder was? He! Ich hör doch nicht auf, Punk zu sein, und ich werde doch kein bürgerliches Arschloch, nur weil mich der Arsch verlassen hat!"

Das war die richtige Einstellung.

Ich nahm sie fest in den Arm, und dann schwiegen wir. Sie war noch so jung, und Sid war vielleicht ihre erste große Liebe gewesen. Und jetzt war er ihre erste große Enttäuschung. Was sollte man da sagen? Dass es schon wieder werden würde? Dass Sid ganz sicher zurückkommen würde? Oder lieber, dass der Nächste gleich um die Ecke wartete und ein größeres Auto sowie mehr Kohle haben würde als Sid? Oder einfach überhaupt die Wahrheit: Dass sie letztlich alle Idioten sind, und je früher man das akzeptiert, desto besser kommt man durchs Leben.

Ich suchte nach den richtigen Worten, um es ihr möglichst schonend beizubringen, da hörte ich in das Schweigen hinein das Summen meines kleinen Telefons. Ich griff unmerklich danach, und hinter Nancys Rücken schaute ich darauf, was los war: Unbekannte Nummer, aber SMS mit Foto. Könnte interessant sein. Also las ich den Text: *Hab wieder Guthaben, ruf mich mal an*! Und dann öffnete ich das Foto, das mir der Vollidiot mitgeschickt hatte. Es ließ mich die richtigen Worte finden: „Hör zu, Nancy. Männer sind einfach vollkommen minderwertig. Und weißt du was? Das wird auch nicht besser!"

Sie fragte: „Echt nicht?"

„Nein. Du hast größere Chancen, im Lotto zu gewinnen, als einen halbwegs okayen Typen zu finden."

Da mischte sich Ali ein: „Du bist so negativ."

Ich wurde aber noch negativer: „Hör nicht auf den, Nancy. Solche wie der laufen scharenweise herum. Das Traurige ist: Er ist Spitzenware gegen den, den ich letzte Nacht mit nach Hause genommen habe. Dabei wollte ich dem echt eine Chance geben, aber was soll ich sagen?"

Ich zeigte Nancy das Foto, das er mir geschickte hatte. Sofort schloss sie die Augen und wandte sich entsetzt ab: „Iiih!"

Ich hätte es nicht besser sagen können.

Ali versuchte, auch einen Blick auf das Display zu erhaschen, aber den gewährte ich ihm nicht.

„Und weißt du, was er in der Früh gesagt hat? Ich soll ihn anrufen, weil er kein Guthaben mehr hat. Aber für ihre Schwanzfotos zaubern diese Penner dann doch immer irgendwo ein Guthaben her, ich könnte echt kotzen."

Und sie sagte: „Im Strahl!"

„Aber hör zu, Nancy", sagte ich abschließend. „Du bist so ein wunderbares Mädchen. Du wirst im Lotto gewinnen *und* einen heißen Kerl finden, das verspreche ich dir. Manchmal gibt es nämlich solche Ausnahmen."

Sie lehnte sich mit großen Augen an mich und fragte: „Versprochen?"

„Versprochen."

„Können wir Freundinnen werden?"

„Aber natürlich."

Dann stand ich auf und blickte mich um: „Hör zu, Schatz. Ist dir mal aufgefallen, dass hier Leute ihre Pakete abholen? Oder ein Paketbote, der hier irgendwo Pakete lagert?"

Sie nahm mich an der Hand und ging mit mir in die Ecke, in der die alte Holzkiste stand, die voll mit Streusplit für den Winter war. Dann trat sie mit ihrem Springerstiefel dagegen, und sofort sprang das Vorhängeschloss auf, sie hob sie den Deckel, aber in der Kiste war nichts.

„Manchmal kommen welche hierher", sagte sie. „Der Typ gibt sie nämlich da rein, weil das näher ist als dieser Telefonladen, wo man sie auch abholen kann. Scheiße, ich glaube, Sid hat ein paar von den Paketen hier mitgenommen ..."

„Ist der Typ von SpeedyTrans, der hier Pakete lagert?"

„Keine Ahnung", sagte sie. „Ich glaube, seine Jacke war so blau und orange."

„Blau und gelb?", fragte ich.

„Ja, vielleicht."

„Erinnerst du dich, wie er aussah?

Sie schaute mich mit ihren verweinten Augen an und sagte: „Müde. Der Typ sah wirklich immer sehr müde aus."

23

Wir hatten einen von der Fernmeldebehörde dabei, der mit seinem Peilsender in einer nördlichen Trabantensiedlung vor uns herging, in Floridsdorf, dem 21. Bezirk. Dabei wurde das Piepen seines Peilgerätes immer lauter, je näher er dem Signal von Lottmanns Handy kam. Schließlich betraten wir einen Wohnbau, für den man das Wort „trist" erfunden hatte. Dort gingen wir durch ein vollgemülltes und vollgeschriebenes Stiegenhaus die Stufen hinauf, Stockwerk für Stockwerk, weil der Lift nicht funktionierte. „Jasmin ist eine Hure" konnte man hier erfahren, weil es gleich ein paarmal an die Wand geschrieben stand. Und vor allem wurde einem immer und immer wieder geraten: „Fick dich!"

Als wir im dritten Stockwerk ankamen, war das Piepen des Senders sehr laut, und als wir einen Stock höher gingen, wurde es ein bisschen schwächer. Also wieder hinunter in den dritten Stock, dort waren vier Wohnungstüren. Vor der Türe mit der Nummer 14 blieben wir stehen: „Hier muss es sein", sagte der Fernmeldetechniker mit großer Überzeugung, und wenn das stimmte, dann wäre Lottmanns Telefon von der Kaiserstraße im 7. Bezirk nach hierher am Nordrand von Wien gewandert, was einer wundersamen Reise gleichkam. Wunder machten mich dann doch immer wieder irgendwie nervös, also zog ich meine kleine Beretta.

Bonner hatte uns umgehend über die Lokalisierung des Handysignals informiert, da hatte ich gerade Susi am Ohr, die unbedingt wissen wollte, wie es mit „dem Filmkritiker" gelaufen sei, „mit dem Dani, na du weißt schon." Konnte die nicht einfach mit ihrem Ary glücklich sein, ohne dass sie sich um mich und mein Unglück kümmerte?

Trotzdem hatte ich, obwohl ich mir vorgenommen hatte, ihr nichts darüber zu erzählen, umfänglich Auskunft erteilt, und zwar vor Ali. Nachdem ich alles im Detail geschildert hatte, inklusive Klogang am frühen Morgen samt Beschwerde darüber, wie ich das Klopapier befestigte, wollte sie das Gespräch mit den schönen Worten beenden: „Vielleicht renkt es sich ja wieder ein mit euch beiden? Und vielleicht bringe ich dann Ary dazu, dass er euch beide mit in seine Finca auf Mallorca einlädt, wo wir vermutlich den ganzen Sommer verbringen werden?" Hatte sie nicht zugehört? Was bitte sollte sich mit so einem wieder einrenken?

Ali hatte also während des Gesprächs schon mehrmals den Daumen gesenkt, weil er wohl befürchtete, ich könnte schwach wie weicher Gummi werden und mich wieder in Richtung meiner ehemals besten Freundin bewegen, die mich dann wieder an einem erfüllten Leben hindern würde und daran, dass ich glänzte. Ich bedeutete ihm, dass er sich keine Sorgen machen müsste, weil ich für ihr Gesäusel kein Ohr hätte. Nur die eine Frage konnte ich mir dann doch nicht verkneifen: „Finca auf Mallorca, im Ernst?"

Nichts an dem, was sie sagte, war mir verlockend erschienen, außer eben „Finca" und „Mallorca". Dort stellte ich es mir nämlich so vor: Riesiger Garten mit Blick hinunter aufs Meer, riesiger Pool mit riesigem, gut aussehendem, stark eingeöltem Personal der Bauart „gemeißelter, schwarzer Marmor", das kühle Drinks servierte: „Señor!", oder wie man dort zum gut aussehenden, gut eingeölten Personal sagte: „Noch eine Pipeline bitte! Ach was, gleich zwei! Und bitte dann die Arschbacken einölen, und zwar meine!"

Da fiel mir ein: „Wie sieht er denn eigentlich aus, dein Ary? Kann er sich in Badehosen noch sehen lassen, oder hängt ihm der Arsch schon in Falten?“

Ich kriegte die viel zu dünnen Beine von diesem Daniel nämlich irgendwie nicht mehr aus dem Kopf. Brustkorb war bei ihm auch keiner vorhanden, und die paar Härchen, die sich darauf verloren, konnte man nicht „Urwald“ nennen. Tarzan sah jedenfalls anders aus mit seinem Bizeps und der gut ausgebildeten Oberschenkelmuskulatur hinter seinem Lendenschurz, und der mit den blauen Augen auch. Aber von dem erzählte ich Susi besser noch nichts Genaues, ich blieb lieber allgemein, als ich fragte: „Kann ich einen anderen mitnehmen?“

Ali spitzte schon die Ohren, aber ihn meinte ich nicht.

Und Susi hatte etwas Pädagogisches, das ich an ihr seit jeher hasste: „Nein, nein, du musst schon dem eine Chance geben, dem du eine Chance versprochen hast. Und ja, Ary sieht immer noch sehr gut aus.“

Ich drückte auf die Türklingel, und eine Frau in meinem Alter, aber mit deutlich älterem Gesicht als meinem und viel ausgemergelterem Körper, als ich ihn zu bieten hatte, öffnete uns im dünnen Schlafmantel. Dabei schaute sie uns mit leeren Augen an und versuchte sich zu orientieren: Tag? Nacht? Schon mal gesehen?

Das war eine von denen, die bereits die Krätze kriegten, wenn sie das Wort „Bildung“ nur hörten, sich aber neuerdings als „Volk“ bezeichneten. Zum Volk der Billig-Energydrinker, das trotz der vielen Billig-Energydrinks keine Energie aufbrachte, mal den eigenen Arsch zu bewegen.

„Was ist?“, fragte sie schwach. Hinter ihrer Wohnungstüre lag bereits die Küche, es gab hier kein Vorzimmer, und im hinteren Teil der Wohnung lief irgendwo der Fernseher oder etwas ähnlich Lautes. Sie war nicht übertrieben freundlich, also verzichtete ich auch darauf, als ich sagte: „In Ihrer Wohnung muss irgendwo ein Handy herumliegen, das Ihnen nicht gehört. Also her damit!“

„Ha! Scheiße!“, sagte sie, und dann lachte sie schwach. „Sind Sie verrückt? Nur Flüchtlinge kriegen Gratis-Handys, wir Österreicher kriegen gar nichts!“

So ein Vogel hatte mir heute noch gefehlt!

Ich fragte: „Wohnen Sie alleine hier?“

Sie sagte: „Ja.“

Aber da rief jemand aus dem hinteren Teil der Wohnung: „Pizza?“ Die Stimme klang nach einem fünfzehnjährigen Stimmbrüchigen, der dringend Pizza brauchte. Dann war die hier vielleicht seine Mutter? Ich wünschte es ihm nicht! Sie schaute nämlich so drein, als hätte sie gar nicht gewusst, dass außer ihr noch jemand zu Hause ist, ihren Sohn hatte sie gerade nicht „auf dem Schirm“, wie die im deutschen Privatfernsehen immer sagten.

„Sie sollen lieber nicht so viel lügen“, mahnte Ali streng wie Susi. Und deutete dabei auf mich: „Die hier kann nämlich Judo. Judo, nicht Yoga.“

„Na und?“, entgegnete die Dame des Hauses. Judo war nichts, was man essen konnte, also interessierte es sie nicht.

Wir gingen einfach an ihr vorbei in die Wohnung, und sie war zu verlangsamt, als dass sie uns daran hätte hindern können. Tablettensucht war im sogenannten Volk weit verbreitet, löste aber leider auch keine Probleme.

Es gab dann nur die eine Türe, die in das kombinierte Wohn-Schlafzimmer führte, wo wer weiß wie viele schlafen mussten. Die Wohnung hatte einen ähnlichen Grundriss wie die von Lottmann, war aber noch vermüllter, und das wollte etwas heißen! Die Kosten für eine Putzfrau schien das Sozialamt wohl doch nicht zu übernehmen.

Ein pickeliges Käsegesicht, das noch keine fünfzehn war und also um diese Zeit eigentlich in der Schule sein sollte, saß auf einer Couch und bearbeitete alles, was trotz knappen Budgets an elektronischen Geräten einfach im Haushalt sein musste. Das war kein Fernseher, sondern eine Spielstation oder so etwas Ähnliches, jedenfalls etwas Lautes, Unerträgliches. Auch wenn ich Stille sonst nicht ertrug, mochte ich es, wenn bei ernsten Gesprächen Ruhe herrschte, daher zog ich den Stecker.

Plötzlich ging es dem jungen Mann wie sonst mir, wenn es still war – er wusste nicht so recht, was er tun sollte, denn das Land Stille hatte er schon lange nicht mehr betreten. Darum fragte er einfach noch einmal: „Pizza?" Es klang nun schon richtig flehend. Ich setzte mich neben ihn und sagte: „Hör zu, Pickelfürst. Hier in dieser Wohnung muss irgendwo ein kleines süßes Telefon sein, das nicht dir gehört. Der Onkel da mit dem Peilsender kann dir erklären, wie das genau funktioniert, dass man so ein Teil finden kann, auch wenn du es ganz gut versteckt hast. Du bist doch technikinteressiert?"

Er sagte: „Hä?"

„Das Signal geht also vom Telefon nach oben zu einem Satelliten, und von dort kommt es wieder zu ihm herunter, dann macht es Piep. Super Sache, verstehst du?"

Bevor der Fernmeldemann meine Ausführungen korrigieren konnte, fragte der Junge noch einmal: „Pizza?"

„Und weißt du, was interessant ist?", fuhr ich fort. „Dieses Telefon muss früher im 7. Bezirk gewesen sein, kennst du den? Nein? Liegt in Wien, aber ich akzeptiere, dass dein Gehirn gerade neu aufgesetzt wird und die Landkarten dort neu beschrieben werden."

Das war nämlich das Gerücht, alle Pubertierenden betreffend: Dass ihr Gehirn in dieser Zeit neu „aufgesetzt" wird. Dabei war es doch eine erwiesene Tatsache, dass die alle gar kein Gehirn hatten! Einer mit Hirn konnte unmöglich so dämlich dreinschauen, und als er auf meine Fragen nicht antwortete, versuchte ich es in der einfacheren Programmiersprache mit ihm: „Du gestohlen? Ja? Nein?"

Aber wenn er es nicht texten konnte, dann konnte er nicht ausdrücken, was er sagen wollte.

Vielleicht war es das Wort „Polizei", das bei ihm dann doch noch den Groschen fallen ließ, plötzlich kamen nämlich ein paar Wörter aus ihm heraus, die er vermutlich mal irgendwo aufgeschnappt hatte: „Ist dort gelegen! Hab's mitgenommen! Scheißteil!"

Der kleine Redeschwall versiegte, als seine Mutter ihm bedeutete: „Pssst!"

Aber da kam der von der Fernmeldezentrale mit seiner Peilantenne und bat uns in die Küche, wo er auf den Mistkübel deutete. Wir leerten den gesamten Inhalt auf die Anrichte, dort lagen dann Pizzaschachteln, Billig-Energydrink-Dosen, Plastikflaschen sowie Chickenwings- und Frittenpackungen. Das Volk neigte zu ungesunder Ernährung, aber nicht zur Mülltrennung!

Dazwischen lag das vollkommen zerdepperte Telefon. Der Pizzafreak hatte es nicht geschafft, den Code zu knacken, also hat er mit Hammer darauf eingedroschen und es in den Müll geworfen, von wo aus es immer noch schwach sendete. Ich fragte streng: „Wo hast du es her?"

Darauf wollte er nicht antworten. Also versuchte ich es zunächst mit einem verlockenden Angebot: „Hattest du schon mal eine Freundin?"

Die Frage löste tatsächlich einen schwachen Impuls bei ihm aus, einen, der ihn irgendwie traurig und verloren dreinschauen ließ. Er schüttelte den Kopf und sagte: „Nö."

„Noch nie etwas Echtes in der Hand gehabt?"

„Nö."

„Zu viel Internet, was? Hör zu, Kleiner, ich kenne da eine, die wurde gerade von ihrem Freund verlassen, die mag schwierige Fälle. Sieht umwerfend aus und heißt Nancy. Ich bringe dich zu ihr, wenn du uns sagst, wo du das Teil gefunden hast."

Aber Nancy interessierte ihn dann doch nicht, also versuchte ich, ihn mit der Keule der Angst weich zu schlagen: „Magst du Pizza?"

Jetzt nickte er heftig.

„Pizza gibt es aber nicht im Jugendknast, dort gibt es bloß Suppe. Und glaube bitte nicht, im Jugendknast wären nur welche in deinem Alter oder welche, die so klein und schmächtig sind wie der da."

Ich zeigte auf Ali.

„Die trainieren dort alle mit Kübeln voll Wasser, und am Abend, wenn es Nacht wird, kann es ihnen manchmal langweilig werden ...

Jetzt kam er endlich in Schwung: „Ich zeig's euch!"

Ich fragte: „Hast du von dort, wo du es gefunden hast, noch etwas mitgenommen?"

„Nö."

Ich schaute seine Mutter streng an: „Hat er?“

„Nö.“

Aber da waren all diese Kartons, die mit einer anderen Adresse versehen waren als mit der, wo wir uns gerade befanden. Das sah hier aus wie im Lager der Post! Also sagte ich es noch einmal, damit es auch die Mutter kapierte: „Er kriegt keine Pizza im Jugendknast!“

„Da war ein weißer Bus“, gestand er, und in dem hätte er alles gefunden: Das Handy bei dem, der da im Bus saß und sich nicht mehr rührte. Und die ganzen Pakete, die noch im Bus waren. Irgendwie hätte es geschafft, alles von dort hierherzubringen, und zwar gestern. Dann rückte er noch mit einer Geldtasche und einem Ausweis heraus, und er sagte, die seien von dem Typen, der in dem Transporter gesessen hätte.

Auf dem Ausweis stand: Radek Krystof Lato, geboren am 3. April 1978 in Breslau, Polen. Ein EU-Bürger mit dem Recht, hier zu leben und zu arbeiten.

„War er tot?“, fragte ich.

„Weiß nicht“, sagte der Junge.

„Hast du jemanden verständigt?“

„Nö.“

„Bring uns sofort dort hin, du Idiot!“

24

Es dauerte, bis sie endlich fertig waren. Die Mutter hatte nicht viel anderes zum Anziehen als ihren Schlafmantel, und der Junior fand seine Schuhe nicht. Er wollte aber unbedingt *die* Schuhe tragen, wenn er zur Abwechslung schon mal rausging, irgendwelche Sneakers, die auch irgendein verdammter Fußballer trug, und ohne die ging es einfach nicht. Sie suchen, das wollte er aber auch nicht, denn dafür hätte er sich ja bewegen müssen. Also dauerte es, bis die Mutter endlich bereit war, sich zu bücken.

Wir packten die beiden dann auf die Rückbank von meinem Benz, wo sie Ali in ihre Mitte nahmen, der dort hinten auf sie aufpasste. Nach vielen Umwegen, die uns der Idiot nehmen ließ, weil er schlicht keine Ahnung hatte, wo wir hier überhaupt waren, kamen wir doch noch zu dieser Brachfläche, die keine hundert Meter hinter seinem Sozialbau lag. Dort stand ein weißer Fiat-Sprinter an einem kleinen Rinnsal unter einem Baum mit schmalen Ästen, als könnte er sich darunter vor uns verstecken. Oder jedenfalls vor der Sonne, was aber auch nicht funktionierte. Der Wagen glühte beinahe, als wir ihn erreichten.

Wir sahen einen Mann, der in seinem Führerhaus an seine Fahrertüre gelehnt saß, als würde er schlafen. Es sah alles genau so aus, wie der Idiot es uns beschrieben hatte. Der Fahrer trug die Uniform seines Arbeitgebers SpeedyTrans, und der Abgleich des Fotos auf seinem Ausweis mit seinem blassen Gesicht bestätigte, dass es sich um Radek Lato handeln musste.

Als wir die Türe öffneten, fiel er heraus, und was dann heraußen lag, das war schon beeindruckend: Er war fast zwei Meter groß, war aber nicht aus diesem schwabbeligen Filmregisseur-Zeug gebaut, sondern aus zwei Metern hartem Stein. Er hatte basketballgroße Hände und ein Kinn, das man mit einer Abrissbirne nicht brechen konnte. Ich zog ihm heimlich das Shirt ein wenig nach oben und befühlte seine Bauchmuskulatur, auf der man Musik hätte machen können, so hart war sie, obwohl er gerade vollkommen entspannt war. Ein Griff an die Oberarme ließ mich denken: Oha! Und wäre Ali nicht neben mir gestanden, dann hätte ich ihm auch in die Hose gefasst, schließlich wollte ich wissen, ob das Blut in ihm noch zirkulierte.

„Was machst du?", fragte Ali.

„Ich ertaste seinen Puls!"

„Und?"

„Schwach."

Und trotzdem sah Tarzan gegen den hier aus wie Cheeta. Irgendwie schien er meinem blauäugigen Fahrer nachgebaut, die beiden waren aus der gleichen Charge. Kleiner Schönheitsfehler: Diesem hier quollen Essensreste aus dem Mund, die nach Kohl aussahen.

Ali hatte bereits Notarzt und Forensik verständigt, und während wir warteten, bestätigte der Pizza-Fan, dass er Lato auch den Ausweis und die Geldtasche abgenommen hatte, als er hier herumgestromert war, gestern gegen acht Uhr abends. Die Mutter hatte ihm nämlich irgendwann doch mal das Internet abgedreht, und da war er hinausgegangen auf der Suche nach ein bisschen WLAN. Alles sprach dafür, dass es Lato da schon schlecht gegangen sein musste, denn wenn er fit gewesen wäre, dann hätte er den Spielsüchtigen schlicht zermalmt, wenn er gemerkt hätte, dass der ihm in die Hose fasst, um etwas herauszuholen.

Die viel interessantere Frage war nun aber, wie Lato an Lottmanns Handy gekommen war.

Und dann war da noch die eine Frage, die allerdings nur mich umtrieb: Ob er vielleicht den mit den blauen Augen kannte, der die gleiche Uniform tragen musste wie er. Und wenn ja, würde er mir seinen Namen verraten?

Auf der Ablage hinter dem Lenkrad fanden wir eine Tupper-Box mit Krautrouladen und Kartoffeln drin. Die mussten auf dem Speiseplan gestanden haben, bevor oder während Lato in sein körperliches Tief fiel. Er könnte sie in einem traditionellen Wiener Gasthaus gekauft und hierher mitgenommen haben, aber wie wahrscheinlich war das? Das hätte eine radikale Umstellung seiner Ernährungsgewohnheiten bedeutet, denn in seinem Führerhaus fanden sich nur Proteinriegel und Energydrinks in größeren Mengen.

„Warum hast du die Riegel nicht mitgenommen?“, fragte ich den Pubertierenden. „Die hätten dir gut getan!“

Er zuckte die Schultern.

Also Gasthaus eher nicht. Und eine Überraschung wäre es auch, wenn Lato selbst gekocht hätte. Aber wenn nicht er, dann vielleicht jemand anders? So eine warme Mahlzeit gab einem die Mutter oder die Ehefrau mit, wenn man der klassische Muttersohn oder der treusorgende Ehemann war. Ali kam jeden Tag mit einem solchen Geschirr voll mit Spezialitäten aus seiner Heimat ins Büro, da waren Fleischbällchen drin, Kichererbsen und alles, wo man Knoblauch dazugeben konnte. Ali schien das Zeug immer vorzüglich zu schmecken, aber dem hier waren die Rouladen irgendwie sauer aufgestoßen. Vielleicht waren sie sogar der Grund dafür:

„Er hat sich angepisst“, sagte ich.

„Was bedeutet das?“, fragte Ali.

„Entspannte Muskeln“, sagte der Arzt, der mittlerweile eingetroffen war.

„Sind Krautrouladen also bekannt dafür, dass sie entspannen?“, fragte ich.

„Bis jetzt nicht.“

„Und Gemma-Burylactaton?“, fragte Ali.

„Sie meinen Gamma-Butyrolacton?“, fragte der Arzt. „Besser bekannt als K.o.-Tropfen? Die schon eher. Warum?“

„Weil wir in einem Mordfall ermitteln“, erklärte Ali. „Ein Handy, das dieser Mann bei sich hatte, hat einem Ermordeten gehört, in dessen Wohnung sich auch solche Tropfen befanden. Also nehmen Sie ihm bitte Blut ab und untersuchen Sie ihn auf das Zeug.“ Auch sollte der Forensiker die übrigen Krautrouladen einpacken und ebenfalls daraufhin untersuchen.

Ich zündete mir währenddessen eine an und schaute mich im Wageninneren um. Der Aschenbecher war voll mit herabgerauchten Zigarettenstummeln, die roten Lippenstift am Filter hatten. Ich nahm vorsichtig eine Kippe heraus und sah, dass es Eves waren, schmale Damenzigaretten. Sie sprachen für die „Ich hab dir etwas Leckeres gekocht, Schatz“-Theorie. Vermutlich hatte Lato also Damenbesuch gehabt, es sei denn, er trug selbst gerne Lippenstift und rauchte Eves. Aber wie wahrscheinlich war das? Es schien mir sogar noch ein bisschen unwahrscheinlicher, als ich die zwei Sektflöten aus Plastik entdeckte, die neben dem Gaspedal lagen, scheinbar hatte es Grund zu feiern gegeben. Das sah nun beinahe nach Stil und Grandezza aus, und beides passte irgendwie nicht zu Lato. Schließlich hatte er sich für das Festmahl nicht einmal umgezogen!

„Der hatte eine Nutte hier“, mutmaßte Ali. „Was denn sonst?“

„Und die hat für ihn Krautrouladen gekocht, die ihm dann im Mund stecken blieben?“

„Darauf habe ich leider keine Antwort.“

„Weil du keine Ahnung von Nutten hast.“

Da krachte das Funkgerät, das in der Mitte des Führerhauses angebracht war, und ein rotes Lämpchen leuchtete auf. Wir hörten eine fipsige, aber schneidige Stimme: „Lato, du Arschloch! Lato! Bist du abgehauen mit unseren Paketen? Lato, du Arschloch! Melden!“

Das waren deutliche Worte. Ich drückte auf den „Sprechen“-Knopf und antwortete: „Selber Arschloch!“

Dann hörte ich: „Was? Wer ist da?“

25

Die Verladestelle von SpeedyTrans lag am anderen Ende der Stadt im Industriegebiet entlang der Kendlerstraße, 23. Bezirk. Dort wollten wir ein paar Antworten auf ein paar Fragen bekommen. Aber ich war nervös, denn der, dessen Namen ich noch nicht kannte, musste wohl auch jeden Tag hier vorbeikommen, Pakete ein- und ausladen, abrechnen, was weiß ich. Und er wusste ja nicht, dass ich bei der Polizei arbeitete, er wusste nur, dass ich am Morgen einen Bademantel trug und darunter nicht viel anhatte. Und dass ich Sexspielzeug bestellte.

„He, ich bin bei der Polizei!", war oft der letzte Satz, den ich als paarungswillige Frau einem jungen, gut aussehenden Mann mit reichlich Muskeln an der Bingobongobar entgegenschleuderte. Also hatte ich mir angewöhnt, Fragen zu meinem Beruf und finanziellen Auskommen möglichst lange nicht zu beantworten. Oder ich sagte einfach „Irgendwas mit Judo."

Ein zufälliges Zusammentreffen mit dem Gutaussehenden hier war also möglich, unter diesen Umständen von mir aber nicht erwünscht. Wie sah ich überhaupt aus? Schon wieder nicht so gut! Außerdem wollte ich von ihm auf keinen Fall mit Ali zusammen gesehen werden. Darum rauchte ich jetzt eine nach der anderen, und mein Lenkrad war schon ganz feucht wegen meiner schwitzenden Hände. Ali erkannte meine Aufregung und fragte: „Was ist denn mit dir los?"

„Nichts!"

„Du wirst nervös."

„Bin ich nicht."

„Bist du doch."

„Verdammt! Heirate endlich und zieh von hier weg!"

„Nicht nur nervös, auch gereizt und verletzend."
„Leck mich!"
Wir stiegen aus und schauten uns um, aber Ali ließ nicht locker. Er riet mir zur Bauchatmung und zu einer guten Körperhaltung, denn beides würde meine Nervosität lindern. Ich riet ihm zu schweigen und sich nicht näher als fünf Meter an mich heranzuwagen, denn beides würde sein Leben retten.

Vereinzelt kamen nun Lieferwagen herangefahren und parkten an den Verladestellen, es war kurz nach achtzehn Uhr. Die Paketboten stiegen aus und räumten hastig ihre übrigen gebliebenen Pakete aus. Wenn man gerne Auto fährt, so wie ich, dann war das hier vielleicht kein schlechter Job. Alles andere daran schien aber nicht verlockend, denn die hatten richtig Stress.
„Siehst du, das könnten deine Cousins auch machen, wenn sie ehrlich Geld verdienen wollten", sagte ich zu Ali.
Aber der lenkte ab von der Arbeitsscheu seiner Cousins und fing stattdessen an, mir einen Vortrag zu halten: „Wusstest du, dass früher nur Kaiser, Fürsten und Kirchenleute Post empfangen durften?
Ich fragte: „Wann war bei dir früher? Sechzigerjahre?"
„Mittelalter um 1530. Und jetzt? Sieh dir das an! Haufenweise Pakete! Man macht sich keine Vorstellung, zu welchen Arbeiten Menschen heute gezwungen werden. Okay, es ist nicht mehr Manchester im Jahr 1860, aber es ist nicht viel besser, das belegen zahllose Studien."
„Also doch Sechzigerjahre?"
„Du liegst am Abend nur noch im Bett und bist vollkommen leer, du hast kein Leben, du bist tot. Aber um

fünf musst du trotzdem schon wieder aufstehen und rein ins Hamsterrad, Paket greifen, aussteigen, laufen, klingeln, warten, Treppen rauf, Treppe runter, Paket zustellen. Oder Knopf annähen und das Teil dann weiterschieben zu derjenigen, die den Kragen annäht. Unter Arbeitspsychologen nennt man das Neo-Taylorismus: Aufgaben, die bis ins Kleinste zerlegt und kontrolliert werden."

„Stopp!"

„Man führt die psychischen Probleme und die Demotivation derer, die solche Arbeiten verrichten, darauf zurück, dass diese Tätigkeiten so stark zerstückelt und überwacht werden."

„Halt den Mund. Du demotivierst mich."

„Heute ist Paketzusteller das, was früher die Arbeit im Callcenter war: Das Auffangbecken für die Gestrauchelten."

„Ich mag nicht, wie du über die hier redest!"

Denn all das würde dann auch auf meinen Blauäugigen zutreffen, und ich dachte nicht an ihn als Gestrauchelten, sondern im Gegenteil als Aufrechten, als Standhaften.

Ich schaute mich um, ob er hier irgendwo herum lief. Aber ich sah nur einen, der sich wie der Boss aufführte, aber nicht so aussah, und der gerade einen Paketboten so richtig zusammenschiss, weil er mit zu vielen Paketen zurückgekommen war. Hier herrschte keine so gute Stimmung.

Der Typ hatte eine fipsige, schneidige Stimme, die wir schon aus dem Funkgerät kannten, und die stieß mit Vorliebe deutliche Worte aus: „Penner! Arschloch! Pisser! Streck dich mal!" Dabei kam sie aus einem überraschend jungen, schmalen Bürschchen mit blondem Flaum um die schmalen Lippen, er trug einen viel zu engen Anzug und eine verschmierte Brille. Sah aus wie frisch von der Schule, Abteilung „im Zeugnis immer nur Sehr gut“. Kaum bewegten wir uns in seine Richtung, schielte er schon aus den Augenwinkeln zu uns und fragte, ohne uns dabei richtig anzusehen, ob wir hier für „so eine scheiß Zeitung herumschnüffeln“ würden. Und dann versicherte er uns gleich, dass die Arbeitsbedingungen hier absolut nicht zu beanstanden seien, „alles andere sind „Fake-News!“

Fing der also auch damit an!

Ich konnte ihn aber beruhigen, als ich ihm sagte, dass wir gar nicht für eine Zeitung, sondern lediglich im Auftrag der Polizei hier herumschnüffeln würden. Manchmal war es doch ganz angenehm, so einen Arsch darüber informieren zu können, womit man seine Brötchen verdiente.

„Kitty Muhr ist mein Name, und das hier ist mein Kollege Ali Khan Kurtalan, wir hatten vorhin über Funk schon das Vergnügen. Es geht um einen Mordfall, in den möglicherweise Ihr Fahrer Radek Lato verwickelt ist. Er könnte jedenfalls einer der Letzten gewesen sein, der das Opfer lebend gesehen hat, vielleicht hat er ihn auch ermordet.“

Der Chef schaltete zunächst auf Abwehr, während er uns weiter nicht anschaute: „Was soll das sein, mein Fahrer? Ich habe keine Fahrer. Alle Fahrer sind selbstständige Subunternehmer. Sie kriegen hier nur ihre Pakete ausgehändigt. Ich bin für keinen von ihnen verantwortlich, und schon gar nicht dafür, was sie in ihrer Freizeit tun.“

„Aber es tragen alle Ihre Uniform“, wandte Ali ein.

„Sollen sie doch etwas anderes anziehen“, sagte er.

„Dürfen sie aber nicht.“

„Bringen Sie mir einen, der das hier vor mir sagt.“

„Das wird sich keiner trauen."

„Dann wären es Feiglinge, die als Subunternehmer für unsere Firma arbeiten, und ich wäre sehr enttäuscht von ihnen."

Der Typ war eiskalt und nervte mich schon nach der einen Minute, die ich ihn nun kannte. Ali fragte ihn schließlich nach seinem Namen, und er sagte: „Lukas Ortner, Doppelmagister in Mindestzeit übrigens. Aber alle nennen mich Lucky."

„Lucky, der Glückliche?", fragte ich.

„Genau!", bestätigte er mit einem schmalen Grinsen, und nun schaute er uns erstmals an. Lucky war aber nicht wirklich glücklich, das konnte ich in seinen Augen erkennen und an der schlechten Haut. Zwar machte er nach außen hin auf hibbelige Frohnatur, aber das funktionierte nur mit den vielen Tabletten, die er ohne Zweifel schluckte und die ihm bei den Poren langsam wieder herauskamen. Lange würde das nicht gutgehen, er zitterte und fasste sich immer wieder irgendwohin ins Gesicht, wo ihm etwas nicht zu passen schien. Tatsächlich war er so aufgedreht, dass er aus seiner Haut herausspringen wollte, was ihm aber nicht gelang. Und zu Hause schien er niemanden zu haben, dem er mal erzählen konnte, wie weit er es mit seinen zwei abgeschlossenen Wirtschaftsfachschulen gebracht hatte, und wie lucky er deswegen insgesamt war!

Ich wiederholte noch einmal, dass jemand in der Arbeitsmontur seines Arbeitsgebers vielleicht einen Mord begangen hatte, aber das war ihm egal. Er tat im Gegenteil alles, um den Genannten schlecht zu machen. „Radek Lato also... Ich muss zugeben, dass es einige Beschwerden über ihn gab. Da hätte es meiner Meinung nach doch gar keinen Sinn, das vor Ihnen zu verheimlichen, oder? Die Polizei erfährt ja früher oder später ohnehin alles, richtig?"

„Sehr richtig", bestätigte ich.

„Er war gut, und er war schnell, und er redete nicht viel. Darum nannten wir ihn Puma, er war wie ein schleichendes Tier. Ich rede in der Vergangenheitsform von ihm, denn selbstverständlich wird er nicht länger für uns arbeiten, wenn er in solche Malversationen verwickelt ist. Hier, seine Unterlagen."

Er hatte sie für uns vorbereitet, nachdem Ali ihn über das Funkgerät im Wagen von Lato darum gebeten hatte. Nun ließ er Lato fallen wie eine heiße Kartoffel, und er wäre sogar noch auf ihn draufgesprungen, nur um uns zu demonstrieren, wie wenig er mit ihm zu tun haben wollte. Aus diesem Arschloch haben sie alles Eigenständige rausgeprügelt, als man ihn durch seine Unilehrgänge wurstete.

„Ich sehe erst jetzt", sagte er mit gespieltem Entsetzen, „dass er eine militärische Ausbildung absolviert hat, er war sogar Söldner und hat das in seiner Bewerbung auch zugegeben. Aber ich muss es übersehen haben."

Er gab Ali die paar Zettel mit Latos Arbeitsunterlagen, während ich in aller Ruhe nachdachte: Militärische Ausbildung? Diese Jungs lernten ja nicht nur Schießen im Grundkurs, sondern auch Nahkampf. Und notfalls konnte dir so einer das Genick brechen wie ein Streichholz, ohne, dass jemand etwas davon mitbekam. Sid und Nancy hätten also nicht einmal etwas gehört, wenn sie hellwach gewesen wären, und gesehen hätten sie ihn auch nicht, denn diese Leute lernten, wie man sich unsichtbar macht.

Ali fragte: „Sie nehmen also auch ehemalige Söldner auf?"

„Sie haben scheinbar keine Ahnung“, entgegnete Lucky, „was mittlerweile alles online bestellt wird! Die Leute denken gar nicht mehr nach, sie können ja alles wieder zurückschicken. Sie drücken auf KAUF ABSCHLIESSEN, und schon ist die Bestellung raus. Outfittery, Zalando, was zu Futtern, was für Katzen, Matratzen, die Leute bestellen Waschmaschinen, Sexartikel, alles.“

Ich tat so, als hätte ich mit diesem aberwitzigen Konsumverhalten nichts zu tun, bis Ali mich in die Seite stieß und sagte: „Kannst du dir das vorstellen? Dass Leute sich sogar Sexartikel bestellen! Das ist so abartig!“

Und ich ihm antwortete: „Halt du dich da raus, okay! Du hast keine Ahnung von Sex, also was soll ich mit dir über Sexartikel reden?“

„Sogar einen Sarg haben wir schon zugestellt“, versuchte Lucky vom Thema abzulenken. „Und seit dieser Online-Buchhändler angekündigt hat, Pakete in Zukunft auch mit eigenen Drohnen zu versenden, ist der Druck auf uns Paketdienste noch größer geworden. Unschlagbar günstige Konditionen, das ist der einzige Weg für uns in den Markt. Aber wo fange ich an zu sparen? Beim Personal! Offiziell soll ich einen ehemaligen Söldner natürlich nicht nehmen, aber inoffiziell bin ich sogar dazu angehalten, gerade solche zu nehmen. Warum? Na, weil sie manipulierbar sind! Man kann Druck auf diese Verlierer ausüben, und Druck ist gut für das Unternehmen“, sagte der Flaumbartträger, dem langsam selbst aufzufallen schien, was für einen beschissenen Job er da hatte. Und was für ein Arschloch er selbst sein musste, um diesen Job erledigen zu können.

„Aber mit zweierlei Versprechen locken wir die Leute: Erstens freie Zeiteinteilung. Naja, klingt nach einem Witz, ich weiß. Und zweitens: Je mehr Pakete du schaffst, desto mehr verdienst du. Das ist der zweite Witz, denn ... siehe Punkt eins. Den Verkehr, denken die meisten, den schaffe ich, denn es sind alles Männer, die zu uns kommen, und alle glauben, sie wären gute Autofahrer. Den Verkehr schaffen sie aber auch nicht, also schaffen sie auch nicht genug Pakete, nie. Sie laufen immer hinterher, und das ist gut für uns."

Er lachte höhnisch, dann gab er uns noch ein paar Zettel: „Das sind Beschwerde-Mails, die über Lato eingegangen sind. SpeedyTrans entschuldigt sich selbstverständlich schon jetzt, sollte irgendjemand durch ihn zu Schaden gekommen sein. Aber wie gesagt ... unmittelbar zu tun haben wir nichts mit ihm."

Lucky gab uns dann noch ein paar Gutscheine für fünf Gratis-Zustellungen, bevor er uns mit dem Ausdruck des Dankes verabschiedete. Wofür, das wusste er wohl selbst nicht.

Ali und ich gingen in Richtung Ausfahrt, aber dort sagte ich zu ihm: „Geh du schon mal vor, ich komme gleich nach!"

Und ging noch einmal zurück zu Lucky. Der schien sich nicht wirklich zu freuen, mich wiederzusehen, aber das war mir egal. Ich sagte: „Ein, zwei Fragen noch. So einer wie Lato: wenn er nicht funktioniert, wie Sie das wollen ... was können Sie dann tun?"

Ich hörte mich an wie Columbo.

„Muss ich Ihnen das sagen?", fragte er.

„Müssen Sie nicht. Aber wie Sie schon selbst erwähnt haben: Wir finden sowieso alles heraus. Außerdem kann ich Judo."

„Na gut", sagte er. „Ich teile die Routen ein. Das kann disziplinierend oder motivierend wirken, je nachdem."

„Besseres Verhalten bedeutet, dass einer eine bessere Route bekommt? Und umgekehrt?"

„So ungefähr."

„Eine, wo er mehr verdienen kann?"

„Oder wo der Verkehr kein so großes Problem ist und der Fahrer nicht so viele Strafzettel kriegt, die er natürlich selbst bezahlen muss. Oder wo es weniger Hochhäuser mit kaputtem Lift gibt, dafür mehr Villen."

„Und die Route von Lato war schlecht?"

„Innenstadtrouten sind immer schlecht, ja, weil es kaum Parkmöglichkeiten gibt, dafür reiche Kunden mit Eigentumswohnungen, die oft nicht zu Hause sind, und trotzdem müssen sie Zustellversuche machen, auch hinauf in den letzten Stock, auch ohne Lift."

„Zuckerbrot und Peitsche also. Und Ihnen gefällt die Peitsche, ist das richtig?"

Mit der Peitsche in der Hand konnte er sich hier nämlich dafür revanchieren, dass man auf der Uni so einen Clown aus ihm gemacht hatte. Ihm ging es hier auch nicht besser als den Fahrern, er kam sicher nie vor zehn Uhr abends weg, und er fragte sich bestimmt auch jeden Tag, wofür er überhaupt studiert hatte.

Das mit der Peitsche ließ ihn gequält lächelnd, beinahe wirkte er, als hätte ich ihn bei etwas Schlimmem ertappt: „Nein, nein, ich bin nicht der Peitschentyp", wehrte er sich dann aber dagegen. „In alle Seminaren zur Menschenführung wird man darauf geschult, dass man ..."

Ich unterbrach ihn: „Lassen wir doch mal die Theorie beiseite und widmen wir uns der Praxis: Was ist die beschissenste Route, die sie anbieten können?"

„Naja, 10., 11. Bezirk, oder Innere Stadt. Auch 6. 7. Bezirk."

Hörte sich nicht so an, als hätte er überhaupt ein paar ordentliche Routen im Angebot. Ich fragte: „Was ist zum Beispiel mit der Gegend hinter dem Westbahnhof im 15. Bezirk, sagen wir die Hütteldorferstraße rauf und runter?"

Dort wohnte nämlich ich, und dort belieferte mich der Blauäugige.

„Die ist auch nicht sehr gut, wieso fragen Sie?"

„Ich will mich über den Arsch beschweren, der mir ständig Zettel hinklebt und vor mir davon läuft, wenn ich ihn stellen will. Wie heißt der?"

Etwas anderes war mir auf die Schnelle nicht eingefallen.

Lucky lächelte wieder unsicher und sagte übertrieben geschäftsmäßig: „Moment, Moment" Dabei tat er so, als wüsste er nicht genau, welcher seiner Fahrer diese Strecke fährt. Dann plötzlich fiel es ihm aber doch ein, und er sagte: „Ah, ja, Hütteldorferstraße ... das wird Marvin Milik sein."

Marvin Milik also. Hörte sich auch irgendwie polnisch an, und verdammt, sogar sein Name war geil. Ich wäre nicht überrascht gewesen, wenn Lucky ihn „Gott" genannt hätte, so wie er Radek Lato „Puma" genannt hatte. Doch irgendwie wirkte er nervös, seit er seinen Namen ausgesprochen hatte, und ich war es ja auch. Dieser Marvin Milik schien alle nervös zu machen.

„Wie sieht er aus?", fragte ich, und Lucky sagte sofort: „Er hat schöne Augen."

Aber verdammt, warum sagte er das?

„Und obwohl er so schöne Augen hat, geben Sie ihm eine bestenfalls durchschnittliche Route?", fragte ich.

„Jeder fängt ganz unten an", erklärte er, „und arbeitet sich dann nach oben oder auch nicht."

Besorgt fügte er hinzu: „Ist er auch in die Sache verwickelt?"

„Falls ja, erfahren Sie von SpeedyTrans es als Erste, versprochen."

Dann richtete ich ihm die Krawatte, die meiner Meinung nach ein wenig nachlässig gebunden war, und zurrte sie ihm so fest, dass er kurz Schwierigkeiten hatte zu atmen.

„So", sagte ich zum Abschied. „Jetzt sehen Sie sogar beinahe ein bisschen hübsch aus. Aber wirklich nur beinahe."

26

„Verdammte Scheiße!“, fluchte Bonner. Er war so richtig am Rotieren und tat, als kriegte er kein Bein mehr auf den Boden, als stünde ihm der Kopf irgendwo, das volle Programm. Sein Erregungspegel blieb hoch, auch nachdem er eine Zigarette mit zwei Zügen runtergeraucht hatte: „Ramona Paduraiu! Der Name sagt euch zufällig etwas?“

Ali nickte.

„Die saß da unten vor eurem Büro, keine Stunde ist es her.“

Sie war dann bis vor zehn Minuten bei ihm oben im Büro gewesen, wie er uns erzählte. Die beiden schienen sich auch gut verstanden zu haben, was ja nicht überraschend war. Bonner konnte etwas Väterliches, ja schon beinahe Großväterliches ausstrahlen, auf Frauen mit Vater- oder gar Großvaterkomplex wirkte das durchaus attraktiv, und junge Rumäninnen fern der Heimat hatten vielleicht Sehnsucht nach genau so einem, der seine Zigaretten rauchte und langsam seinen Whisky leer trank. Dabei konnte er Anteilnahme heucheln, viel mehr, als er tatsächlich empfand.

Gegen mich aber musste er sofort eine Breitseite abfeuern: „Diese Ramona bestreitet ausdrücklich, dass du gestern mit Kurtalan bei ihr warst, obwohl ich euch doch beide zu ihr geschickt habe, nachdem ihr euch nicht duellieren wolltet.“

„Sie war im Kino!“, zögerte Ali nicht, mich vor Bonner in schlechtes Licht zu rücken. Es brauchte nur noch ein paar gute Tipps von Lucky, dem Arschloch, und er konnte es mit ihm aufnehmen. Fallen lassen, draufspringen.

„Sie hat sich *Tarzan, der Affenmensch* angeschaut, während ich die Arbeit alleine machen musste!“

„Tatsächlich?“, fragte Bonner. „Ist der gut?“

Ich sagte: „Bin zur Hälfte gegangen. Der Held schien mir doch zu einfach gestrickt, und die Geschichte zog sich ab dem Moment, in dem Jane ihren Tarzan auf das Thema Kinder ansprach. Wissen Sie übrigens, wie der Tarzan hieß, als er noch in Schwarz-Weiß geröhrt hat?“

Er sagte, ohne überhaupt nachdenken zu müssen: „Johnny Weissmüller.“

Und wandte sich wieder Ali zu: „Wenigstens waren Sie so schlau, ihr Ihre Karte zu geben, für den Fall, dass ihr noch etwas einfallen würde. Und es ist ihr tatsächlich etwas eingefallen, oder besser gesagt: Aufgefallen. Und zwar an Ihnen. Am Ende erwies sich nämlich als Segen, dass Sie alleine bei Ihr waren, weil sich Ihre Duftnoten nicht vermischten! Heilige Scheiße, wie heißt das Zeug eigentlich, mit dem Sie sich einsprühen?“

Er stand nun auf und ging um Ali herum, wobei er fortwährend dessen Hemd beschnupperte und auch vor seinen dichten Haaren nicht Halt machte. Ali war das schnell sehr unangenehm, er sah mich hilfesuchend an. Aber da er mich vorher angeschwärzt hatte, wollte ich ihm nicht helfen, ich genoss es sogar.

„Für einen Kurden riechen Sie tatsächlich nur sehr dezent nach Käse, Joghurt und Knoblauch“, sagte Bonner endlich. „Dafür riechen Sie wirklich intensiv nach Billigparfum. Muhr, wie halten Sie diesen Gestank überhaupt aus?“

Wie beim Schnaps galt auch hier: Man musste Bonner zugute halten, dass er bei seinem Duft nicht sparte. Ich weiß nicht, was er genau trägt, aber es ist ein angenehm herber, sehr männlicher Duft, der sein Wesen unterstrich, während Ali einen unpassend süßlichen, irgendwie pfirsichdominierten, jedenfalls billigen und nichtssagenden Duft trug. Da ich aber starke Raucherin bin, kann sich der Pfirsich in unserem Büro nicht entfalten, es war mir also egal, wie und wonach er genau roch.

Warum aber machte Bonner so ein Gewese aus Alis Parfüm?

Deswegen: „Diese Ramona sagte mir, dass es Ihr Duft war, der gestern eine Erinnerung aus ihrem tiefsten Gedächtnis ans Tageslicht befördert hat: dass sie nämlich, nachdem sie dort in Lottmanns Wohnung aufgewacht war, den intensiven Herrenparfümduft eines Mannes an ihrer Haut wahrnahm, den sie plötzlich ihrem Boss, einem gewissen Martin Sorger, zuordnen konnte. Wegen der außergewöhnlichen Situation, in der sie sich damals befand, nackt und halb benommen, sträubte sie sich aber zunächst, das Undenkbare überhaupt zu denken, beziehungsweise verdrängte sie es wohl einfach. Erst, nachdem sie gestern Ihr Parfüm gerochen hat, das dem von Sorger ihrer Beschreibung nach nicht unähnlich ist, konnte sie sich sicher sein, dass dieser bei der nächtlichen Vergewaltigung anwesend war."

„Dann wäre Lottmann also nicht mit ihr allein gewesen, sondern zusammen mit Sorger?", fragte Ali.

„Richtig. Daher werden die Ermittlungen auf Vergewaltigung beziehungsweise Versuchte Vergewaltigung ausgedehnt."

„Das würde dann auch erklären", mischte ich mich ein, „warum Ramona Schmerzen im Intimbereich hatte, obwohl Lottmann doch nach Aussage seiner Exfrau, die wir heute befragt haben, vollkommen impotent war. Jedenfalls nicht mehr fähig, im direkten Umgang mit einer Frau eine Erektion zu bekommen, sondern ausschließlich beim Onanieren, während er sich Bilder oder Filmchen auf seinem Computer anschaute. Kommt Ihnen bekannt vor?"

Diese Frage sorgte sowohl bei Ali als auch beim Boss für betretenes Schweigen. Kein Wunder, wo sie doch selbst den direkten Kontakt mit Frauen mieden und sich lieber der Fantasie hingaben. Bei Ali würde sich das vielleicht bald ändern – oder vielleicht auch nicht. Je nachdem, ob ich ihn doch noch von seiner geplanten Hochzeit abbringen konnte. Aber bei Bonner?

„Ich kann übrigens verstehen“, sagte ich, „warum Sie die Mutter der entführten Tochter in Lottmanns Serie *Im Keller* so attraktiv fanden. Sie ist Lottmanns Ex, und die hat tatsächlich Eleganz und Stil. Wenn Sie also wollen, kann ich Sie beide gern zusammenbringen, ihr gemeinsames Alkoholproblem könnte auch verbindend wirken, mir schien, sie hätte nichts dagegen, wenn Sie Ihr Whiskyglas auf ihr abstellen.“

Doch plötzlich hatte ich eine andere Idee.

„Kann allerdings sein, dass Ihnen Konkurrenz aus dem eigenen Haus droht, falls sie die Schnauze dann doch mal voll hat von impotenten Großkotzen und Whisky-Trinkern und womöglich zu klein und handlich tendiert. Sie hat jedenfalls starke diesbezügliche Anfangssignale ausgesendet in Richtung Ali Khan Kurtalan, als wir sie befragten.“

Da richtete sich Ali auf wie ein Pfau, während Bonner merkbar in sich zusammensackte.

„Die beiden wären gewiss ein süßes Paar, wenn man bedenkt, dass sie selbst über einen Meter achtzig groß ist und mein Kollege, nun ja. Lassen wir das lieber. Und wir wollen auch nicht erwähnen, dass Herr Kurtalan ja bald nicht mehr auf dem Markt ist, weil er ja ...“

Da klappte der Pfau wieder zusammen, während Bonner die Ohren aufstellte.

„Weil er ja was?“, fragte er, und Ali rief entsetzt: „Kitty!“

Ich konnte ihm heute irgendwie nichts recht machen.

Er schaute mich so streng an, dass ich mich gar nicht mehr traute, sein kleines Hochzeitsgeheimnis zu verraten, also wechselte ich das Thema: „Wir haben einen Verdächtigen ausfindig gemacht, der mit Lottmann im Streit lag, ein Paketbote der Firma SpeedyTrans ..."

„Ein Paketbote?", fiel mir Bonner ins Wort.

Dann breitete er einen weiteren Stapel Papiere auf dem Tisch aus, auf dem „E-Mail-Verkehr Rufus Lottmann" stand. „Unsere Hacker haben auch seinen E-Mail-Zugang geknackt, das Losungswort war übrigens Magda69, hat etwas länger gedauert, aber sie haben es geschafft."

Ich konnte mir vorstellen, was er da in dem Stapel für Papiere hatte: Beschwerde-Mails, die Lottmann an SpeedyTrans gerichtet hat. Es mussten die gleichen sein, die uns Lucky gegeben hatte.

„Da sind wohl die dabei", sagte ich, und las ihm gleich eine vor: *„ihr habt wohl den beschissensten bescheuertsten abgewichstesten scheiß paketboten ausgerechnet zu mir geschickt könnt ihr den arsch nicht abziehen? der scheiß typ schafft es einfach nicht die scheiß pakete mal zu einer vernünftigen zeit zu liefern, und wenn man ihn dann mal darauf anspricht, dann ist der scheiß pole noch unfreundlich auch!"*

Und dann einige mit ungefähr gleichem Inhalt und richtig vielen „scheiß-irgendwas", Lottmann tobte sich richtig aus, wenn es gegen diesen Boten ging.

„Radek Lato ist sein Name", sagte Ali. „Ein ehemaliger Elitesoldat und Söldner, was ihn im Übrigen durchaus in die Lage versetzt hätte, Lottmann einen Genickbruch zuzufügen, die lernen dort solche Sachen in der

Ausbildung. Er hatte also möglicherweise ein Motiv, weil er mit Lottmann im Streit lag, und auf jeden Fall das Know-how, um einen solchen Mord zu begehen."

„Allerdings", erklärte ich, „schwebt er gerade selbst zwischen Himmel und Erde, weil er möglicherweise vergiftet wurde, und das macht die Sache ein wenig seltsam."

„Und zwar mit Krautrouladen vergiftet", ergänzte Ali angewidert.

„Ich mag Krautrouladen", sagte Bonner begeistert. „Wir reden hier von einer klassischen Speise aus der leider untergegangenen Monarchie. Wer das Glück hat, tschechische oder polnisch-stämmige Großmütter zu haben, der kommt in den Genuss bester Krautrouladen."

„Radek Lato ist tatsächlich Pole", sagte Ali. „Aber wir bezweifeln, dass ihm seine Mutter die Mahlzeit gekocht hat."

„Außer sie rauchte schmale Eves", fügte ich hinzu. „Im Führerhaus seines Sprinters fanden wir zwei Sektflöten aus Plastik und ein paar Dutzend gerauchte Zigaretten dieser Marke im Aschenbecher. Fragen Sie mich nicht, welchen, aber es schien einen Grund zum Feiern gegeben zu haben."

„Sektflöten in einem Paketboten-Sprinter, dazu Krautrouladen? Was für ein seltsamer Fall!" Bonner schüttelte den Kopf.

Ich sagte: „Was Lottmanns Ex uns auch noch erzählt hat: Dass ihre ehemals gemeinsame Putzfrau Magda nach der Trennung keinen Kontakt mehr zu ihr hatte, aber sehr wohl zu Lottmann. Und diese Magda ist auch Polin. Das erklärt noch nichts, aber es sind immerhin ein paar Ecken, um die herum man einen Zusammenhang herstellen könnte."

„Das wäre schön, wenn es in dieser gequirlten Scheiße einen Zusammenhang gäbe."

Bonner bat uns nun, Platz zu nehmen, dann sagte er: „Lottmann hatte nicht nur mit seinem Paketboten Probleme, sondern auch mit seinem Herrn Produzenten. Das geht jedenfalls aus den zahlreichen E-Mails hervor, die meine Leute gehackt haben. Ich habe das Gefühl, die machen mittlerweile den Hauptteil der Arbeit, gesegnet sei das digitale Zeitalter. Alle Idioten dieser Welt breiten nämlich ihr Leben offen in ihren beschissenen Computern aus, aber gut, mir soll es recht sein. Der Produzent heißt ... Moment ... Harry Senderoz und ist gebürtiger Schweizer. Harry Senderoz spricht man dann wohl Ary Sondero aus, klingt das französisch, Muhr?"

Sofort wollte ich irgendwo im Boden versinken.

Aber da sagte Ali schon begeistert: „Sag mal, Kitty! Hat nicht deine beste Freundin Susi einen Filmproduzentenfreund, der auch Ary heißt?"

Ich holte tief Luft, fixierte ihn mit dem bösen Blick und schnaubte wütend: „Sie ist nicht meine beste Freundin!" Aber das war gar nicht seine Frage gewesen. Ich schob also eine Erklärung hinterher, die noch schwächer klang als meine Antwort: „Außerdem ist Harry ein total verbreiteter Name unter Filmproduzenten, und Ary auch!" Bevor ich dann noch sagen konnte: „Und was geht es überhaupt jemanden an, was diese falsche Schlange für einen Freund hat?"

Warum stellte ich auch immer auf Lautsprecher, wenn ich mit ihr redete? Und warum ließ ich ausgerechnet denjenigen mithören, der von Frauengesprächen nicht das Geringste verstand!

Da starrte mich Bonner längst mit sehr ernster Miene und hochgezogenen Augenbrauen an, und nach einigem Zögern sagte er sogar etwas sehr Naheliegendes:

„Hör zu, Muhr. Wir müssen jede noch so kleine Chance nützen, um diesen Fall zu lösen. Also wenn das der gleiche Harry oder Ary ist, dann …"

Ich schrie: „Es ist aber nicht der gleiche Harry oder Ary!"

Keine Ahnung, wie ich zu so einer dreisten Lüge überhaupt fähig war.

Danach schwiegen wir alle ein paar Augenblicke, und dann fuhr Bonner fort: „Ich bin der Letzte, der weiß, mit wem deine beste Freundin zusammen ist, aber gut, mir auch scheißegal. Ihr müsst den Fall lösen, so oder so. In dieser E-Mail-Korrespondenz ging es jedenfalls hauptsächlich darum, dass Lottmann den Film mehr in Richtung Kunst gewickelt haben wollte und ihn der kommerzielle Erfolg seines ersten Filmes offenbar anödete. Der Typ muss also vollkommen bescheuert gewesen sein."

„Details?", fragte Ali.

„Es hakte wohl vor allem am Schluss des Filmes", erklärte Bonner. „Das ging die ganze Zeit so hin und her, ich zitiere:

‚Senderoz: *Wer schreibt eigentlich dieses Drehbuch, verdammte Scheiße noch mal. Wer erfindet so eine gequirlte Scheiße? Man hat den Eindruck, ein Kleinkind schreibt diesen Dreck! Also find endlich einen Schluss, bei dem ich nicht kotzen muss!*

Lottmann: *Dann schreib dir das Buch doch selbst, du Idiot! Es wird keinen Schluss geben, wo die Putzfrau von zu Hause abgeholt wird und im Ferrari Richtung Sonnenuntergang fährt! #noprettywoman!*

Senderoz: *Jetzt hör zu, Rufus, lass uns noch mal in ALLER RUHE und VERNÜNFTIG von vorn beginnen und ganz ruhig sein: Der Schluss, den du mir geschickt hast, INTERESSIERT KEIN SCHWEIN! NIEMAND SCHAUT SICH SO EINEN KRANKEN DRECK AN!'*

Und so weiter und so fort.

Und dann folgt noch eine seitenlange Abhandlung des Produzenten, in welcher er diesem Lottmann erklärt, wie lange er schon im Geschäft sei, wie erfolgreich er dabei sei, wie klar er wisse, was ein Erfolgsfilm ist, was das Publikum erwarte, und dass er, Lottmann, nach diesem Dreck *Im Keller* überhaupt froh sein müsse, dass er ihn noch hätte einen Film machen lassen, was wiederum dieser mit deutlichen Worten beantwortet, in der Art: ‚Leck mich am Arsch!'

‚Alte Drecksau!'

‚Schieb dir deine Kommerzfilme in den Arsch.'

Und in seiner letzten E-Mail, die wir hier finden konnten, droht Lottmann tatsächlich damit, das Projekt überhaupt sterben zu lassen und den ganzen Kram in den Mistkübel zu werfen, wie er wörtlich schrieb. Auf seinem Computer fand sich dann auch kein Drehbuch mehr."

Der Hilfeschrei, der über Lottmanns Schreibtisch hing („Ich brauche einen Schluss!"), kam wohl aus ehrlichem Herzen. Aber auch der Produzent schien ein paar Probleme zu haben, nicht zuletzt mit sich selbst, wenn er so einen Scheiß schreiben musste. Da hatten sich ein paar Prachtexemplare gefunden.

Das alles war zum Einschlafen, und doch interessierte uns nun

a) wie der Schluss von Teil 2 aussehen würde und

b) was es bedeutete, dass der Produzent fragt: *Wer schreibt eigentlich dieses Drehbuch*?

Beide, Ali und Bonner, schauten mich erwartungsvoll an, was mich ein wenig unruhig machte, also fragte ich: „Was ist?"

„Naja“, hörte ich von beiden praktisch gleichzeitig. „Deine Freundin kennt doch diesen ... Ary. Und der müsste doch dieses Drehbuch haben.“

Das Drehbuch, in dem vielleicht zu lesen stand, ob die Putzfrau mit dem Künstler in den Sonnenuntergang fuhr. Oder ob sie etwas ganz anderes mit ihm machte.

Ich schrie: „Sie ist aber nicht meine Freundin!“

27

Ich musste aufpassen, dass mir das alles nicht langsam zu viel wurde. Noch vor zwei Wochen wollte ich nichts anderes, als mit Susi in den Urlaub fahren. Wollte mich zuvor noch ein wenig in Form bringen und dann bald Sonne, Sand und Meer genießen, plus all das andere, worauf ich mich sogar noch mehr freute. Und jetzt drehte sich alles um Krautrouladen, umgeschriebene Drehbücher und den E-Mail-Verkehr zwischen einem Arsch, der sich junge Mädchen in die Wohnung holte, um sie für einen Film zu casten, und einem anderen Arsch, der meiner ehemals besten Freundin einredete, sie könnte in eben diesem Film eine Zwanzigjährige spielen. Und dann schwirrte mir ja noch dieser Blauäugige, von dem ich mittlerweile wenigstens den Namen kannte, im Kopf herum.

Da tat es beinahe gut, dass mich Ali, als wir wieder im Auto saßen, sehr sachlich und beinahe emotionslos in seine eigene kleine Welt hinein zog.

„Glaubst du wirklich, sie ist an mir interessiert?"

Ich verstand zunächst nicht ganz, wen er meinte, und fragte: „Wer?"

„Na die Lottmann-Witwe. Diese große, elegante, so unglaublich stilvolle Frau. Das ... wie sagt man: Klasseweib?"

Das traute er sich zu fragen, nachdem er mich gerade noch in große Verlegenheit gebracht hatte. Und jetzt tat er so, als wäre gar nichts gewesen. So einfach würde ich ihn aber nicht davonkommen lassen. Ich fragte also: „Meinst du diese Frage ernst?"

„Ja, warum?"

Sollte mir recht sein!

Ich hatte ihm diesen Floh ins Ohr gesetzt, damit er vielleicht ins Grübeln käme. Allerdings hatte ich das nicht wirklich ernst gemeint, sondern es mehr so dahin gesagt. Fand die Vorstellung einfach irgendwie lustig: Klasseweib hier, Ali da.

Aber die Saat schien wider Erwarten aufzugehen, also musste ich das zarte Pflänzchen „Unsicherheit" gleich noch ein bisschen gießen.

„Du bist ein süßer Typ, Ali", sagte ich mit sanfter Stimme. „Nicht mein Typ, wie du weißt, aber wirklich nett und gar nicht so unattraktiv, wenn du ..."

„Jaja, ich weiß", sagte er. „Wenn ich einen halben Meter größer wäre."

„Zwanzig Zentimeter, Ali! Dreißig wären der Hammer! Aber zwanzig wären schon voll okay."

Er grummelte: „Danke."

„Allerdings glaube ich nicht, dass die Witwe etwas für dich wäre."

„Warum nicht?"

„Na, weil du ein Türke bist, der Kurde ist. Und sie ist ..."

„Ich bin vor allem Mensch", sagte er. „Und sie auch. Und dann sind wir doch einfach alle Europäer."

„Du auch?"

„Na klar."

„Kein Kurde?"

„Doch, auch! Aber all das ist doch letztlich egal. Ich liebe die Vielfalt! Genauso, wie es am Ende egal ist, ob jemand Putzfrau ist oder reicher Künstler. Am Ende sind wir doch alle gleich."

„Meinst du?"

„Ja."

Er war also tatsächlich auf dem Weg zurück in unser Leben. Freiheit, Gleichheit, Brüderlichkeit! So gefiel er mir.

„Also Ali, hör zu. Ich kann echt nicht glauben, dass du ihre Signale nicht wahrgenommen hast. Sie hat richtig heiße Vibes in deine Richtung ausgesendet, hast du denn nichts gespürt?“

Jetzt saß er sogar noch breitbeiniger neben mir im Wagen als zuvor, als er mir sagte, dass man ihm eine Cousine zur Hochzeit angeboten hätte, er wirkte noch entspannter und noch lässiger. Sein Hemd hatte er nun beinahe so tief geknöpft wie dieser Sorger. Klar, wenn man bei so einer Granate punkten könnte, dann war das schon ein anderer Schub fürs Selbstvertrauen, als wenn man eine anatolische Cousine heiraten sollte, von der man nicht einmal wusste, ob man sie liebte. Das gab ihm richtig Auftrieb. Jetzt fehlte nur noch, dass er die Scheibe herunterkurbelte, den Arm aus dem Fenster hängen ließ, mich um eine Zigarette bat und sich in Brad Pitt verwandelte.

„Doch, doch, ich hab’s irgendwie natürlich gespürt“, sagte er schließlich. „Da kam richtig was rüber.“

„Und zwar richtig was!“, betonte ich. „Ich meine, du könntest echt eine andere haben als deine vierzehnjährige Cousine, die dich dann zum Ziegenmelken schickt … Du könntest Klassefrauen unseres Kulturkreises haben. Und die wären echt froh über so einen wie dich.“

„Sie ist nicht vierzehn, Kitty“, sagte er schwach. „Sie ist sechzehn!“

„Macht das einen Unterschied?“

„Ich weiß nicht.“

„Einen Unterschied zwischen dieser Cousine und dieser Lottmann-Witwe kann ich dir aber verraten: Diese Witwe wüsste etwas mit dir anzufangen, die hat richtig Erfahrung, die weiß, wie es geht.“

„Wie meinst du das?“

„Ich will jetzt nicht ins Detail gehen, aber hast du diese unglaublichen Hände gesehen? Weißt du, was man mit solchen Händen alles machen kann? Und ihre Lippen? Da war kein Bart ...“

„Ich glaube ehrlich gesagt nicht, dass Ayşe einen Bart hat.“

„Sie ist erst vierzehn, der kann noch kommen. Ich will dir nichts einreden, Ali, es ist wie gesagt deine Entscheidung. Aber hast du schon mal daran gedacht, deine Familie abzustreifen und auf eigenen Beinen zu stehen?“

„Wie?“

„Mit dem Immobilienteil in der Zeitung zum Beispiel.“

Der Wohnungsmarkt sah allerdings düster aus, selbst für jemanden, der so wie Ali keine Ansprüche stellte und Ausgaben hatte und schon gar keine teure oder eventuell sogar fordernde Freundin. Und der nicht rauchte, nicht trank, und, soweit ich das überblicken konnte, sogar ziemlich wenig aß. So einer müsste eigentlich ein schönes Sümmchen auf der Seite haben, um sich eine Wohnung leisten zu können, was ihn nicht uninteressant machen würde für gewisse Frauen im Umkreis des Sozialamtes, wenn auch vieles andere an ihm gegen ihn sprach. Konnte aber natürlich auch sein, dass er alles Gesparte an seine Mutti überweisen musste, damit die für die anderen Couchlieger im Verbund kochen konnte und sie alle etwas zu futtern hatten, wenn sie vor der geblümten Tapete herumsaßen und Türkspört schauten, oder halt Kürdspört. Jedenfalls irgendeinen verdammten Spört!

„Was ist, wenn deine Cousine irgendwann doch nach Wien kommen möchte und dann auch noch zu euch zieht. Wie viele Kinder will sie haben? Zwölf? Und wie viele Quadratmeter hast du? Vierzig?“

„Ich will ehrlich sein, Kitty. Ich weiß nicht, wie viele Quadratmeter wir haben werden. Und was Ayşe angeht: Ich kenne sie gar nicht.“

Nun drehte ich beinahe durch: „Ist das dein Ernst? Verdammt, steig sofort aus!"

Ich sagte es so laut, dass er tatsächlich wieder aussteigen wollte. Es schien mir aber die Gelegenheit zu sein, ihm eine andere Lektion in seinem Leben zu erteilen, die vielleicht noch wichtiger war: „Scheiße, Ali! Du sollst doch nicht immer machen, was eine Frau dir sagt!"

„Nein?"

„Nein! Wir hassen das! Wir tun nur so, als würden wir das wollen, aber im tiefsten Herzen hassen wir es! Also fang mal an dich zu wehren, wenn dich eine Frau herumkommandiert, sie steht darauf!"

Er blieb also sitzen, und ich tat dann noch betroffener, als ich war: „Das ist doch wie die Katze im Sack kaufen, wenn du sie nicht einmal kennst. Nur dass du bei einer Katze im Sack weißt, dass es eine Katze sein wird, wenn du sie rausholst, bei deiner Cousine aber überhaupt nicht weißt, was da herauskommt, bevor du den Sack runter nimmst. Ich meine: Habe ich schon das Wort ‚Damenbart' erwähnt?"

Er sagte: „Ja, das hast du."

„Und wie gefällt dir diese Vorstellung?"

„Ich weiß auch nicht, Kitty. Ich bin plötzlich so unsicher."

Nun musste ich ihm nur noch einen richtig harten Schlag verpassen: „Hast du schon einmal was von Nuru-Massage gehört? So wie diese Witwe aussah, würde ich alles darauf wetten, dass sie Expertin für Nuru-Massage ist."

Er fragte: „Nuru-Massage?"

„Ja, Nuru-Massage. Nie gehört? Dann schau mal im Internet nach! Verdammt, die war doch schon richtig feucht, die dachte an nichts anderes mehr, als dir eine Nuru-Massage zu verpassen, sie hatte doch schon dieses Funkeln in den Augen und konnte es gar nicht mehr erwarten, dich zu massieren!"

Konnte natürlich sein, dass ich damit ein wenig übertrieb. Konnte sogar sein, dass diese Witwe in ihm nur das sah, was auch ich in ihm sah: Keinen Mann! Aber zumindest hatte ich ihn langsam wieder dort, wo ich ihn haben wollte: Zurück in unserem guten, schönen, westlichen Leben. Ich bot ihm nun sogar eine Zigarette an und schnurrte dabei wie ein Kätzchen, zog so gierig an meiner eigenen, dass er einfach auch eine haben musste. Er nahm sie und ich zündete sie ihm an, er zog daran und hustete, aber egal! Wichtig war, was er jetzt sagte: „Du machst mich wirklich ganz unsicher."

Genau das war meine Absicht, obwohl ich ihm exakt das Gegenteil sagte: „Das ist wirklich nicht meine Absicht, Ali. Und außerdem: Wenn du unbedingt die Damenbärtige haben willst, dann bring ich dich sogar persönlich hinunter nach Kurdistan und gebe die Trauzeugin, es ist schließlich jeder seines eigenen Glückes Schmied."

Aber Ali wollte irgendwie nicht mehr nach Kurdistan, und schon gar nicht wollte er mich als Trauzeugin. Er dachte wohl daran, dass die Cousins auch dort wären, und das mit den Habibis und mir, das hatte sich ja nicht gut angelassen. Tendenziell wollte er lieber raus aus dieser Kiste und hinein in die Kiste dieser Witwe. Aber die Cousins, sagte er nun, hätten „die Sache schon klargemacht". Und morgen früh würden sie noch einmal zu ihm ins Büro kommen und ihm endlich ein Foto von der Cousine zeigen. So weit war man auch bei denen schon, dass ein Bräutigam die Braut zu sehen kriegte, nachdem er zugesagt hatte, sie zu heiraten.

Ich sagte: „Soll ich auch rechtzeitig im Büro sein?"

Er wiederholte sich: „Ich weiß nicht. Ich bin irgendwie so unsicher."

In Wahrheit aber wusste er die Antwort natürlich doch, und während der weiteren Fahrt sah er sich schon als verantwortungsvollen Ernährer einer gemischtkulturellen Familie – er Zwergwüchsiger aus dem Orient, sie Rasseweib aus dem Westen, Granate im Bett. Zwei Kinder hatte sie schon im Haushalt, fünf weitere würde sie von ihm noch bekommen. Und anschließend nur noch Spaß im Bett inklusive dieser Massage, über die er sich jetzt gleich im Internet schlau machen würde.

Und ich sagte nichts mehr, das ihn aus diesem Traum herausreißen könnte. Warum auch? Wenn ich ehrlich war, dann hatte ich mich an Ali gewöhnt, und ich wollte nicht, dass er wegging von hier und dort, wo seine Cousine war, morgens mit irgendwelchen Weinblättern oder Fleischbällchen oder mit süßem Honig im Tupper-Geschirr auf das Feld latschte und mich dann alle zwei Monate anrief und mir erzählte, wie glücklich er sei. Das Süßholzraspeln würde ich einfach nicht ertragen, und schon gar nicht die Fotos von den kleinen Kindern, die er ohne Zweifel auf dieses scheiß Facebook stellen würde, weil es dieses scheiß Facebook mittlerweile sogar schon in Kurdistan gab.

Sollte er doch stattdessen weiter von der Witwe träumen. Es würde nichts werden mit ihr, das war klar, aber an seine Cousine, die er nicht einmal kannte, wäre er auch völlig verschenkt. Er brauchte irgendetwas dazwischen: gehobene Unterschicht, Verkäuferin im Supermarkt oder etwas in der Art.

Oder halt eine, die bei der Polizei arbeitet, falls es mit mir und diesem Marvin nicht klappen sollte!

Lieber jedenfalls den Ali als einen Ich-trage-meine-Hemden-offen-bis-zum-Bauchnabel-Typen wie Sorger, mit dem ich mich nicht einmal abgeben würde, wenn er der Letzte auf einer einsamen Insel wäre, mit der Landesfarbe Rosa im Wappen.

Den trafen wir dann im Büro seines Fleischnotdienstes, wo er, gebeugt und gequält, auf einem Stuhl saß und nicht recht wusste, ob er sich nach links oder nach rechts drehen sollte oder sich am besten überhaupt gleich hinlegen. Solche Schmerzen hatte er im Kreuz, dass Selbstmord vielleicht die beste Lösung für ihn gewesen wäre, jedenfalls eine bessere als unbeirrt weiterzumachen wie bisher. Manchmal war der Gedanke durchaus sympathisch, dass jemand gegen Ende seines Lebens für seine Taten bezahlen musste.

Es war noch ein bisschen heißer geworden, und er trug sein Hemd vielleicht deswegen noch tiefer geknöpft. Noch tiefer? Ja, noch tiefer! Der üppige Bauchpelz mischte sich bereits mit den ersten Ausläufern seiner üppigen Schambehaarung. Das störte ihn aber gar nicht, im Gegenteil. Er fand sich immer noch ganz reizend in seinem Aufzug. Und dass er nun noch stärker schwitzte, das störte ihn auch nicht, er bekämpfte den Eigengeruch einfach mit noch mehr Zuhälterdiesel. Das war schon eher Schädlingsbekämpfung, was er da betrieb, und nicht so sehr Hygiene.

Das ekelhafte Zeug brachte uns dann auch ohne Umschweife zum Grund unseres Erscheinens, nach dem er uns gefragte hatte: „Es geht um Ihr Parfüm!“, sagte ich. „Diesen sogenannten Männerduft.“

„Ist geil“, meinte er. „Nicht wahr?“

Dabei lächelte er souverän, sogar ein wenig angeberisch. Ganz so, als wäre er der Fotograf bei einem Modeshooting und ich das dumme Model, das ihm gleich einen blasen würde. „Das ist *Sauvage taureau*“, erklärte er stolz. „Heißt so viel wie *Wilder Stier*.“

„An wilder Stier hätte ich jetzt gar nicht gedacht, wenn ich Sie so ansehe“, sagte ich. „Eher an *Patient de Schmerz*.“

Ich zeigte dem Möchtegernstier die mitgebrachte Anzeige wegen Vergewaltigung, welche Ramona dann doch noch gegen ihn eingebracht hatte, und hätte darauf gewettert, dass er nun gleich noch verkrampfter aussehen und sich vielleicht ans Herz fassen und in Schnappatmung verfallen würde.

Aber er blieb cool und schenkte sich sogar einen Whisky ein. „Was soll der Scheiß? Ist sie verrückt geworden?“

Ich sagte: „Mein Kollege hier wollte eigentlich an einem Familienessen teilnehmen, wo es um seine geplante Hochzeit gehen soll, die nun aber eher nicht stattfinden wird. Jedenfalls: Ich musste ins Kino! Also hat letztlich er diese Ramona alleine besucht, und wie es aussieht, hat er Ihnen damit keinen Gefallen getan, denn auch er spart ja nicht mit Duft, wie Sie vielleicht schon bemerkt haben.“

Mit zusammengekniffenen Augen starrten sich die beiden Duftbolzen an wie zwei Stiere, die gleich untereinander ausmachen würden, wer auffälliger roch.

„Und genau dieser Duft an ihm rief in Ramona eine unerfreuliche Erinnerung wach, oder keine Ahnung, wie man genau dazu sagen soll. Sie erinnerte sich jedenfalls wieder, dass ihre Haut nach Ihrem Parfum roch, als sie in Lottmanns Zimmer aufgewacht ist, am Morgen des 25. Juni. Nachdem sie dort vermutlich gefügig gemacht und vergewaltigt worden ist.“

„Ja und?“, fragte er.

„Wir haben auch das Laken aus Lottmanns Bett im Labor, darauf sind einige Spermaspuren unterschiedlichster Qualität und Zugehörigkeit, alle sehr, sehr unappetitlich. Was meinen Sie, was der Richter sagen wird, wenn davon eine von Ihnen stammt? Oder vielleicht sogar alle, nachdem Lottmann ja angeblich massive Probleme mit seiner Manneskraft hatte?“

„Und dann dachten Sie vielleicht: Gar nicht schlecht, wenn der tot ist, dann fällt er als Zeuge weg“, sagte Ali.

Sorger überlegte nicht lange, sondern lachte nur über uns und sagte: „Ich war dort, ja. Aber ich habe sie nicht angerührt, da werden Sie nichts von mir finden, das können Sie vergessen.“

Er verkrampfte nicht, wie das andere tun, wenn sie lügen. Erst, als ihm der Schmerz wieder in den Arsch fuhr, hielt er sich die Hand erneut an den Rücken. Er bat mich nun sogar, ihm sein Herrenhandtäschchen zu reichen, aus dem er eine Medikamentenschachtel herausnahm. Aus der brach er gleich zwei von den Schmerzblockern heraus und spülte sie mit Wasser, das in einem Glas herumstand, hinunter, dann kippte er einen Whisky hinterher und dann noch einen.

Dabei seufzte er tief, und anschließend zündete er sich umständlich eine Zigarette an. Es war schon fast unwürdig, ihn so zu sehen, und es wurde noch unwürdiger, als er seinen Zustand selbst beschrieb: „Alt werden ist nichts für Feiglinge, sagte meine Mutter immer. Man sieht sich um, und all die Mädchen, die da herumlaufen, sind plötzlich unerreichbar.“

Und dann folgte eine Art Selbsterkenntnis, die ich ihm nicht zugetraut hätte: „Es ist einfach lächerlich, wenn einer wie ich eine Zweiundzwanzigjährige haben will, oder eine Zwanzigjährige, oder eine Ramona!

Da gibt es dann nur noch zwei gute Argumente, um der Natur ein Schnippchen zu schlagen…"

„Ich kenne sie!", rief Ali.

„Dann weiß ja sogar der, wovon ich rede", sagte Sorger, während er mich anschaute.

„Ich hab's ihm verraten", sagte ich.

„Wobei Macht das noch stärkere Mittel ist als Geld", sagte er. „Ich finde ja, Geld ist die ehrlichere Art, um eine junge Frau für sich zu gewinnen, schließlich brauchen sie Geld, daran ist nichts falsch. Aber so wie Lottmann das gemacht hat, das fand sogar ich widerlich."

Und abermals schien seine Abscheu eine ehrliche zu sein, und seine Verzweiflung über das eigene Altern auch.

Ich sagte: „Meinen Sie die Fotos von seinem Gehänge, die er gerne verschickte?"

„Ich glaube allerdings nicht, dass sein Gehänge irgendeine Frau interessierte. Er musste schon erwähnen, dass er sie groß rausbringen würde, wenn …! Das war seine Masche, dass er sie groß rausbringen würde! Er tat immer so, als könne er aus einer einfachen Kellnerin oder Studentin eine Schauspielerin machen. Na, mir war es scheißegal. Das Problem war dann nur, dass er sich verliebt hat …"

Und nun beschrieb er Lottmann als besessen von Ramona, seit er sie zum ersten Mal in seinem Lokal gesehen hatte. Er bestellte Essen fortan nur noch bei ihr, was ja auch aus der Liste seiner Bestellungen hervorging. Und irgendwann bestand er dann eben darauf, dass sie ihm das Essen auch bringen müsse.

„Klingt nach Platinum-Card-Service, wenn sie in ihren Hotpants zu ihm ging", sagte ich.

„Ich habe Ramona gebeten, es zu tun", bestätigte Sorger. „Ich musste diesen Arsch ja irgendwie bei

Laune halten. ‚Nach dem zweiten Teil kriegst du dein Geld!', hat er immer wieder zu mir gesagt, ich hatte ihm schließlich welches geborgt. Aber das alles war dann keine gute Idee. Die Hotpants machten ihn verrückt. Er bot ihr sogar Geld, hat er mir gesagt, aber er kriegte sie trotzdem nicht rum, so sehr er sich auch bemühte. Ramona ist ein anständiges Mädchen, sehr anständig."

Sorger machte eine Pause, während derer er noch zwei Tabletten schluckte und ein wenig Whisky, und dann zündete er sich noch eine Zigarette an, und ich mir auch.

„Aber dann", sagte er, „An diesem Abend, keine Ahnung, was er mit ihr anstellte..."

„Vermutlich hat er sie mit K.o.-Tropfen gefügig gemacht", sagte Ali.

„Jedenfalls verlor er die Nerven, als sie nicht mehr aufwachte. Da rief der Idiot mich an."

„Wie spät war es?", fragte Ali."

„Halb zwei Uhr früh oder so, verdammt! Sie war von ihm nicht mehr zurückgekommen, und ich wusste, dass da etwas lief, aber ich wusste nicht, was. Also ging ich zu ihm, und da sah ich die beiden im Bett, nackt, es war widerlich! Er selbst war zu besoffen oder zu vollgepumpt mit Drogen, als dass er sie wieder hätte wach kriegen können. Ich sollte es tun und sie dann hinausbringen, bevor diese verrückte Alte kam, vor der er sich so sehr fürchtete. Aber als ich sie dann hochheben wollte ..." Er fasste sich an den Rücken, „da verschob sich bei mir hier hinten alles, und plötzlich lag ich auf Ramona drauf. Und dieser zugedröhnte Idiot neben mir war eingeschlafen. So lagen wir dann da, bis diese verrückte Polin kam, vor der er Ramona unbedingt geheim halten wollte. Und das machte dann alles noch komplizierter."

„Die verrückte Polin?“, fragte ich. „Wie sah sie aus?“

Ich hatte schon so eine Ahnung, wie er sie beschreiben würde. Und tatsächlich entglitt ihm sein Blick, kaum dass ich ihn das gefragte hatte, und plötzlich schaute er in die Ferne: „Sie sah aus wie ein Filmstar, elegant und gut angezogen. Eine stolze Lady in zu enger Schürze, die Brust weit vorgereckt ...“

„... den Mund übertrieben geschminkt und die Haare auftoupiert, ja, ich weiß“, sagte ich. Das waren schon wieder die gleichen Worte. Schließlich fragte ich ihn: „Geht’s noch? Sie reden von dieser Frau, als wäre sie eine Erscheinung gewesen.“

„Eine Erscheinung?“, wiederholte er, als er sich wieder halbwegs im Griff hatte. „Nein, nein, sie ist eine verdammte Putzfrau! Und eine verdammte Polin! Und das dämmerte auch Sorger langsam, nachdem sein Scheißfilm so erfolgreich gewesen war. Da gab es nämlich plötzlich Empfänge und Partys, und da wollte er mit jungem Spitzenfleisch auftauchen und nicht mit einer Polin! Andererseits war sie halt die Einzige, die ihm, wie er immer sagte, *Stabilität* gab! Das war sein ... wie sagt man? Zwiespalt?“

„Wie ging es weiter?“

„Sie tauchte also auf und fing an aufzuräumen, neben uns! Dabei zündete sie sich ruhig eine Zigarette an, sie rauchte diese schmalen, es sah sehr elegant aus. Sie können sich vorstellen, wie peinlich das alles war: Lottmann nackt, Ramona nackt und ich auf Ramona drauf. Aber ich muss sagen, sie hat das zumindest für mich sehr umsichtig gelöst, wie eine ... naja ...“

„Putzfrau?“

„Nein, wie eine Lady! Sie hat mir geholfen aufzustehen und mich dann zum Lift gebracht, und dann hat sie auch noch ein Taxi für mich organisiert, ich musste ja ins Krankenhaus und nicht hier herüber. Und Ramona hat sie dann vermutlich auch irgendwie wach gekriegt und rausgeworfen, vielleicht nicht so umsichtig wie mich. Und Lottmann wird sie anschließend den Marsch geblasen haben, sie dachte ja wohl, der gehörte nun ihr und sie hätte eine Chance bei ihm, weil sie ihm ja angeblich diese Geschichte erzählt hat von der Putzfrau und dem reichen Künstler. Angeblich war das von A bis Z ihre Geschichte, und das glaube ich sofort. Oder denken Sie, diesem Idioten wäre so etwas eingefallen? Ich meine, haben Sie *Im Keller* gesehen? Streamen Sie?“

Ich antwortete: „Er schon, ich nicht.“

„Die Alte ging ihm zwischenzeitlich schwer auf den Senkel!“, erzählte er weiter. „Wenn er mal wieder hier speiste auf meine Rechnung, und sich mit sechs oder acht Bieren den Frust über sein ach so anstrengendes Künstlerlebens hinunterspülte, dann zog er über sie her. Ich kannte sie also vom Hörensagen. Aber nach diesem Morgen wusste ich endlich, wen er genau mit der ‚polnischen Fotze!‘ meinte.“

Ich fragte: „Haben Sie sie in dieser Nacht zum ersten Mal gesehen?“

„Ja. Aber einen Tag später kam diese Verrückte hierher, in meinem Laden. Sie setzte sich in den Gastgarten, und dann wartete sie den ganzen Vormittag lang, ohne etwas zu bestellen. Ich hatte schon Angst, dass sie auf mich wartete und eine Szene machen würde, das war irgendwie echt unangenehm. Aber dann ...“

„Dann was?“

„Dann fuhr ein Paketbote vor, kam auf eine unserer Kellnerinnen zu und meinte, er hätte ein Paket für uns. Aber plötzlich ging die Polin ganz langsam auf ihn zu und sagte, das Paket wäre für sie. Und was weiß ich, die beiden schienen sich irgendwie zu kennen – und irgendwie auch nicht. Aber plötzlich schauten sie sich an, als wären sie verliebt, zwei Minuten standen sie so da, mitten im Lokal, es war wie im Film, und ich rede jetzt von diesen alten Schwarz-Weiß-Filmen ...“

„Wo es noch richtig knisterte, wenn sich zwei anschauten, meinen sie die?“

„Ja, genau die. Es war, als hätte sie das Paket nur bestellt, um ihn zu treffen.“

Und vielleicht hatte sie das ja auch getan?

„Was passierte dann?“, fragte Ali.

„Dann verschwanden sie. Und zwar, nachdem sie ihn an der Hand genommen hatte und nicht er sie. Also kein Schwarz-Weiß-Film mehr, sondern diese neue Zeiten, in denen die Weiber alles im Griff haben ...“

„... und solche wie Sie keine Chance mehr bei diesen Weibern haben, außer mit ein bisschen Trinkgeld. Wie ging's weiter?“

„Sie stieg mit ihm in seinen Transporter, und dann waren sie weg, fuhren hinein in die aufgehende Sonne. Nicht ganz *Pretty Woman*, aber fast.“

„War der Kerl von SpeedyTrans?“

„Grün-Gelbe Uniform.“

Plötzlich konnte ich mir vorstellen, dass diese Magda nicht nur gut aufräumen, sondern auch leckere Krautrouladen machen konnte.

Klang jedenfalls alles ziemlich glaubwürdig, was der Spinner da erzählte. Und wenn man von ihm tatsächlich kein Zeug auf Lottmanns Betttuch fand, dann wäre er ohnehin aus dem Schneider, was die Vergewaltigung anging. Bliebe dann nur die Frage, von wem Ramona ihre Schmerzen im Intimbereich gehabt hatte, und was da noch für Spuren auf dem Betttuch waren.

Ali wollte schon gehen, und ich eigentlich auch, weil es hier wirklich furchtbar stank nach dem Wilden Stier. Aber da interessierte mich noch Folgendes, es war mehr privat: „Hat Lottmann mal einen Harry erwähnt oder einen Ary, der bei ihm war?“

Sorger lachte sofort dreckig, und wenn er dreckig lachte, dann hob und senkte sich seine Wampe zwischen den Stoffbahnen seines pinken Hemds, bis er wegen der Schmerzen im Rücken das Lachen krampfhaft unterdrücken musste.

„Harry das Tier!“, sagte er mit einigem Respekt, und es war schließlich Ali, der unbedingt wissen wollte, was er damit meinte.

„Naja, du lieber Himmel! Das Tier halt. Harry ist anders gebaut als wir alle, Harry ist ... das Tier.“

Ali verstand noch immer nicht, was Harry, das Tier, von ihm unterschied, oder einen afrikanischen Schauspieler von einem einheimischen.

Ich half ihm mit einem Vergleich: „Du bist auch ein Tier, Ali, aber mehr so eine Biene. Dieser Harry aber scheint mehr so ein Elefant zu sein.“

„Ich eine Biene?“

„Ja. Mit Stachel.“

„Und er ein Elefant?“

„Ja. Mit Rüssel.“

„Sagen wir: Ein großer Elefant mit großem Rüssel“, ergänzte Sorger. „Er ist Linksträger, das konnte man deutlich sehen. Das Ding baumelte wie ein Schiffstau in seiner Leinenhose, ich weiß nicht, wie er das beim Scheißen macht ... naja. Er ist immer weiß gekleidet und geht nie ohne Stecktuch außer Haus, aber Sie müssen sich vorstellen: Die jungen Mädchen. Na klar sind die aufgeschlossen und neugierig, aber was zu viel ist, das ist zu viel. Seine Ausstattung – *too much!*

Der kriegte nur noch die über Vierzigjährigen, wenn sie keine Asiatinnen waren. Und wenn sie so blöd waren und ihm glaubten, dass er sie als zwanzigjährige Tochter von irgendeiner Putzfrau besetzen könnte. Die letzte, die seinen Mordsschwegel geblasen hat, war mit einem Pferdebiss ausgestattet, wie er uns erzählte, und ich weiß nicht – fünfzig Jahre alt? Sechzig? Die hat ihm echt geglaubt, dass sie noch eine Zwanzigjährige spielen kann, wenn sie ... naja, ihm einen bläst! Das war schon echt zum Lachen."

Es störte mich nicht, dass er abfällig über dieses Arschloch Harry redete. Aber er redete auch abfällig über meine ehemals beste Freundin Susi! Und wie er das tat, das ging mir nun doch entschieden gegen den Strich. Es war nämlich ein Unterschied, ob *ich* schlecht über Susi redete oder ein Arsch mit Ohren wie der da. Da konnte ich nicht einfach gehen, ohne Folgendes zu besprechen: „Darf ich noch kurz auf das zurückkommen, was Ihnen mein Kollege vor ein paar Tagen in Ihrem Wurstladen über mich gesagt hat?"

„Ist kein Wurstladen!", entgegnete er. „Und was der Kameltreiber über Sie gesagt hat, das weiß ich jetzt leider wirklich nicht mehr, sorry."

„Der Kameltreiber, wie Sie ihn nennen, hat, glaube ich, gesagt, dass ich Judo kann."

Er lachte. „Ah ja, genau. Judo, nicht Yoga, das war sein Spruch, nicht wahr? Und?"

„Naja. Er wollte es sicher nicht nur gesagt haben."

Ich suchte irgendetwas an seinem Hemd, wo ich meinen Griff anbringen konnte: Am weißen Kragen oder an den weißen Manschetten. Aber das alles würde reißen, sobald ich fest daran zog. Ich hätte ihn auch am Gürtel seiner weißen Hose packen können, auch wenn es schwer gewesen wäre, unter der überhängenden Wampe überhaupt dorthin zu gelangen. Irgendwie hätte ich es wohl geschafft, den rückenleidenden Fleischberg aufs Kreuz zu legen, aber es hätte mich wirklich verdammt viel Anstrengung gekostet.

Also ließ ich ihn da sitzen, mit seinem kaputten Rücken und den Plagen des Alterns, die ihn in vollem Umfang erfasst hatten. Machte für dieses eine Mal eine auf Amnesty-International-Taschenträgerin, tat es meinem Ali gleich, der ein Freund der Menschenrechte und des Eierkuchens war. Denn alles in Allem war er mit sich selbst genug bestraft, und wer weiß: Vielleicht hätte ich ihm mit einem Schulterwurf sogar die Bandscheiben wieder eingerenkt.

Das war wirklich das Letzte, was ich wollte.

29

Oh nein, oh bitte, bitte nicht!

Auf keinen Fall wollte ich mir schon wieder Susi und ihr „Ich bin ja so verliebt!“ anhören, ihr „Ary und ich treiben es wie zwei Sechzehnjährige!“ Nicht nach all den Informationen, die ich mittlerweile über diesen Harry gesammelt hatte. Außerdem musste ich mit Ali noch dringend meine Theorie besprechen: Dass diese Magda diesen Paketboten nämlich absichtlich dorthin bestellt hatte, um mit ihm Kontakt aufzunehmen.

„Glaubst du wirklich?“

„Pass auf: Sie wird ihn flüchtig gekannt haben von den Zustellungen bei Lottmann, aber sie konnte nicht mit ihm reden, weil er keine Zeit hatte oder Lottmann dort war. Was würdest du dann machen?“

„Ein Paket woanders hinbestellen, wo ich dann auf ihn warte und in Ruhe mit ihm sprechen kann?“

„Nein?“

„Vielleicht“, meinte Ali.

„Siehst du! Wie romantisch!“

„Seit wann bist du romantisch?“

„Ich weiß es auch nicht.“

„Aber wozu hätte sie das machen sollen?“, fragte er.

„Wozu? Wozu? Wozu?“

Ich wusste es auch nicht.

Susi hörte einfach nicht auf, mich anzurufen, und so ging ich schließlich doch ran. Und als ich endlich abhob, hörte ich nichts außer ihr Weinen und Schluchzen. Und da ohnehin klar war, wohin ich kommen sollte, um sie zu trösten und mir ihr Gejammere anzuhören, setzte ich mich sofort in den Benz und fuhr einfach zur Bingobongobar. Auf dem Weg dorthin hörte ich mir weiter ihr Weinen und ihr Schluchzen an.

Als ich sie dann endlich sah, auf ihrem Barhocker neben meinem sitzend, gleich neben dem Herrenklo, drückte ich sie weg. Dann stellte mich vor das heulende Elend, dem ich jetzt das gewisse Kitty-bringt-dich-schon-wieder-auf-Vordermann-egal-wie-schwer-deine-Probleme-auch-sind-Gefühl einimpfen musste, sagte aber zunächst nur kühl: „Sieht ganz so aus, als würdest du jetzt doch wieder mit mir in den Urlaub fahren wollen!"

Und sie hörte nicht auf zu weinen und zu schluchzen.

Also winkte ich Johnny zu und bestellte für mich eine Pipeline und für Susi eine Mai Thai Chi Chi, und so nebenbei sagte ich ihm auch, wer den Tarzan gespielt hatte, als der noch in Schwarz-Weiß lief. Wie erwartet kam von ihm: „Was, im Ernst? Der hieß auch Johnny?"

Und ich sagte: „Dachtest du vielleicht, du bist der einzige Johnny auf der Welt?"

Dann wartete ich darauf, dass Susi mir endlich brühwarm auftischen würde, wie, wann und warum genau Harry mit ihr Schluss gemacht hatte. Aber sie kriegte nur ein enttäuschtes „Ich weiß einfach nicht, was los ist!" heraus.

„Dann nenn mir mal die Eckdaten, und ich sag es dir!"

„Na gut. Also das Filmprojekt hat sich zerschlagen!"

Ich tat kurz dümmer, als ich war: „Warum?"

„Weil der Regisseur tot ist!"

„Tja", sagte ich, während ich die Pipeline zu mir herüberzog. „Wärst du nicht so abgehoben und arrogant gewesen in den letzten Tagen, und hättest du nicht den Kopf in den Wolken gehabt mit deinem Harry hin und Ary her, dann hätte ich dir das schon früher mitteilen können. Das ist nämlich mein Fall."

„Was, im Ernst?"

„Na klar. Ich bin doch spezialisiert auf Fälle mit öffentlichem Interesse, wie du vielleicht weißt. Und ob du es glaubst oder nicht, dieser Affe Lottmann ist ein solcher. Aber jetzt sag mir, warum du eigentlich immer Ary zu dem gesagt hast, wo er doch Harry heißt?"

„Na hör mal, er ist doch Schweizfranzose! Da sagt man nun mal Ary zu Harry!"

„Je suis", murmelte ich säuerlich. „Aber man sagt es mit Akzent, und nicht so undeutlich wie du ohne!"

Schließlich schaute sie so traurig aus der Wäsche, dass ich sie einfach trösten musste. Was hat es schon für einen Sinn, auf die ehemals beste Freundin einzutreten, wenn sie gerade noch Träume hatte? War es nicht besser, aus ihr wieder eine richtige beste Freundin zu machen?

Also sagte ich: „Jetzt hör mal zu, Susi, ich bin mir beinahe sicher, dass du die Rolle gekriegt hättest! Ich darf dir das ja eigentlich alles nicht verraten, weil solche Mordermittlungen natürlich streng geheim sind, aber wir haben Zugang zum E-Mail-Account des Regisseurs, und der hat ja die ganze Zeit mit deinem Harry geschrieben. Sie stritten sich über den Schluss des Films, und sie stritten sich über die Rolle der Tochter von dieser Putzfrau."

Sie schaute mich skeptisch an: „Ach ja?"

„Ja! Und Harry hat immer wieder geschrieben, dass er bereits jemanden für diese Rolle hätte, deren ..." Nun schaute ich mir Susi sehr genau an: „... deren wundervolles, kastanienbraunes Haar ..." Und schaute sie mir noch genauer an: „... und deren elfenhafter Körper ..."

„Was noch?", fragte sie.

„... und deren wunderbare Rückansicht ..."

„Was noch?"

„... und deren richtig geile Titten für die Rolle perfekt gewesen wären. Und jetzt sag mir, wen er hätte sonst meinen können, wenn nicht dich?"

„Meinen Pferdebiss hat er nicht erwähnt?", fragte sie überraschend gefasst, den hatte sie bisher nämlich selbst noch nie erwähnt. Bisher tat sie ja immer so, als hätte sie Zähne wie Demi Moore, und das machte das Leben mit ihr nicht immer einfach. Ich sagte: „Pferdebiss? Sagtest du gerade ... Pferdebiss? Aber ... Susi! Du hast doch keinen ... wie nennst du das? Pferdebiss?"

„Ich nenne ihn so, wie ihn alle nennen."

Entrüstet sagte ich: „Aber ich nicht!"

Sie reagierte nicht einmal auf diese Lüge, sondern nahm jetzt einfach ihr Drehbuch aus der Tasche und sagte: „Es ist nett von dir, dass du mich trösten willst, Kitty, beste Freundinnen machen das. Aber weißt du was? Es gab in der ganzen Fortsetzung gar keine Tochter von einer Putzfrau."

Ich hatte insgeheim mit so etwas gerechnet, sagte nun aber hörbar entsetzt: „Was? Das kann doch nicht wahr sein!"

„Der hat das alles erfunden, damit er, naja, du weißt schon, junge Frauen ins Bett kriegt. Er ist ja, wie ich dir schon mal sagte, ein Animal fascinosum, ein Tier von beeindruckender Größe."

Ich ließ mal die Sache mit dem Tier beiseite und blieb bei der Frage der Größe:

„Jetzt sag mal, wie groß genau?"

„Sehr groß."

Verdammt, ich hasste dieses Verallgemeinernde, redete dann aber lieber über die jungen Frauen: „Du meinst ... junge Frauen wie dich?"

„Nein, richtig junge Frauen, Kitty. Ich habe doch Fotos auf Arys Handy gefunden, die ihm dieser Regisseur geschickt hat. Sie haben bei dem gemeinsam junge Mädchen gecastet, und du weißt schon, was ich damit meine."

„Jünger als du?"

„Viel jünger, Kitty."

„So ein ... Schwein! Also wirklich, so ein gemeiner Kerl! Und das haben sie bei Lottmann in der Wohnung gemacht?"

„Ja. So sind Männer nun mal. Und wir Frauen, wir sind irgendwie dumm wie ein Sack Wäsche, jedenfalls was mich angeht."

„Nein, das bist du nicht."

„Doch."

„Nein."

„Bin ich schon!"

„Ja, vielleicht."

Aber verdammt! Was waren das für selbsterniedrigende Gespräche, die wir da führten, während links von mir ein Kerl saß, der mit seinen starken, männlichen Fingern gelangweilt über den Rand seines Glases fuhr, bevor er in kurzen Schlucken das Zeug hinunterkippte wie der Typ aus dieser Fernsehserie über diesen Werbefuzzi, die ich mir dann doch angeschaut hatte, ich glaube, Don Draper hieß der. Große Hände schauen an kleinen Schnapsgläsern einfach unwiderstehlich aus, obwohl ich natürlich sagen muss: Große Händen schauen an allem unwiderstehlich aus, am besten an mir!

Während ich den Kerl also betrachtete, wie er Schnaps trank, fragte ich Susi: „Willst du, dass der Harry leiden muss?"

Sie sagte: „Er soll in der Hölle schmoren!"

„Hölle kriege ich vielleicht nicht ganz hin, aber fünf bis zehn Jahre Gefängnis auf jeden Fall. Und ich versichere dir, dass es dort wirklich jede Menge muskelbepackter, ausgehungerter schwuler Russen und Tschetschenen gibt, die alle vorgeblich nicht schwul sind, aber wenn sie unter sich sind, dann doch."

Sie sagte: „Zwanzig Jahre!"

„Ich werde mein Bestes tun. Aber dafür bräuchte ich Sperma von ihm. Hast du noch irgendwo welches?"

Sie sagte: „Aber nein, Kitty. Du weißt doch, dass ich immer alles schlucke."

Das war eben manchmal doch ein Fehler! Auch wenn der Kerl jetzt neben mir mit einer Mischung aus Begeisterung und Entsetzen zu uns herüberschaute. Hatte schon viel gesehen, der Beste, aber so etwas wie uns noch nicht.

„Kein besudeltest Kleidchen nirgends? Kein Höschen? Keine Bluse? Kein Stück Zahnseide, das noch irgendwo im Mistkübel liegt? Diese Spezialisten sind heute wirklich schon sehr gut, können selbst kleinste Spuren verwerten. Was ist das hier?"

„Was?"

„Das!"

Ich deutete auf etwas Verkrustetes auf ihrem Kleidchen, das in Höhe der Brust klebte. Sie wurde ein bisschen rot, aber dann erinnerte sie sich: „Moment, warte mal. Das Kleid habe ich auch auf dem Event getragen, auf dem wir uns kennengelernt haben und er mich im Auto ... na du weißt schon."

„Ja, ich weiß schon."

„Aber hör zu", fiel es ihr plötzlich ein. „Warum denn eigentlich? Hat Ary etwas getan, was er nicht hätte tun dürfen?"

„Das ist eine streng geheime Spermasache, Susi. Doch wenn es so weit ist, dass er wegen Vergewaltigung vor Gericht steht, dann sage ich es dir rechtzeitig, und wir gehen gemeinsam hin, versprochen?"

Sie fragte entsetzt: „Wegen Vergewaltigung?"

Es schien sie wirklich zu überraschen.

Ich sagte: „Ja, was glaubst du denn? Dass die jungen Mädchen freiwillig mitgemacht haben?"

Nun verstand sie, dass sie die einzige war, die freiwillig mitgemacht hatte, und dadurch wurde die Sache für sie natürlich noch peinlicher. Sie war richtig wütend, als sie sagte:

„Dieses dreckige Schwein!"

Schließlich gingen wir auf die Toilette und tauschten dort unsere Kleider. Meines hing ein bisschen an ihr, und ihres spannte ein bisschen an mir, aber insgesamt schauten wir ganz okay aus. Das dachten wohl auch die Typen, die draußen an der Bar saßen und uns mit großen Augen anstierten, es war nur nicht zu erkennen, was genau sie mit ihren Blicken sagen wollten: Verdammt, sind die heiß! Oder: Verdammt, sind die verrückt?

Nachdem wir wieder Platz genommen und je einen weiteren Drink bestellt hatten, fragte Susi noch: „Und du und der Daniel? Hat es sich wieder eingerenkt?"

Ich sagte: „Nein, verdammt noch mal, und das wird sich auch nicht mehr einrenken! Der will, dass das Klopapier nach innen abgeht!"

„Ist das dein Ernst?"

„Ja. Kannst du dir das vorstellen?

„Was für ein kranker Typ!"

„Ja, widerlich."

Und nach einer kurzen Pause, während der sie verträumt in der Gegend herumschaute und vielleicht an die guten alten Zeiten dachte, als wir noch gemeinsam in den Urlaub fahren wollten, fragte sie: „Weißt du was? Wir könnten jetzt ja doch gemeinsam in Urlaub fahren, ich meine, du bist solo, ich bin solo."

Und ich sagte: „Ich bin nicht wirklich solo, aber gut: Wohin?"

Sie sagte: „Normandie? Dort ist es schön ruhig und auch kultiviert."

Und ich: „Bloß nicht! Du weißt doch, dass ich Stille nicht ertrage, auch nicht kultiviert."

Und sie: „Dann vielleicht Zakynthos?

Und ich: „Wo ist denn das?"

„Na hör mal, Kitty! Weißt du echt nicht, wo Zakynthos ist?"

„Zaküntos mit ü? Klingt türkisch für mich."

„Ist aber griechisch! Kostet im Doppelzimmer nur vierhundertsechzig Euro für sieben Tage."

„Doppelzimmer?"

„Ja. Hast du etwa ein Problem mit Doppelzimmer?"

„Nicht mit Doppelzimmer an sich, aber mit Doppelzimmer mit dir. Da musst du dann schon rausgehen, wenn ich einen mitnehme, ok?"

„Aber du auch, wenn *ich* einen mitnehme!"

„Das kommt dann darauf an, wie er aussieht."

„Bei dir aber auch!"

„Ist es ein großes Doppelbett im Doppelzimmer? Dann könnten wir ja auch zu viert dort schlafen."

Und sie: „Na gut, wenn du meinst. Ich buche also morgen fix mit meiner Kreditkarte, okay?"

Und ich: „Machen wir es so: Ich rufe dich morgen fix an, okay?"

Die Stimmung war wirklich trübe, irgendwie auf Klopapierniveau. Und jetzt kam sie wieder mit diesen türkischen, griechischen und italienischen Namen daher, das machte die Sache nicht besser. Am besten ich blieb zu Hause!

Ich bestellte dann noch einen, und anschließend saßen wir da auf unseren Barhockern beim Männerklo, und ich schaute mir Susi von der Seite an mit ihrem Pferdebiss, wie sie so vor sich hin starrte und immer wieder mal durch den Strohhalm saugte, was wirklich komisch aussah. Da fiel mein Blick auf ihr Drehbuch, das sie zurück in ihre Handtasche gesteckt hatte, und ich fragte: „Darf ich mir das mal ausborgen?"

„Warum denn?"

„Ich will jetzt einfach nach Hause und noch gemütlich ein bisschen lesen."

Plötzlich standen ihr die Tränen in den Augen, und dann fing sie richtig an zu weinen.

„Was ist denn jetzt wieder?"

„Das Drehbuch", stammelte sie. „Es ist sooo ..."

„Was?"

„Sooo traurig."

„Weil die Putzfrau keine Tochter hat?"

„Nein. Weil der Schluss ... der ist einfach so traurig!"

Plötzlich interessierte mich, wie der zweite Teil hätte ausgehen sollen. Ich nahm das Drehbuch und sagte: „Bin gespannt."

30

Ich hätte längst das Päckchen öffnen sollen, das Marvin Milik mir gebracht hatte. Spätestens nachdem der Typ mit dem Schnapsglas an der Bar gestern „Muss morgen früh raus, also sorry!" zu mir gesagt hatte, und zwar als Antwort auf meine Frage, ob er vielleicht noch etwas Geiles erleben wollte.

Männer!

Mein neuer Philadelphia Rapper hatte im Internet wirklich vielversprechend ausgesehen. Aber als ich das Päckchen nun so anstarrte, da dachte ich mir: Den hebst du dir dieses Mal wirklich als letzte Option auf, für den äußersten Notfall, Kitty! Denn vorher gibst du noch dem einen eine Chance, dem Blauäugigen.

Ich wollte nämlich ganz dringend wieder mal berührt und geküsst und fordernd an einen starken Körper gezogen werden, wollte heißen Atmen spüren und aus einem liebkosenden Mund die schönen Worte hören: „Sag mal, Kitty. Erinnerst du dich, wie du damals vor mir gestanden bist, im Bademantel?"

Ich dachte einfach, das würde heute mein Tag werden, mein ganz großer Tag. Wer nämlich einmal im Bademantel vor Superman gestanden ist, der hat nichts mehr zu verlieren. Was soll da noch schiefgehen? Da kann man doch nur gewinnen!

Oder?

Es war erst vier Uhr früh, als ich im Bett lag und mich solche Gedanken umtrieben, mein Rapper mich lockte und ich ihn zurückstieß. Die Versuchung war groß, aber ich kämpfte dagegen an. Lieber würde ich eine kleine Auffrischung beim Judotraining einlegen. Ich hatte nämlich das sichere Gefühl, dass ich mein Können noch irgendwann würde einsetzen müssen.

Also stand ich auf und fuhr dort hin in dieses Vierundzwanzig-Stunden-Fitnesscenter, das einen Vertrag mit der Polizei hatte. Ging zu meinem Spind, holte Jacke und Hose heraus und legte mir den Gürtel um. Dann ging ich hinaus auf die Matte.

Dort war normalerweise Norbert, der mir alles beigebracht hatte. Meine Stärken waren zupackende Hände und ein zupackendes Wesen. Ich war der Ratzfatz-Typ, der nicht lange nachdachte. Wenn ich einen mit Hemdkragen sah, an dem ich ihn greifen konnte, oder mit langen Ärmeln, an denen ich ihn auch fassen konnte, dann wusste ich, was zu tun war, und ich tat es auch: Schulter- oder Hüftwurf, egal, er lag dann einfach da. Seltener passierte es mit Frauen, aber es passierte natürlich auch mit ihnen.

Als man uns nahelegte, noch etwas zu lernen, was uns im Dienst irgendwie helfen könnte, da sollten wir wählen zwischen Kopf- oder Körperarbeit. Zahlentabellen büffeln, um Statistiken zu präsentieren, wenn jemand sie haben wollte, das war auch ein Weg, den man uns anbot. Oder es sollte jemand ein Medientraining belegen, um „im Umgang mit Journalisten" sicher zu sein. Und dann suchten sie auch welche, die in „Sozialen Meiden kommunizierten". Für all das war ich aber nicht geeignet, weil ich nicht so gut im Kommunizieren bin, und im Rechnen bin ich nur mittelmäßig. Also entschied ich mich für etwas Körperliches, und Judo gefiel mir. Judo kam nämlich immer überraschend für die ganzen schweren Jungs, die stets mit vielem rechneten: Mit einer harten Faust ins Gesicht oder mit einem Tritt gegen das Knie. Aber dass sie meine Hand sanft an ihrem Kragen spürten, nachdem ich ihnen mit Säuselstimme gesagt hatte, dass da etwas Unpassendes liegen würde, das ich ihnen netterweise entfernen könnte – das war dann immer eine Überraschung, zumal, wenn ich plötzlich hart zufasste und die Hebelwirkung nutzte, um ...

Die Sonne schien bereits, als ich wieder in meinen Teenager-Jeansminirock schlüpfte, mir ein Shirt überzog und dazu noch die enge, superkurze Kunstlederjacke. Ich stieg in die hohen Schuhe und trug reichlich Make-up auf, vielleicht sogar ein wenig zu viel, während ich im Lift des Fitnesscenters hinunterfuhr zu meinem Benz in die Tiefgarage. Ich setzte mich hinein, lenkte ihn hinaus auf die Straße, und dann graste ich die Gegend hinter dem Westbahnhof ab, das war die Gegend, wo ich wohnte. Ich hatte die Sonnenbrille auf der Nase, eine Zigarette zwischen den Lippen, und machte mich auf die Suche nach ihm.

Auf Höhe der Herbststraße sah ich dann endlich seinen Wagen in einer Seitenstraße geparkt, in zweiter Reihe. Dort rollte ich den Benz in eine Lücke schräg gegenüber und stellte mich vor die Fahrerseite seines weißen Sprinters, so wie gestern. Dann wartete ich, und dabei war ich nervös wie eine Vierzehnjährige, die den ölverschmierten Achtzehnjährigen mit seiner Lederjacke und dem Motorrad trifft, Typ Matt LeBlanc.

Aber scheiße, warum war ich überhaupt hier?

Ah ja, er sollte mir etwas über Radek erzählen!

Und warum war ich wirklich hier?

Ah ja, ich konnte nicht aufhören an den Blauäugigen zu denken.

Als er kam, wisperte ich wie ein Kätzchen: „Hi." Und winkte wie die Vierzehnjährige, die schon so lange darauf wartete, ihre Hand unter die Lederjacke und auf die gestählte Brust des Ölverschmierten legen zu dürfen. Aber diesen hier hatte ich schon einmal genervt, als ich meinen Bademantel nicht zukriegte und ihn mit zwanzig Cent Trinkgeld abspeiste, deshalb war ich ihm egal, und das zeigte er mir auch.

Na gut, dann musste ich halt meine kleine letzte Chance nutzen, ich sagte: „Hi, Marvin."

Dass ich seinen Namen wusste, ließ ihn immerhin kurz lächeln, aber wirklich nur kurz, denn dann fragte er genervt: „Was ist?"

„War zufällig in der Nähe und habe gerade nichts zu tun", log ich mit schwacher Stimme. „Kann ich mitkommen?" So wie ich aussah, kam aber nicht wirklich rüber, dass ich zufällig hier war. Und plötzlich erinnerte ich mich wieder daran, wie unfassbar elend es war, vierzehn zu sein und ständig lügen zu müssen: „Habe schon dreimal mit ihm gepennt, könnte mit dem und dem pennen, halt es eigentlich überhaupt nicht mehr aus, ohne mit einem zu pennen", und so weiter. Und dass es auch später nicht besser wurde, das war dann schon wirklich hart.

Er sagte, ohne Begeisterung: „Hüpf rein."

Es knisterte nicht wirklich zwischen uns, ich hatte nämlich ganz vergessen, dass der achtzehnjährige Coole die vierzehnjährige Pummelige nie wollte. Noch hätte ich davonlaufen können oder ihm einfach sagen, warum ich wirklich hier war: „He, Sportsfreund, ich bin Bulle!" Aber die Vierzehnjährige in mir war irgendwie bereit, sich alles gefallen zu lassen, wenn sie nur in seiner Nähe sein durfte. Sie hatte keine Scheu, sich lächerlich zu machen, wenn sie ihn nur aus der Nähe anschauen durfte, mit offenem Mund und schweißnassen Händen. Also stieg ich mit offenem Mund und schweißnassen Händen ein und starrte ihn nur an, während er ein paar Meter fuhr und bei der zweiten Querstraße schon wieder stehen blieb. Dort hüpfte er hinaus, lief nach hinten, holte ein Paket, lief über die Straße zur Tür eines Hauses, läutete und trat ein. Nach gestoppten zwei Minuten zehn war er schon wieder da, mir stand der Mund offen, und ich dachte: Wow! Mein Ölverschmierter! Ich hätte wirklich nicht beeindruckter sein können. Vielleicht ein bisschen mehr Dreck noch auf den riesigen Händen und das Shirt ein bisschen zerrissener und ölverschmierter, und ... Naja.

Kaum saß er wieder im Wagen, griff er nach einem der Riegel, die er in einem Fach verstaut hatte, biss ab und nahm einen Schluck aus einer Billig-Energydrink-Dose, die er seitlich an der Fahrertür an einem Halter befestigte. All das erinnerte mich an das Führerhaus von Radek.

Um irgendetwas zu sagen, sagte ich: „Wie sind denn die Leute so, die du da belieferst?"

Er antwortete: „Verschieden!"

Das klang nicht nach einer Einladung, ihm weitere Fragen zu stellen. Aber dass er überhaupt geantwortet hatte, wertete ich als Aufforderung genau dafür. Außerdem war es bei mir so, dass ich einfach gerne redete beim Autofahren, es sei denn, man konnte gerade nicht reden, weil die Zungen aneinander gepresst waren. Ich sagte: „Okay, ich beschreibe dir mal einen: Hundert Kilo, halblange, blonde Haare, Künstlertyp ..."

Oh mein Gott, war ich peinlich. Aber er sagte sofort: „... Wohnt im obersten Stock. Kriegt jeden Tag drei Pakete, hat keinen Lift, gibt kein Trinkgeld, schnauzt dich an, wenn du seiner Meinung nach eine Minute zu lange die Treppen zu ihm hinauf gebraucht hast. Begegnet dir mit einem Gefühl der Überlegenheit. Kommt ein Ausländer zu ihm, wird er nicht normal mit ihm sprechen, sondern in gebrochenem Deutsch: Du müssen kommen schneller. Überlegt ihr euch eigentlich manchmal, wie wir Deutsch lernen sollen, wenn ihr so bescheuert mit uns redet?"

Ich sagte: „Keine Ahnung."

„Da drüben", – plötzlich fing er an, Spaß an der Sache zu haben –, „da drüben wohnt eine, die schneidet den Leuten die Haare, sie bestellt immer Kosmetika, die ich ihr bringe. Und dort betreibt einer aus seiner Wohnung heraus einen Computerhandel, das ganze Stiegenhaus ist voll mit seinem Zeug. Die dort auf 102, Stiege 6, kifft zu viel, und ich meine wirklich zu viel. Und der in der Seitengasse da hat jede Woche eine neue Freundin, die alte sehe ich dann manchmal verweint herauskommen."

Nach jeweils zehn Sätzen verschwand er für ein paar Minuten mit einen Päckchen, und als er zurückkam, biss er ein Drittel von einem Riegel ab und nahm einen Schluck aus der Dose, die für zehn Zustellungen reichte, das hatte bald etwas Magische, irgendwann fragte ich: „Wie viele Päckchen sind es heute?"

„Hundertvierundfünfzig"

„Dann isst du einundfünfzig Riegel?"

„Zweiundfünfzig!"

„Und sonst?"

„Nichts."

Und plötzlich hörte ich mich sagen: „Ich kann Pizza und ... Steak. Und guten Kaffee in der Früh kann ich auch, und ... das Papier geht bei mir nach vorne ab, ich hoffe das stört dich nicht."

Wahnsinn!

Kaum hatte ich das alles gesagt, wurde ich rot und schaute auf meiner Seite seines Wagens beim Fenster hinaus. Als er nicht antwortete, wusste ich, dass er mein

Steak nicht wollte. Er war der Energydrink und Schokoriegel-Typ. Blickte ganz unromantisch auf die Scheißwelt, die er mit seinen Paketen belieferte. Hatte jede Illusion verloren. Machte am Abend lieber ein paar Situps, bevor er etwas anderes machen wollte.

Er stellte das nächste Paket zu, kam zurück und redete weiter: „Ich sehe Schwangere, die bei der nächsten Lieferung das Baby im Arm tragen. Ich sehe Paare, die mir glücklich strahlend die Türe öffnen und eine Lampe für die gemeinsame Wohnung entgegennehmen, und zwei Monate später macht sie mit einem anderen an der Hand die Tür auf. Trinkgeld gibt es nur von alten Frauen, die dafür aber immer sehr lange brauchen, was ein Problem ist. Da drüben leben zwei mit einem Papagei zusammen, sie tragen immer gelbe Jogginganzüge."

Er fuhr, blieb stehen, holte das Paket, lief und kam zurück: „Bei Klamotten gehen fünfundvierzig Prozent der Pakete zurück, sonst sind es dreißig Prozent. Bücher sind nicht schwer, aber ich muss damit oft in den fünften Stock hinauf, denn Bücher kaufen nur die mit gutem Einkommen, und die wohnen immer oben. Über den ganzen Tag verteilt laufe ich hier ein paarmal den Donauturm hinauf und wieder hinunter. Matratzen und Lattenroste wiegen zwanzig Kilo, ein Kühlschrank fünfundzwanzig. Die Leute bestellen Katzenstreu, obwohl um die Ecke eine Tierhandlung liegt, oder Waschpulver, obwohl im Haus ein Supermarkt ist."

Ein Riegel, ein Schluck aus der Dose, nächste Zustellung.

„Weißt du, was falsch läuft in unserer Welt?"

„Sag es mir."

„Alles."

„Geht's ein bisschen detaillierter?"

„Weißt du, wie viele Abnehmbücher ich jeden Tag hinaufschleppe zu den Wohnungen, und niemand kommt mir entgegen, weil sich die, die abnehmen wollen, nicht bewegen wollen?“

Er hatte recht. Es lief alles falsch.

„Wichtig ist, was ich anziehe. Am Morgen muss ich genau schauen, wie viele Grad es hat. Zwei Grad bedeuten Unterhemd, T-Shirt, Sweatshirt, Fleece-Pulli, darüber diese verdammte Weste. Keine Jacke, auch nicht bei Regen, sonst kriege ich Hitzestau. Hundescheiße ist mein größter Feind. Den Schuh irgendwo in der Wiese durchziehen, bringt gar nichts, du brauchst einen Stock, mit dem du den Dreck wieder runterkriegst, das dauert. Pakete, die ich nicht zustellen will, kriegt am Abend der Ahmed von Somalia-Tel, dem stelle ich sie in den Laden, dort müssen dann die hinkommen, die mich wie Dreck behandeln. Der kriegt von mir vierzig Cent pro Paket, mir bleiben dann nur zehn, aber das ist mir egal. Ich stelle mir einfach vor, wie die sich ärgern, wenn sie zu dem Somalier laufen müssen, um ihr Paket zu kriegen. Das macht mir Spaß, aber das ist mein einziger Spaß.“

Ich fragte: „Wirklich der einzige?“

Da hatte ich schon die Beine in seine Richtung übereinandergeschlagen, wippte mit dem einen Fuß, und hatte den kleinen Finger der rechten Hand zwischen den Zähnen. Marvin wusste also, worauf meine Frage abzielte, denn ich schaute ihn schon die ganze Zeit so spaßbedürftig an. Wie er sich bewegte, wie er redete, was er tat, wie er das alles im Griff hatte, und wie schön und ruhig er dabei war – das machte mich so verdammt an. Ich hatte beinahe vergessen, dass ich ja einen beruflichen Grund hatte, warum ich überhaupt hier war, aber ich wollte es noch so weit wie möglich hinauszögern, ihn nach Radek zu fragen. Der war einfach genau mein Typ! Aß ständig und nahm dabei nicht zu! Aber anstatt mich zu küssen und mit mir Spaß zu haben, sagte er: „Komm mit!"

„Wohin?"

Der Schall meiner Worte erreichte seine Ohren nicht mehr, denn er war bereits über die Straße gelaufen und in einem Hauseingang verschwunden, während ich über die Straße stolperte wie ein Kindergartenkind in viel zu hohen Schuhen, dabei viermal angehupt wurde und nur mit viel Glück überlebte. Als ich endlich im Hauseingang stand, kam er schon wieder heraus und sagte: „Komm mit!" Kein Kuss, keine Berührung, keine verschwiegene Ecke.

Zurück über die Straße, in die andere Richtung, schwebte er geradezu zwischen den Autos hindurch, während ich einen Beinahe-Crash nach dem anderen verursachte. Als wir wieder im Sprinter saßen, schwitzte ich, während er nicht einmal schneller atmete. Er biss nur wieder in einen Riegel und nahm einen Schluck aus der Dose, startete den Wagen, fuhr an, und fünfzig Meter weiter blieb er wieder stehen. Ich konnte nicht mehr und sagte: „Okay, okay ich habe verstanden. In deinem Job ist es schwer, Spaß zu haben, ich hab's verstanden. Kann ich zwei deiner Riegel haben?"

„Einen."

Der Kerl wollte mich von sich entwöhnen, noch bevor ich nach ihm süchtig werden konnte, alles, was er tat, sollte mir sagen: Sieh her, ich bin unter Tags nicht zu Hause und am Abend geplättet, wegen der Arbeit! Du wirst mit mir keine Freude haben, ich werde keinen Sex mit dir wollen, lieber werde ich schlafen, und um halb sechs muss ich schon wieder raus. Ich dachte: Na und, du Arschloch! Hauptsache, man liebt sich!

Es war noch nicht einmal acht Uhr, ich blieb wieder im Wagen sitzen, während er zustellte, und wenn er fuhr, dann hörte ich ihm zu, wie er redete: „Pissen geht nur zweimal am Tag, in zwei Caféhäusern darf ich gratis, sonst kostet das Geld. Mit voller Blase laufe ich schneller." Ich schaute mich im Rückspiegel an und sah endlich, wie übertrieben peinlich ich geschminkt war, und als ich die Schuhe auszog, weil mir die Füße weh tat, sah ich, wie übertrieben hoch sie waren. Jedes Mal, wenn er zurückkam, blieb zwischen uns die unausgesprochene Frage, wie ich überhaupt auf seinen Namen gekommen war und was ich eigentlich von ihm wollte. Er stand nicht besonders darauf, dass eine dahergelaufene Frau, der er mal ein Paket zugestellt hatte, ihn geil fand, nur weil er schöne Augen hatte und ein paar Muskeln. Dass ich wahrscheinlich nicht die Erste war, die ihn geil fand, dieser Gedanke kam mir erst, als ich wieder allein in seinem Führerhaus saß. Wahrscheinlich hatten schon unzählige andere es für eine super Idee gehalten, ihm einfach nachzulaufen und sich ihm an den Hals zu werfen wie billiger Flitter. Und heute früh hatte halt ich diese super Idee gehabt und mir gedacht: Ich überrasche den jetzt mal, der wird sich aber freuen, wenn er mich als Begleitung hat! Aber Begleitung hieß für ihn Störung, denn sein ganzer Tag war durchgetaktet wie der eines beschissenen Managers, nur dass er kaum Geld dafür kriegte. Dann kam ich Idiotin daher und dachte, ich könnte ihm mit einem billigen Minirock und schönen, festen Beinen den Tag versüßen, als hätte so einer Zeit zum Ficken, wenn er noch hundertvierzig Pakete zustellen musste. In dieser beschissenen Welt hatten die besten einfach keine Zeit mehr zum Ficken, weil die Zeit dafür draufging zu überleben.

Ich kam mir so blöd vor, dass ich einfach abhauen wollte, ohne ihn überhaupt nach diesem Radek zu fragen. Aber als ich einen Fuß schon draußen hatte, vibrierte sein Telefon. Er hatte es einfach in der Ablage über dem Aschenbecher liegen lassen, und ich, wie so oft, konnte meine Neugier nicht zügeln. Es lag ja einfach da, und der Bildschirm war nicht einmal gesperrt. Ich musste nur noch draufdrücken, und dann sah ich, dass er eine Nachricht bekommen hatte von einem ... Lucky.

War das dieser Lucky? Na klar hatte der seine Nummer, er war ja sein Boss. Aber was hatte er ihm so Wichtiges zu sagen, kurz nach acht Uhr morgens?

Nächste Woche Route 32

Und dann wünschte ich, dass ich nie hier eingestiegen wäre. Denn es war eine vertrauliche Nachricht mit einer angehängten, intimen Datei. Dieses Schwein schickte meinem Marvin einfach ein Foto von seinem Schwanz! Ich hätte kotzen können, und zwar im Dauerstrahl. Dachte ich bisher, dass nur Frauen mit solchen Fotos belästigt werden, so wusste ich nun, dass es auch unter Männer vorkommt. Hatte ich mir doch gleich gedacht, dass dieser Lucky schwul war! Aber verdammt, mein armer Marvin doch nicht!

„Ich kann Judo!", würde ich zu ihm sagen, wenn er zurückkam, „und ich kann diesen Lucky für dich richtig fertig machen!" Und so würden wir dann doch noch eine Freundschaft aufbauen mit der Chance auf Plus, ganz viel Plus. Es würde alles gut werden, sobald ich ihn von diesem Lucky befreit hätte.

Aber je weiter ich hinaufscrollte, desto deutlicher wurde, dass Lucky meinen Marvin gar nicht belästigte, denn mein Marvin hatte ihm auch Fotos von sich geschickt, und verdammt – es waren schöne Fotos, wirklich sehr schöne! Wie blöd bist du eigentlich, Kitty?, geißelte ich mich selbst. Na klar will der nichts von dir!

Als er zurückkam, schaffte ich es gerade noch, das Telefon zurückzulegen, aber das Display leuchtete noch immer, und er drückte drauf. Dann schaute er mich an mit seinen blauen, verlorenen Augen, und wusste auch nicht, was er sagen sollte.

Ach, mein Marvin!

31

Ich lief davon, und diesmal lief er mir nach. Nach drei Metern hatte er mich eingeholt, ich lehnte gegen einen Baum und wollte ihn nicht ansehen, denn ich schämte mich so sehr: „Ich weiß, dass du Bulle bist“, sagte er ganz ruhig. „Und ich weiß, warum du hier bist.“

„Weißt du es von Lucky?“, fragte ich. „Von deinem Lucky?“

Ich hörte mich schon wieder so eifersüchtig an. Und er hatte keine Ahnung, was er darauf antworten sollte. Wie kam er überhaupt dazu, von mir schon wieder am Arbeiten gehindert zu werden, das dachte er wohl.

Bevor mir die Wuttränen aufstiegen und die der Enttäuschung, zückte ich meine Marke und sagte: „Du interessierst mich doch überhaupt nicht! Glaub bitte nicht, dass du mich als Typ interessierst! Ich brauche nur Informationen von dir! Also hör zu: Dieser Radek hat irgendwann ein Paket in einem Lokal zugestellt, in dem eine Frau auf ihn wartete, die dieses Paket dorthin bestellt hatte. Eine Polin namens Magda, sie ist Putzfrau ...“

„Sie ist Schauspielerin“, unterbrach er mich, und ich zuckte zusammen.

„Putzfrau!“

„Sie ist Schauspielerin, die als Putzfrau arbeiten muss. Radek stellte bei ihrem Arbeitgeber ständig Pakete zu, ein Filmregisseur. Radek hatte Mitleid mit ihr, weil er dachte, dass sie von ihm misshandelt wird, er wollte ihr helfen. Er sagte mir, dass er sie in der Wohnung weinen gehört hatte, er dachte, dass sie geschlagen wird.“

„War er verliebt in sie?“

„Er war blind vor Liebe."

„Könnte dir nie passieren, was?"

Ich bedauerte sofort diesen Rückfall ins Persönliche, der sich obendrein bitter anhörte, wo ich doch nur noch auf professioneller Ebene mit ihm sprechen wollte, aber es gelang mir nicht: „Hast du darauf eine Antwort? Ha?"

Die hatte er nicht.

Aber ich hatte plötzlich so eine Sehnsucht nach einem Romantiker, und jetzt noch mehr, seit er mir von Radeks Liebe zur einer Schauspielerin erzählt hatte, die als Putzfrau arbeiten musste. Ich hatte so eine Sehnsucht nach einem, der für mich morden würde, der für mich ALLES tun würde.

Aber er fragte nur: „Kennst du *Taxi Driver*?"

Die mit ihren Filmen alle!

„Radek ist wie er, ein Asket, ein Rächer, ein Streuner. Er weiß, wann jemand leidet und Hilfe braucht. Wenn Radek Scheiße sieht, wenn er Väter sieht, die ihre Kinder schlagen, wenn er jemanden weinen hört in einer Wohnung, dann wartete er manchmal die ganze Nacht. Und dann schlägt er zu. Er weiß alles über Menschen. Er ist ..."

„... wie ein Puma?"

„Ja. Er ist wie ein Puma. Er lauert, und dann schlägt er zu."

32

„He, Habibi!"

„Bin ich nicht Habibi", sagte der eine, den ich Habibi genannt hatte. „Bin ich der Hamid!"

„Na gut, und der da?"

Ich deutete auf den, der neben ihm stand.

„Ist er der Hamsad!"

„Dann muss der hier der Hassan sein."

Ich zeigte auf den, der neben dem Hamsad stand.

„Ist er der Hanif!"

„Und wer ist nochmal der Hamid?"

„Ich!"

Heilige Scheiße!

Die drei Habibis schauten mich also mit großen Augen an, denn ich stand vor ihnen in meinem Nutten-Outfit, das ich gewählt hatte, um mich an Marvin heranzumachen. Dass es nicht geklappt hatte, lag ja nun nicht an meinem Outift und auch nicht an meinen festen Brüsten, nicht an meinem geilen Arsch und schon gar nicht an meinen geilen Schenkeln. Es lag einfach daran, dass wir im selben Teich fischten! Ich freiwillig, er nicht ganz.

Das hatte er mir dann nämlich noch versucht zu erklären: Dass er das ja nicht freiwillig machen würde mit dem Lucky, dass der ihn dazu zwingen würde. Aber das klang in meinen Ohren nicht so glaubwürdig. Natürlich: Es gab Momente, da musste man sich prostituieren, und ich war ja auch bereit, alles zu tun, wenn er nur ...

Aber ich war bereit, es für ihn zu tun, für einen, der zwei Meter groß war und blaue Augen hatte und bei dem auch sonst alles stimmte. Er aber war bereit, es für Lucky zu tun. Gegen den musste sich einer wie er doch wehren können! Also musste ich ihm am Ende leider sagen: „Sorry, aber ich werde nie einen Schwanz blasen können, den auch schon Lucky geblasen hat. Wie soll denn das bitte gehen?“ Und als er mich dann nach meiner Nummer fragte, fragte ich zurück: „Willst du mir Fotos schicken?“

Das war's mit mir und Marvin. Anschließend war ich hierhergefahren in die Arbeit, hatte also keine Zeit mehr gehabt, mich umzuziehen, nicht einmal, um mich frisch zu machen. Das wollte ich im Büro erledigen, und zwar schnell. Das ganze Make-up, das zu viel war, musste runter. Und in der unteren Schreibtischlade hatte ich immer zwei Kleidchen, die ich anziehen konnte, wenn ich zum Beispiel direkt aus der Bingobongobar kam. Das alles wollte ich also dringend erledigen, aber ich konnte schon wieder nicht in den Hof hinein. Mittlerweile kannte ich wenigstens ihre Namen, ich konnte sie also einzeln auffordern, ihre Autos woanders hinzustellen, weil der Hof hier für Bullen reserviert war und „nicht für Obstverkäufer in Verbrecherautos, capito?“.

Ich hatte ja heute schon ein scharfes Training hinter mir, und anschließend hatte ich mich vor Marvin lächerlich gemacht. Das zusammen war eine explosive Mischung, die mich eine kleine Provokation starten ließ, die Sache mit „Du bist dann wohl Hamsad?“. Wie erwartet, stiegen sie darauf ein, und dem einen (Hanif?), der schon gestern um den Mund herum so gezittert hat, als er mich sah, fingen die Pausbäckchen auch gleich wieder an zu wackeln, als er sich vor mir aufbaute. Und so, wie er dabei dreinschaute, war ihm ohne Weiteres zuzutrauen, dass er auch eine Frau schlagen würde. Ich musste ihn also nur noch ein bisschen reizen, dann hatte ich ihn so weit.

Ich sagte also, dass diese Ayşe einfach nichts für meinen Ali sei, weil der nämlich schon hier im Westen angekommen war und ich ihn nicht wieder zurückgehen lassen wollte ins Mittelalter und so weiter. Drückte ihm das ganze Zeug rein, das man auf diesen Veranstaltungen von diesen scheiß Rechtsextremisten hören konnte (Auf „Köln", „Silvester", „Warum kommen eigentlich nur junge Männer?" usw. verzichtete ich allerdings, das war mir zu primitiv). Er (doch Halil?) schnaubte dann schon ganz ordentlich, da deutete ich unvermittelt auf den Kragen seines schwarzen Polo-Shirts und tat so, als würde dort ein winzig kleines Körnchen Staub liegen, das seiner insgesamt guten Erscheinung abträglich wäre. Ich fuhr also die Hand aus und legte sie dort hin, legte dann noch die andere Hand dort hin und griff fest zu.

Wenige Zehntelsekunden später lag er da. Als hätte er nicht wissen können, wie das für ihn ausgeht!

Da kam Ali mit seinem Fahrrad angefahren, einem alten Klapprad, das er mal bei einer Menschenrechtsveranstaltung gewonnen hat. Er wirkte darauf wie eine Großmutter, die zum Friedhof fährt, um dort Blumen am Grab des Weltkriegsveteranenehemannes abzulegen. Ganz Rot-Kreuz-Helferin, die er vom Wesen her war, stürmte Ali sofort herbei und fragte, was denn bitte schon wieder los sei („Nichts!") und ob er helfen könne („Nein!"). Denn wenn ich einen aufs Kreuz lege, dann nicht so, dass er daran gleich stirbt, sondern nur so, dass er ein bisschen Zeit zum Nachdenken hat, am besten darüber, wie es weitergehen soll in seinem Leben. So wie ich das gemacht hatte, als Ali mir geraten hatte, die Susi aus meinem Leben zu entfernen (Was ich ja damals auch tat, nur dass sie jetzt wieder da war!)

Ich sagte zu Ali: „Fass ihn nicht an. Der soll lernen, selbst aufzustehen." Der Hamsad (oder Hanif?) jammerte, wie er es gewohnt war: „Hilf mir"

Aber der Ali ließ ihn liegen, denn diesmal war ich es, die ihm ein paar gute Ratschläge erteilte: „Dein Leben wird viel besser sein ohne sie, Ali. Sie sind ein Klotz an deinem Bein! Ich meine: Oft genug bewegt man sich doch in eingefahren familiären Bahnen und merkt dabei gar nicht, wie sehr man sich seiner eigenen Möglichkeiten beschneidet." Und weiter: „Die haben dich doch nur ausgewählt für die Ayşe, weil du als Einziger lesen und schreiben kannst! Und irgendwann musst du dann die Sozialhilfeformulare für die ganze Familie ausfüllen! Willst du das?"

Ali schwieg und schüttelte den Kopf. „Nein", sagte er schließlich.

„Dann hol dir eine andere Telefonnummer oder heb nicht mehr ab, wenn die Habibis anrufen, die hängen sonst an deinem Arsch, bis du im Grab liegst! Nur ein Beispiel: Kennst du diesen Fußballer aus Afrika, der mal in diesem scheiß Facebook geschrieben hat, wie es ihm geht, seit er ein paar Milliönchen mit Fußballspielen verdient hat? Manoel Adobor ist sein schöner Name, glaube ich."

„Emmanuel Adebayor", verbesserte mich Ali. Es war richtig schwer, etwas zu finden, was er nicht besser wusste.

„Jedenfalls, der hat erzählt, was er ständig von den Verwandten für Anrufe gekriegt hat: ‚Kauf mir ein Haus! Kauf mir eine Badewanne! Kauf vor allem meiner Mutti, meiner Schwester und mir dies und das, insbesondere ein fettes, schwarzes Auto!' So eines wie die hier haben! Schwarze, riesige Verbrecherautos! Und was soll man sagen? Der arme Kerl hat es getan, weil er sich dachte: Ist ja meine verdammte Familie, ist Familiensache! Bis sie ihn verklagt haben, weil er ihnen ihrer Meinung nach nicht genug gab, und sie ihn aus seinem eigenen Haus warfen, in das er dann nicht mehr hineindurfte, wenn er auf Urlaub nach Hause kam, während die Verwandten alle die Beine hochlegten und es sich gutgehen ließen. So hilft man jedenfalls keinem, und so hilfst du schon gar nicht deinen Habibis."

Aber Ali blieb dabei: „Das sind nicht meine Habibis, das sind Hamsad, Hanif und Halil!"

Als sie endlich doch zu ihren Autos gingen, zeigten mir ihre Blicke, dass sie mich *blickficken* würden, wenn sie nur die Gelegenheit dazu bekommen würden, aber das war ich ja gewohnt: „Ihr seid doch immer nur beim Blickficken die Größten!", sagte ich ganz ruhig, während sie in ihre Autos stiegen. „Beim Echtficken habt ihr immer echte Probleme!"

Ali schaute ihnen nach, als sie einer nach dem anderen beim Tor hinausfuhren, diesmal ganz vernünftig, und dann sagte er: „Die haben jetzt ein ganz falsches Bild von mir."

„Nämlich?"

„Dass ich von dir die schlechten Eigenschaften annehmen werde."

„Was sollten die sein?", fragte ich. „Meine schlechte Eigenschaften?"

„Dein ordinäres Reden."

„Ach? Und weiter?"

„Wie du dich anziehst."

Dabei musterte er mich in meinem zu engen Teenager-Minirock und in den zu hohen Hacken. Für seinen ehemaligen Kulturkreis kam ich darin vielleicht tatsächlich ein bisschen nuttig rüber, also sagte ich: „Du musst dich ja nicht anziehen wie ich!"

„Das nicht", entgegnete er. „Aber sie werden denken, es gefällt mir, wie du dich anziehst, und das ist schlimm genug."

So wie er mich jetzt anschaute, schien es ihm aber doch zu gefallen, wie ich mich anzog: „Gefällt es dir denn?"

Er tat entsetzt: „Nein!"

„Ganz ehrlich, Ali? Wir sind unter uns."

Er blickte zum Himmel hinauf und dann in den Kanaldeckel hinein, er schaute nach rechts und dann nach links. Nur mich versuchte er dabei nicht anzuschauen. Bis ich meine Hand zu seinem Kinn bewegte und sein Gesicht in meine Richtung drehte. „Ali. Sieh mich an."

Das tat er dann auch mit seinen schönen Augen. Und wenn er so dreinschaute, dann musste man wirklich bedauern, dass nicht alle auf der Welt so waren wie er, in solchen Momenten musste man ihn einfach lieben. „Natürlich gefällt es mir. Aber es dürfte mir nicht gefallen."

„Mein armer, kleiner Ali."

„Kannst du das mit ‚klein' mal lassen, das nervt."

Ich zog ihn an der Hand hinter mir her hinein in unser Büro, dort schloss ich die Türe und lehnte mich gegen den Tisch. Der Rock um meinen Arsch herum spannte, und er würde mir umso weiter hinaufrutschen, je weiter ich mich nach vorn beugte. Ich sagte: „Komm, fass mich an!"

Es sollte endlich passieren, jetzt, wo er wieder frei war und ich leider doch nicht die Neue vom Marvin. Es wäre vollkommen in Ordnung, wenn wir es täten, keiner würde einen anderen betrügen. Aber Ali rief: „Bist du verrückt?"

Ich ging ein bisschen weiter, als ich vielleicht sollte: „Fass meinen Arsch an, komm schon. Ich kann es nicht erwarten. Klopf mir mit den kleinen Mäusepfötchen schön fest darauf!“

Er schrie: „Kitty!“

Und ich: „Ali!“

Und er: „Was?“

Und ich: „Mach endlich!“

Und er: „Ich kann das nicht!“

Und ich schon ziemlich genervt, weil das unüblich lange dauerte und kein Ende in Sicht war: „Du kannst alles, wenn du es versuchst! Also versuch es zumindest!“

33

„Ist das hier ein Versuchslabor?“, fragte Bonner, der plötzlich in der Türe stand. Ungünstiger Moment! Nicht nur, weil ich Ali beinahe so weit hatte, ich musste auch schon wieder sagen: „Boss, es ist echt nicht das, wonach es aussieht.“

Er wollte aber gar nicht wissen, was es sonst war, sondern sagte nur: „Genug mit dem Scheiß. Mich interessiert vielmehr, warum mittlerweile die ganze Stadt weiß, dass dieser Lottmann ermordet wurde?“

Ich schaute zu Boden und suchte dort nach etwas, das ich aber nicht finden konnte. Nach einer kleinen Ausrede, einem schnellen Ausweg, einer aus meiner Tasche gefallenen Zigarette. Irgendetwas war passiert, die ganze Stadt schien mittlerweile von Lottmanns Ableben zu wissen.

Aber was?

„Irgend so ein Scheiß-Filmfuzzi hat das auf seiner scheiß Facebook-Seite gepostet“, erklärte Bonner. „Und jetzt kriege ich einen Anruf nach dem anderen, weil die alle wissen wollen, was los ist. Verdammt, haben wir nicht abgemacht, dass die Sache unter Verschluss bleibt?“

Ali sagte: „Ich war’s nicht.“

Es gibt Frühstücksbrettchen für Kinder, wo dieser Spruch drauf steht. Der Satz zeugte also von Alis Unreife, ich sagte: „Ich war’s auch nicht.“ Und wurde nicht einmal rot dabei. Dann schwieg ich, denn ein wichtiger Teil der Strafprozessordnung besagte, dass man keine Aussagen machen muss, wenn man sich damit selbst belasten könnte. Dabei dachte ich, was für ein beschissener Arsch der Dani doch war, was für ein Wichser, der nichts auf die Reihe kriegte! Dass er

Schwanzfotos verschickte, war an dem scheinbar noch der sympathischste Zug. Und so einem wollte ich eine echte Chance geben? Ich muss verrückt gewesen sein!

Wir schwiegen alle, und ich hoffte, dass die übrigen Anwesenden auch weiterhin schweigen würden, aber da fiel Ali ein: „Sag mal, Kitty, hast du nicht neulich mit einem Filmkritiker ..."

Ich schrie ihn an: „Können wir nicht einfach sachlich bleiben?" Und legte das Drehbuch auf den Tisch, das ich aus meiner Tasche gezogen hatte wie eine Waffe, die mich nun retten musste.

Aber schon konnte ich mir anhören: „Du hast also diesen Produzenten getroffen? Warum sagst du denn nichts?"

„Habe ich nicht gesagt, wir sollen sachlich bleiben? Ich habe den Produzenten nicht getroffen, ich habe ja auch noch andere Quellen! Eine gewisse Freundin von mir zum Beispiel, deren Name nichts zur Sache tut, wurde auch ... naja ... gecastet. Und von ihr weiß ich exklusiv, dass die beiden, also Lottmann und der Produzent, gar keine Zwanzigjährige suchten, das alles war nur ein Vorwand! Und tatsächlich findet sich im ganzen Drehbuch auch keine einzige Zwanzigjährige."

Das klang für beide nach überzeugender Recherchearbeit, sogar Bonner nickte anerkennend.

„Dafür fand sich auf dem Kleid meiner Freundin etwas Verkrustetes, Sperma des Produzenten nämlich, das mit ein wenig Glück identisch sein könnte mit einer Spermaprobe auf dem Bettlacken von Lottmann. Dieser Harry, oder Ary, ist nach Schilderung dieser Freundin von mir ein Animal fascinosum, trotz seines Alters, also ein Tier. Das ist auch der einzige Grund, warum sie ihn vermissen wird, aber das spielt hier keine Rolle. Eine Rolle hingegen spielt, dass ein Animal fascinosum ohne Zweifel imstande gewesen wäre, Ramona Verletzungen im Intim- sowie im Analbereich zuzufügen."

Ich hatte ordentlich Gas gegeben, während ich das vorbrachte. Fehlte nur noch, dass ich das Kleidchen von Susi mit der Spermaprobe von Harry auf den Tisch legte, aber: „Das kriegen Sie morgen, Boss. Ich hatte zwischenzeitlich zu tun."

Nun unterzog auch er mein Outfit einer eingehenden Prüfung, und nach Abschluss der Prüfung sagte er: „Ich möchte gar nicht wissen, was."

„Dann erzähle ich's halt nicht. Nur so viel: Ich bin in die Paketbotenszene eingetaucht und konnte dort einiges in Erfahrung bringen über diesen Radek. Der ist, wenn man den Gerüchten glauben darf, blind vor Liebe."

Und Ali fragte: „Blind vor Liebe für wen?"

34

Als wir im Krankenhaus ankamen, musste Ali ganz dringend für kleine Mädchen. Die Aufregung der vergangenen Stunden schlug sich bei ihm wohl auf die Blase, das war alles doch recht heftig für ihn: Keine Ayşe mehr, keine Cousins mehr, die ihn besuchen würden, und dann ich mit meinem kurzen Rock.

„Ich kenne einen, der arbeitet besser mit voller Blase“, sagte ich, als er hinter der Klotür verschwand. „Solltest du vielleicht auch mal versuchen.“

„Ich will gar nicht wissen, wen du alles kennst!“, rief er von drinnen heraus, er klang müde und verächtlich. Ein paar gute Tipps von mir noch, und er würde zu Fuß nach Anatolien laufen, um seine Ayşe zu heiraten oder wen auch immer. Hauptsache weg von mir!

„Er sieht gut aus und ist ein Freund von dem, den wir jetzt gleich treffen.“

„Typisch!“, sagte er. „Mit solchen lässt du dich ein! Mit Elitesoldaten, Söldnern und womöglich mit Mördern. Weißt du was? Ich denke nicht, dass du jemals zu einer ernsthaften Beziehung fähig sein wirst, dir geht es doch nimmer nur um das eine.“

„Du weißt ja gar nicht, wie schön das Eine ist, wenn man es zu zweit macht!“

Dann gingen wir den Gang hinunter, ich an der einen Wand, er an der anderen, der Abstand zu mir konnte ihm nicht groß genug sein. Dabei hätte ich mich von ihm gerne an der Hand nehmen lassen, denn Krankenhäuser waren für mich der Horror, und zwar nicht erst, seit ich meinen Papa in einem besuchen musste, kurz bevor er starb: Zucker, Beinamputation, unwürdiges, beiläufiges Sterben. „Ich bin stolz auf dich, mein Mädchen“, hatte er noch zu mir gesagt, „Ich werde dich immer lieben.“ Für seinen Vater blieb man dann doch immer das kleine Mädchen. Ich sagte zu ihm: „Ich dich auch, Papa.“ Und dann hörte ich seine letzten Worte: „Hier hast du die Schlüssel für den Benz.“

Ali wirkte niedergeschlagen, wie er so dahintrottete. Ich wollte ihn aufbauen und fragte:

„Möchtest du wieder mal meine Mutter besuchen? Du weißt ja, dass sie dich mag, und in der Türkei war sie noch nie.“

Er sagte: „Nein, sorry, echt nicht. Da gibt es mittlerweile etwas, was mich wirklich an ihr stört.“

„Ihr Alter?“

„Nein. Dass sie mit dir verwandt ist.“

Vor der Türe zu dem Zimmer, in dem Radek lag, wartete der behandelnde Arzt auf uns, ein femininer Typ mit dunklen Haaren und Augenbrauen, die in der Mitte zusammengewachsen waren. Der Arztmantel, den er trug, war eng und viel zu kurz. Er sagte: „Das war eine heftige Dosis, die der Patient abbekommen hat. Aber er ist einfach zu kräftig, selbst für diese Dosis, haben Sie gesehen, wie kräftig der ist? Man hätte ihm das Doppelte geben müssen, um ihn in den ganz großen Schlaf zu wiegen.“

„Dann wird er also überleben?“, fragte Ali.

„Na klar wird er überleben, dafür bin ich ja da.“

„Ganz sicher?“

„Todsicher.“

Es war ein fröhlicher Arzt.

Ich fragte: „Ist Ihnen etwas aufgefallen an ihm, während er hier lag?“

„Naja“, sagte er und kratzte sich am Kopf. „Wenn er zwischendurch mal aufwachte, dann rief er nach einer gewissen Magda.“

So etwas hatte ich vermutet.

„Und in seinen Träumen murmelte er auch immer wieder diesen Namen. Aber ich habe nicht herausgefunden, wer das ist, und er konnte mir keine Nummer geben, sodass ich sie hätte verständigen können. Er sagte nur einmal, sie sei wunderschön, und er murmelte etwas von ‚roten Lippen' ..."

„... und auftoupiertem Haar, ich weiß."

Ich erklärte ihm, wer das war, und erzählte ihm auch gleich von der *Liebe in den Zeiten der Ungleichheit* und wie sehr Radek in sie verliebt war: „Er nahm sogar in Kauf, als Paketbote eine schlechte Route fahren zu müssen, nur weil er nicht bereit war, seinem Boss einen zu blasen. Andere haben das aber schon getan."

Der Arzt verstand nicht ganz, was ich da sagte, außerdem hörte ich mich schon wieder eifersüchtig an. Dabei musste ich kurz so wütend geschaut haben, dass er mich fragte, ob er etwas für mich tun könnte. Aber ich winkte ab.

„Haben Sie den Film denn jemals gesehen?", fragte ich ihn, und er bejahte mit strahlenden Augen: „Natürlich, über zwanzigmal! Und jetzt soll dieser Regisseur gestorben sein, habe ich irgendwo gelesen ..."

Ich sagte: „Genau deswegen sind wir hier."

Nach einigen Augenblicken verstand er: „Oh Gott! Sie meinen also, dass ...?"

„Ja, das meine ich."

„Aber warum?"

„Das werden wir ihn jetzt fragen. Also los, gehen wir hinein!"

Als wir die Türe öffneten, lag Radek Krystof Lato friedlich in seinem Bett. Er hatte die Augen geschlossen, und über seine Lippen zog sich ein sorgloses Lächeln. Er sagte noch einmal „Magda", und dann hörte sein Herz auf zu schlagen.

Ali rief: „Jetzt tun Sie doch etwas!"

Aber der Arzt und ich wussten, dass er an gebrochenem Herzen gestorben war und dass man ein solches nicht mehr zum Schlagen bringen konnte.

35

Als wir dann vom Krankenhaus wegfuhren, war Ali ganz zerknirscht. Nicht nur, weil wieder einer gestorben war, bevor er seiner verdienten Strafe zugeführt werden konnte (Das war seine Meinung. Meine war: Hätte ich doch Radek kennengelernt anstatt Marvin! Wäre doch er meine Route gefahren anstelle von ihm! Wer weiß, wer weiß ...) Sondern auch, weil Radek uns nicht mehr sagen konnte, wie es wirklich gewesen war.

„Wie sollen wir denn jetzt die Wahrheit herausfinden?“, fragte Ali mich immer wieder.

Endlich kramte ich das Drehbuch aus meiner Tasche hervor und schmiss es ihm hinüber, Ali fing es auf und fragte: „Was steht denn da drin?“

„Der Schluss von *Die Liebe in den Zeiten der Ungleichheit,* Teil 2.“

„Und wie geht der Schluss von Teil 2?“

„Das wirst du mir jetzt hoffentlich gleich sagen, denn ich hatte noch keine Zeit, das Buch zu lesen. Aber eines wissen wir doch mittlerweile mit großer Sicherheit, oder?“

„Was?“

„Dass alles in Teil 1 autobiografisch war.“

„Na und?“

„Dann müsste das doch auch für die Fortsetzung gelten, oder meinst du nicht?“

„Du glaubst, da steht drin, wie es war?“

„Meinst du nicht?“

Aus Meinungen mussten endlich Fakten werden.

Ich lenkte also den Benz auf einen Parkplatz, dort stellte ich den Motor ab und drehte die Lehne zurück, ich machte es mir richtig gemütlich. Dann zündete ich mir noch eine Zigarette an und sagte: „Los jetzt, fang an! Ich will endlich hören, wie es war!“

36

„Ist das nicht unglaublich traurig? Das ist einfach so unglaublich traurig!"

Ich war wohl eingeschlafen, während mir Ali das Drehbuch vorgelesen hatte, und als er damit fertig war, hörte ich ihn schluchzen, da wachte ich auf.

Ich fragte: „Was ist so traurig?"

Und er: „Na, der Schluss!"

Er war richtig in seinen Sitz versunken, hielt sich die Hände vor sein Gesicht und konnte nicht mehr. Der Schluss hatte ihn nicht nur bewegt, er hatte ihn wie eine Keule getroffen, die ihn zusammensacken ließ. Wie konnte so etwas passieren?

Mit ein paar energischen Ohrfeigen schaffte ich es, ihn wieder halbwegs für das Hier und Heute zu interessieren, aber es war eine schwere Aufgabe, er wollte einfach nicht aufhören zu weinen. Nachdem wir uns darauf geeinigt hatten, dass ich nur deswegen eingeschlafen war, weil er so unglaublich langweilig vorgelesen hatte, musste er noch einmal von vorn anfangen.

„Aber verdammt, nicht so langweilig diesmal! Und hör endlich auf zu weinen!"

37

Ich hatte mir den Philadelphia Rapper im Internet noch einmal genau angeschaut, und auch die entsprechenden Zahlen dazu hatte ich noch einmal gelesen, und ich musste sagen: Oh, oh! Ich dachte also nach wie vor, dass ich mit ihm am äußersten Ende der Fahnenstange angelangt war, mehr ging einfach nicht, mehr würde mir nicht guttun. Daher konnte ich mir einfach nicht vorstellen, dass Harry da auch nur irgendwie mithalten konnte, denn wie sollte das gehen? Er war doch Schweizer!

Wir erreichten sein Haus, das eine Villa im 14. Wiener Gemeindebezirk war, im äußersten Westen der Stadt und praktisch schon im Wienerwald. Das Haus machte richtig Eindruck. Es war hundert Jahre älter als das der Witwe und lag inmitten eines riesigen Gartens mit alten Bäumen. Letztlich musste es sich also auszahlen, wenn man zuckersüße Filmschmonzetten produzierte, sonst konnte man sich so etwas vermutlich nicht leisten.

Selten, dass man heute noch eine Bedienerin in weißer Schürze sieht, eine richtige Hausangestellte. Aber Harry hatte natürlich eine. Sie öffnete uns die Türe, ohne mit uns zu sprechen, und führte uns durch das Haus in den Garten. Dort saß „das Tier" auf einem Stuhl aus weiß lackiertem Eisen, geschwungen und gebogen, in einer Laube, überwachsen mit wildem Wein.

Mit Reichtum ging oft eine gewisse Form der Gestörtheit einher, die einen Zigarren rauchen ließ anstatt einfach nur Zigaretten. Außerdem trug Harry weiße Handschuhe zu allem anderen, das auch weiß war. Nur das Stecktuck im Sakko war rosa, und das Band an seinem Panamahut war gelb. Er sah trotzdem mehr nach Geriatrie aus als nach Animal fascinosum, ich hatte nicht damit gerechnet, dass er so alt war, aber ich hatte Susi ja auch nie danach gefragt. Es musste also stimmen, dass Liebe blind machen konnte, denn hätte Susi klar gesehen, dann hätte sie sehen müssen, was ich jetzt sah: Ein Wrack.

Harry fand es auch nicht der Mühe wert, überhaupt aufzustehen, als er uns erblickte, oder er schaffte es einfach nicht mehr. Er reichte uns nur die behandschuhte Hand, während er in der anderen den Stock hielt, und meine Hand ließ er dann gar nicht mehr los, als er sie schüttelte. Er blickte über seine getönten Brillengläser, um mir in die Augen zu schauen, und dann fragte er: „Wie war nochmal Ihr Name?"

Ich antwortete: „Den habe ich Ihnen noch gar nicht gesagt, aber wenn Sie schon fragen: Muhr. Kitty Muhr."

„Sehr schön. Sehr schön."

Er redete wie ein Schweizer, was wirklich abturnend war, und dieses Handicap versuchte er mit aufgesetztem Charme zu kaschieren: „Sie inspirieren mich gerade zu einer Polizeiserie, deren Ermittlerin ich mit Ihnen persönlich besetzen möchte, und ich weiß auch schon einen Titel: *Kitty jagt Killer*. Was halten Sie davon?"

Ich zog meine Pfote zurück und fragte: „Soll ich sie als Zwanzigjährige anlegen?"

Er sagte: „Das würde ich Ihnen durchaus zutrauen."

Dann sagte sein Blick: Wie kam die jetzt auf Zwanzigjährige? Meinte sie das als Anspielung? Will sie mir damit etwas mitteilen? Und die Antwort darauf wäre gewesen: „Ja, du perverses Schwein!"

Der Kerl nervte mich von der ersten Sekunde an. Er war so verzweifelt, dass er mich auch ohne Bikinifigur geheiratet hätte. Wenn er irgendwo ein paar Titten sah, dann fing er sofort an mit seinem Gesülze, und er dachte wohl, dass er damit gut ankäme. Kam er vielleicht auch bei anderen, wenn sie zuvor mit K.o.-Tropfen erledigt worden waren. Oder bei meiner besten Freundin, für die ich mich nun wirklich ein bisschen schämte. Was war bloß los mit ihr, dass sie auf so einen hereinfiel?

Ich hätte ihn am liebsten gleich vom Sessel gestoßen, aber Ali erkannte meine Absicht und drängte mich zur Seite.

„Erzählen Sie von Lottmann", sagte er.

„Normalerweise lese ich nichts, was mir unaufgefordert zugesandt wird", begann er. „Obendrein war Lottmann Kassengift, ich meine, haben Sie *Im Keller* gesehen? Wenn jemand so eine Scheiße gedreht hat, dann muss er froh sein, wenn ihm jemand eine Kamera in die Hand drückt und ihm Geld dafür gibt. Aber der Titel seines Filmes gefiel mir: *Die Liebe in den Zeiten der Ungleichheit*. Das erinnert einen doch gleich an García Márquez, nicht wahr? Die fünf Seiten, die er mir als Exposé dazu geschickt hat, die las ich morgens am Klo weg, und anschließend wollte ich mir eigentlich damit den Arsch abwischen, aber was soll ich sagen? Es hat mich berührt wie die zärtliche Hand einer Frau. Also gab ich ihm eine Chance. Ich habe gelesen, er erlitt einen Genickbruch? Wie ungewöhnlich."

„Das passiert selten, da haben Sie recht, aber es ist kein Problem, wenn einer die nötige Ausbildung hat. Die Hand, die ihm den Hals umdrehte, haben wir auch schon gefunden, oder jedenfalls sind wir uns ziemlich sicher. Allerdings fragen wir uns, ob es nicht einen Kopf gab, der diese Hand führte. Oder vielleicht ein leidenschaftliches Herz."

„Hm", sagte er. „Das ist interessant. Während der Arbeit am Drehbuch wurde nämlich auch mir schnell klar, dass nicht Lottmann das Buch schrieb, sondern eine Frau, die ihn beim Schreiben führte. Nicht er erzählte seine Geschichte, die des Künstlers nämlich und seiner Liebe zu einer Putzfrau, sondern eine Frau erzählte ihre Geschichte, die der Liebe einer Putzfrau zu einem Künstler. Und zwar so einfühlsam und so feinfühlig, dass man sich dachte: Was für ein wunderbarer Mensch ist das, wie groß ist ihr Herz, wie rein ihre Liebe?"

„Da sind wir gerade dabei herauszufinden, wie rein ihre Liebe tatsächlich war", sagte ich. „Warum hat Ihnen eigentlich der Schluss nicht gefallen, den er Ihnen vorgeschlagen hat?"

„Wieso wissen Sie, dass er mir nicht gefallen hat?"

„Technik einerseits", sagte ich. „Und dann habe ich da so meine Quellen."

Das machte ihn ein wenig unsicher, er erklärte rasch: „Der Schluss war doch einfach abartig. Ich meine ..."

Ich nickte Ali zu, der das Drehbuch hatte. Er öffnete es und wollte daraus vorlesen, aber er fing gleich wieder an zu weinen und schaffte es einfach nicht. Also gab er es an mich weiter und sagte: „Mach du!"

Und ich machte:

„AUSSEN – FRIEDHOF MIT GRAB DES KÜNSTLERS – TAG

Die PUTZFRAU kniet wie jeden Tag um Punkt 14 Uhr am Grab des verstorbenen KÜNSTLERS. Sie richtet Blumen und Gestecke und wirkt dabei glücklich. Da sie ihren Geliebten im wirklichen Leben nicht für sich haben konnte, wollte sie ihn im Tod für sich alleine.

PUTZFRAU: Nun gehörst du mir. Ich werde die Blumen auf deinem Grabe gießen und die Erde in jedem Frühjahr erneuern. Bald werde ich bei dir sein.

Sie zündet sich eine Zigarette an und raucht.

THE END

Ist dieser Schwachsinn von Ihnen?“

Kein Wunder, dass ich eingeschlafen war, als Ali mir das vorgelesen hatte. Ich verstand überhaupt nicht, wie er deswegen weinen konnte. Und auch Harry verstand es nicht. „Diesen Schluss habe ich ihm verboten, er machte mich regelrecht wahnsinnig damit! Was denken Sie denn, wer sich so etwas anschauen würde? Das ist doch krankes Zeug! Ich habe ihm gesagt, die beiden Liebenden müssen mit dem Auto in den Sonnenuntergang hineinfahren, dann gehen die Leute glücklich aus dem Kino hinaus und sind nicht niedergeschlagen, Herrgott, die Leute möchten doch unterhalten werden und nicht deprimiert!“

Da waren wir ausnahmsweise einer Meinung. Aber ich musste ihn gleich selbst deprimieren: „Was ist eigentlich mit dieser zwanzigjährigen Tochter der Putzfrau, die es im Drehbuch gar nicht gibt?“

Nun wurde er nervös.

„War das Lottmanns Idee? Oder Ihre?“, fragte ich weiter.

„Ich weiß nicht, wovon Sie sprechen.“

Das war der Standardsatz aller verzweifelten Lügner.

„Also hören Sie zu, Sportsfreund. Ihr Film und der ganze Scheiß interessieren uns nicht. Wir sind hier wegen einer gewissen Ramona Paduraiu, die vor etwas mehr als einer Woche in Lottmanns Wohnung mit extremen Schmerzen im Intim- und Analbereich aufgewacht ist. So etwas nennt man Vergewaltigung. Wir wissen auch, dass Sie an diesen falschen Castings teilgenommen haben."

Er sagte: „Falsche Castings? Vergewaltigung? Ich bitte Sie, was sind denn das für unschöne Wörter?"

„Wörter, die Sie ins Gefängnis bringen werden, wenn Sie erst der Richter in den Mund nimmt."

Plötzlich stand er auf, mit Schwierigkeiten zwar, aber irgendwie schaffte er es. Und dabei begann im Schritt seiner weit geschnittenen weißen Leinenhose etwas zu baumeln. Zuerst dachte ich, das ist der Wind, der seine Hose bewegte, aber es wehte gar keiner. Es sah aus, als wäre ihm von einem Elefanten etwas dorthin verpflanzen worden, nämlich sein Rüssel. Oder als hätte alles andere an ihm irgendwann aufgehört zu wachsen, nur dieses Gewächs nicht. Du lieber Gott! Er war wirklich Linksträger, sogar ein Blinder konnte das sehen. Dabei erinnerte er mich an diesen britischen Hundert-Meter-Läufer, der immer drei Unterhosen übereinander tragen musste, um seinen Wuchs halbwegs bändigen zu können, wenn er im engen Sportdress die Bahn hinunterbretterte. Aber dann sah man in Zeitlupe immer noch, wie sich sein Teil von links nach rechts bewegte und von rechts nach links, genau vierundvierzigmal, denn das war die Anzahl der Schritte, die er für hundert Meter brauchte. Leitathletik interessierte mich normalerweise nicht, aber wenn der lief, dann schaltete ich ein.

Harry merkte, dass wir ihn beide anstarrten, und er genoss es durchaus. „Die Natur ist nun mal nicht gerecht", fiel ihm dazu ein.

Und Ali, auf den dieser Satz noch mehr zutraf als auf mich, schaute mich verunsichert an. Ich konnte ihn beruhigen, indem ich die Sache zurechtrückte: „Die Natur ist manchmal einfach nur krank."

Der war zweimal so groß wie das Teil aus Philadelphia.

Da rief Harry nach seiner Haushälterin: „Anna!"

Als sie kam, bat er sie, ihm „die Schatulle" zu bringen, die auf seinem Schreibtisch stehen würde. Und als sie mit der zurückkam, öffnete er sie mit einem Schlüssel, den er in seiner Sakkotasche hatte. Daraus nahm er ein dickes Bündel Geldscheine und sagte: „Die Sache wird sich doch wohl vernünftig regeln lassen. Geben Sie ihr das, dieser ... wie heißt sie? Sie wissen doch sicher, wo sie wohnt. Und das hier ist für Sie."

Er hielt uns ebenfalls ein Bündel Geldscheine entgegen, und dann schaute er verloren, als wir es nicht nahmen. Dass er irgendetwas nicht mit Geld würde regeln können, das hatte er schon lange nicht mehr erlebt. Wobei: Mit den Scheinen wären zwei Wochen Malediven kein Problem mehr, wahrscheinlich nicht einmal ein halbes Jahr, aber etwas anderes war jetzt wichtiger. Ich packte Susis Kleid aus und sagte: „Ich habe auch etwas mitgebracht. Kommt Ihnen das bekannt vor?"

„Nein, warum?"

„Es gehört meiner Freundin. Ist ihnen eigentlich klar, dass sie wegen Ihnen beinahe nicht mit mir in den Urlaub gefahren wäre?"

„Von wem reden Sie?"

„Von meiner besten Freundin Susi!"

„Nie gehört."

„Die mit dem Pferdebiss!"

„Meinen Sie Susa von *Suciety*?"

„Sie heißt Susi, verdammt! Und ich soll Ihnen ausrichten, dass sie sehr enttäuscht ist von Ihnen. So enttäuscht, dass Sie sie nur noch im Gefängnis sehen möchte. Dass ich Sie dort hinbringe, das musste ich ihr versprechen, und ich pflege meine Versprechen zu halten. Ali!"

Er legte ihm die Handschellen an, während er ihm sagte, dass er wegen Verdachtes auf Vergewaltigung verhaftet wäre. Dabei warf ich einen letzten Blick auf Harry, das Tier. Sorger fragte sich ja, wie er das beim Klogang machen würde, und ich fragte mich, wie er damit im Gefängnis überhaupt zurechtkommen würde. Er würde eine eigene, separate Zelle brauchen für das, was ihm da zwischen den Beinen hing.

38

Im Drehbuch stand, dass die Putzfrau jeden Tag um 14 Uhr das Grab ihres geliebten Künstlers besuchte. Ich wartete also, bis die Formalitäten erledigt waren und das Begräbnis über die Bühne ging. Auf einem Friedhof in Penzing, wo er geboren war, wurde Lottmann in einem Erdgrab bestattet. Seine Witwe und die beiden Söhne kamen nicht, aber viele, die seinen Film gemocht hatten. „Danke", sagten sie am Grab. „Danke, dass Sie uns diesen Film geschenkt haben."

Und sie meinten das ernst.

Magda aber erschien nicht.

Also schaute ich am nächsten Tag wieder vorbei und wartete, und am übernächsten Tag auch. Nur einmal rief mich Ali an, er war ganz außer sich: „Kitty! Kitty!"

„Ja, Ali? Was ist denn?"

„Ich habe im Internet nachgeschaut, Suchbegriff: Nuru-Massage ..."

„Und? Gefällt es dir?"

Prostata- und Analmassage: Das war das richtige Gesprächsthema, wenn man gerade am Friedhof saß.

Er sagte: „Du bist krank!"

Es gefiel ihm also.

Der dritte Tag war ein sonniger, ich hatte mir einen Campingstuhl mitgenommen, und darauf setzte ich mich in zehn Metern Entfernung von Lottmanns Grab unter einen Baum. Da ich Stille nicht ertrug, rief ich Susi an und sagte: „Entscheide dich endlich mal! Ich muss jetzt wissen, wie viel ich abnehmen soll!"

Sie fragte: „Was hat denn das damit zu tun, wo wir in den Urlaub hinfahren?"

Ich sagte: „Naja, auf Kreta ist es egal, wie ich herumlaufe, dort sind nur langhaarige Yoga-Freaks, die nichts essen und Joints rauchen, und die nackt an felsigen Buchten zelten. Die haben vom vielen Kiffen keine Ansprüche, die legen nicht mal wert darauf, dass man sich rasiert. Und dort brauch ich nicht einmal einen Bikini, weil ja alle nackt herumlaufen! Daran hast du wohl gar nicht gedacht?"

Kreta mit seiner Töpfer- und Yogaszene war also das eine Extrem.

Das andere wäre Ibiza: Nur muskulöse, gestählte Partyfreaks auf LSD oder anderen Marschier-Drogen, achtundvierzig Stunden tanzen und dann nicht mehr wissen, wann der Billigflieger nach Hause geht. Alle nackte Oberkörper, alle extrem gut aussehend, aber mit Problemen. Tausende Casting-Agenten, Zehntausende junge Models aus Osteuropa. Und so weiter!

Und dazwischen wir, Kitty und Susi: „Hallo, wir sind aus Österreich." Oder auf Englisch: „Hello, we are from Austria." Dort wäre dann nicht nur die richtige Bikinifarbe des Sommers wichtig, sondern noch wichtiger wäre die dazugehörige Bikinifigur.

All das gab ich Susi zu bedenken, als wir hin und her überlegten, und obwohl sie bis dahin eher für Ibiza plädiert hatte, sagte sie nun doch kleinlaut: „Ich bin für Kreta."

„Aber Kreta ist scheiße!", sagte nun wieder ich, weil ich plötzlich für Ibiza war. „Ich will diese Yoga-Freaks dort nicht, und ich will sie erst recht nicht in einer Höhle! Also einigen wir uns auf einen Kompromiss: Was hältst du von Mombasa?"

Susi schrie ins Telefon: „In Kenia?"

„Ja, wo denn sonst!"

„Im Sommer?"

„Ja, wann denn sonst?“

„Aber ist dort nicht Winter, wenn wir Sommer haben?“

Ich sagte: „Dann nimm die Schier mit!“

Susi war erschöpft und sprach sich für folgendes aus: „Wir entscheiden uns morgen, okay?“

Das war eine alte Mädchenkrankheit – völlige Entscheidungsunfähigkeit ab Mitte zwanzig, wenn es um Themen ging, bei denen Männer eine wie auch immer geartete Rollen spielten. Und bei der Urlaubsplanung spielten Männer nun mal eine Rolle! Wenn ich ehrlich war, sogar eine größere als Alkohol und Essen. Eigentlich fuhr man ja nur in den Urlaub, weil man dort Sex haben wollte. Wieso sollte man sonst diese Hitze in Kauf nehmen und ein Doppelzimmer mit seiner besten Freundin neben sich im Bett, ohne Meerblick, dafür mit der Frittierküche unter dem Fenster.

Ich sagte: „Okay.“

Magda kam nicht.

Ich wartete am vierten Tag, und ich rief Susi an. Als wir gerade bei „Vor Portugal weht immer ein leichter Wind“ angekommen waren, sah ich diese auftoupierten Haare, durch die eine leise Brise wehte, und diese roten Lippen. Magda war einfach, aber elegant und gut gekleidet, sie war tatsächlich eine stolze Lady und hatte die Brust weit vorgestreckt, ihr Gang war extrem aufrecht. Im Drehbuch stand:

AUSSEN – FRIEDHOF – TAG
Die wunderschöne Putzfrau MAGDA geht langsamen Schrittes sehr aufrecht und stolz über den Friedhof in Richtung des Grabes ihrer großen Liebe. Sie bedauert

nicht, was sie getan hat, sie ist im Gegenteil glücklich. Ihre Anmut machen sie zu einer wunderschönen Erscheinung.

Sie hatte einen Strauß Blumen in der einen Hand und eine Flasche Wasser, aus der sie immer wieder trank, in der anderen. Dort hielt sie auch eine dünne Zigarette, die sie mit Eleganz zum Mund führte und daran zog, es waren die Bewegungen eines Filmstars. Eines Filmstars, der in einem fremden Land putzen musste.

Sie hatte mich längst gesehen, aber es machte ihr nichts aus, dass ich hier war. Es schien sogar, als hätte sie mich tagelang beobachtet, und als wüsste sie längst, wer ich war. Es schien, als wollte sie nun alles beenden.

Sie stellte die Blumen auf das Grab, dann klopfte sie Asche von ihrer Zigarette und steckte sie wieder in den Mund. Sie wartete offenbar darauf, dass ich sie anredete, aber als ich nichts sagte, sprach sie in meine Richtung, als wäre ich nur eine andere Witwe, die hier um ihren Mann trauerte.

„War er gute Mann, meine Mann“, sagte sie. „Aber hat er schlecht gegessen ganze Zeit, nur Burger, Burger, immer Burger. Und junge Weiber, immer junge Weiber.“

„Aber er war doch gar nicht Ihr Mann“, wandte ich ein, dabei hörte ich mich so kleinmütig an, als hätte ich gar nichts verstanden.

„War er schon meine Mann“, sagte sie ruhig und bestimmt.

„Und Radek?“ fragte ich.

„Was ist die Radek?“, fragte sie, und zog noch einmal an ihrer Zigarette, bevor sie sie elegant wegschnippte und einen Schluck aus ihrer Flasche nahm. „Ist er Pole, der Radek. Und was ist eine Pole? Ist er nichts, eine

Pole. Aber was ist eine Regisseur? Kann er zaubern mit Bildern."

„So ein Film muss aber spannend sein", meinte ich. „Bis zum Schluss."

Da verdrehte sie die Augen: „Habe ich gesagt zu ihm, ist Schluss von Film deppert mit Mann was bringt Frau weg mit Ferrari in Sonnenuntergang. Habe ich gesagt: Was ist Ferrari? Ferrari ist nix. Aber was ist Liebe?"

„Was ist die Liebe?", fragte ich.

„Liebe ist alles. Du musst sterben für Liebe."

„Ist das so?"

„Freilich. Weißt du, was Frau muss machen, wenn Mann ist nix mehr bei ihr?"

Ich schaute in ihre glasigen Augen, während sie immer langsamer zu reden schien, dann bat ich: „Verraten Sie es mir?"

Sie nahm noch einen Schluck, bevor sie die leere Flasche sorgfältig in ihre Handtasche steckte. Dann erklärte sie. „Muss sie zu Mann."

Sie schloss die Augen und begann zu taumeln, und dann fiel sie nach vorn auf das Grab. In ihrer Flasche war wohl nicht nur Wasser. Ich kniete mich zu ihr, nahm die Flasche aus ihrer Tasche und dann die Zigarette aus ihrem Mund. Ich steckte beides in eine Plastiktüte, und dann streichelte ich ihr über den Kopf. Ich dachte an die Worte des Pfarrers, als er meinen Vater begrub:

„Ruhe in Frieden."

39

Am Abend lag ich auf meinem Bett und öffnete das Päckchen. Dieser Philadelphia Rapper sah wirklich beeindruckend aus und fühlte sich auch richtig gut an, und er schien sich sogar nach mir zu sehnen, aber ich hatte trotzdem keine Lust auf ihn. Legte ihn in die Lade und ging duschen. Dort dachte ich an Radek und Marvin, manchmal abwechselnd an den einen und dann an den anderen, manchmal an beide zusammen. Das mit meiner Entscheidungsschwäche verfolgte mich also schon bis in die Dusche.

Als ich wieder zurückkam, hatte ich drei entgangene Anrufe von Susi am Telefon. Ich legte mich aufs Bett und rief sie zurück. Sie sagte: „Fuerteventura?“

Ich fragte: „Was ist dort?“

Und sie: „Vulkanische Landschaft.“

Und ich: „Ohne mich.“

Und sie: „Dann schlag doch du etwas vor.“

Und ich: „Ibiza oder Kreta.“

Manfred Rebhandl
Der König der Schweine
Ein Kitty-Muhr-Krimi
280 Seiten, € 12.95
HAYMON taschenbuch 218
ISBN 978-3-7099-7860-3

Kitty Muhr ist nicht zimperlich. Sie wiegt ein bisschen mehr als ein Supermodel, sie raucht und trinkt und flucht, und sie mag Kerle. Richtige Kerle. Blöd nur, dass die Wiener Polizistin ausgerechnet einen Zwerg als Partner zugewiesen bekommt. Einen zugewanderten Kurden namens Ali Khan Kurtalan, der sein Heil in vollständiger Assimilierung sucht. Die beiden passen zusammen wie Kebab und Veggie-Burger: Sie fährt einen alten Benz, er fährt Rad; sie tritt Türen ein, er hält sie ihr auf. Dass es bei ihrem ersten Fall im Wiener Vorstadtweiber-Milieu alles andere als politisch korrekt zugeht, ist vorprogrammiert.

Tatjana Kruse
Grabt Opa aus!
Ein rabenschwarzer Alpenkrimi
224 Seiten, € 9.95
HAYMON taschenbuch 156
ISBN 978-3-85218-956-7

Tollpatsch Alfie erbt eine Pension in Tirol – und wähnt sich in der schönen, aber verschlafenen Touristengegend im Glück. Schön? Ja. Verschlafen? Mitnichten! Schon bald überschlagen sich die Ereignisse im Grenzgebiet zwischen Seefeld und Mittenwald, wo sich Österreicher und Deutsche gute Nacht sagen, und Alfie muss feststellen, dass seine Hausgäste alles andere als harmlos sind ...

Tatjana Kruse, wie man sie kennt: schräg, schwungvoll, spannend und rabenschwarz.

„Tatjana Kruse ist der Ladykracher unter den deutschen Krimi-Comedians: scharfsinnig, gut getimet, clever ausgetüftelt und einfach unsagbar komisch.“
Focus

Georg Haderer
Sterben und sterben lassen
Kriminalroman
392 Seiten, € 12.95
HAYMON taschenbuch 208
ISBN 978-3-7099-7839-9

Ein Mörder zurück in Freiheit, ein Dorf in Aufruhr: Frederik Bosch, vor 26 Jahren für den Mord an der siebenjährigen Susanna verurteilt, hat sich nach seiner Haftentlassung ausgerechnet in Schaching niedergelassen, wo das Verbrechen einst geschah. Seine Rückkehr sorgt überall für Empörung. Und dann stolpert Major Schäfer auch noch über Ungereimtheiten in Boschs Fall ...

Eine fesselnde Mischung aus einem ebenso genialen wie abgedrehten Ermittler, schrägen Begegnungen und psychischen Ausnahmezuständen.

„... seine Kriminalromane zählen zu den besten, die es für Geld zu kaufen gibt.“
DIE WELT, Elmar Krekeler

www.haymonverlag.at